大好きだった婚約者に魅了の魔法のせいで婚約破棄されました。

椎名さえら
SHEENA SAERA
[Illustrator] m/g

eR
eロマンス ロイヤル

CHARACTER

シエナ＝メレディス［19歳］

7年間ライリーの婚約者を務めてきた侯爵令嬢。真面目で努力家で、誰からも愛され国王陛下からの覚えもめでたい。花嫁修業のため一年前から王宮で暮らしてきたが、突然ライリーから婚約破棄を言い渡され、ブラックモア邸に移るよう言い渡される。ずっと一途にライリーが大好きだったため、諦めきれない想いがあるが……。

ライリー＝グランゼル［20歳］

金髪碧眼で王子様らしい風貌の第二王子。王族であることに責任と誇りを持ち、努力家で生真面目な一方、地位や富の格差などのない革新的な社会を目指している。婚約者のシエナが大好きで大事にしていたが、ある日突然、無表情でシエナに婚約破棄を告げる。その傍らにはシエナの親友のイモージェンを伴っているのだが……。

イモージェン・ドブソン［18歳］

元娼婦の母と貧民街で育つが、華やかな容姿のため王子の婚約者にさせようと侯爵家に引き取られ、令嬢教育を施された。そんな中シエナと出会い親友になるも、その後疎遠に。ある日突然、ライリーの新たな婚約者としてシエナの前に現れる。

ネイサン＝ブラックモア［22歳］

王家に連なる名門貴族の公爵令息。ライリーの親友。ライリー同様の金髪碧眼の麗しい見た目を持つが、彼とは正反対に社交的で数多くの浮名を流した遊び人との噂が。突然婚約破棄されたシエナのために世話を焼いてくれる。

アーセム［24歳］

イモージェンと同じく元娼婦の母を持ち貧民街で育った幼馴染。浅黒い肌と黒い瞳を持つ大柄な平民で、イモージェンを追って侯爵家にやって来て従者となる。

サリー［28歳］

シエナに幼い頃から仕えてくれているメイド。平民出身で普段は遠慮なくシエナを叱り飛ばす気の置けない関係だが、突然婚約破棄されたシエナを心配している。

CONTENTS

プロローグ
［005］

一章
大好きだった婚約者に、突然の婚約破棄をされて
［019］

二章
大好きだった婚約者と、魅了の魔法
［087］

三章
大好きだった婚約者と、大好きだった友人
［153］

四章
大好きだった婚約者と、その後のこと
［209］

エピローグ
［273］

番外編
ライリーの宝物
［289］

番外編
ネイサン＝ブラックモアと契約結婚
［299］

プロローグ

「シエナ＝メレディス侯爵《こうしやく》令嬢、君との婚約を破棄《はき》する」

幼い頃からの婚約者である、グランゼル王国の第二王子ライリー＝グランゼルの私室にて、シエナは突然婚約を破棄され、呆然《ぼうぜん》としていた。ライリーはプラチナブロンドのさらさらの髪に、エメラルドのように輝く碧色《みどりいろ》の瞳、すっきりとした目鼻立ちの、いかにも王子らしい容姿だ。婚約を結んだその日から、その精悍《せいかん》な顔に穏やかな微笑《ほほえ》みを浮かべてくれていた婚約者は、今はまったくの無表情である。

予想外の言葉に動揺《どうよう》したシエナの蒼《あお》い瞳にみるみる涙が浮かぶと、ライリーはすっと彼女から視線を逸《そ》らした。

「ライリー様……、それは一体どういう……」

「この時をもってもう我らは婚約者ではない。名前で呼ぶのは控えてくれないか」

冷たく切り裂くかのような口調だった。

シエナは瞬《まばた》きで涙を押しやり、すぐに膝《ひざ》を曲げて礼をとる。

「お見苦しいところをお見せ致しました……殿下《でんか》。もし……長年の婚約者の私を少しでも哀《あわ》れとお思いでしたら、どうして婚約を破棄されなくてはならなくなったのかお教え願えませんか。私に何か落ち度でもございましたでしょうか」

シエナは婚約者のことをよく知っている。彼は感情に任せて、このような衝動的な行動をする男性ではない。

彼が思いきった決断をするのであれば――なにか明確な理由があるはずだ。

藁《わら》にも縋《すが》る思いで尋ねると、ライリーがため息をついた。そうして、シエナが思ってもいなかったことを言い始める。

「君には悪いが、私は真実の恋を知ってしまったのだ――入れ、ドブソン嬢」

(えっ……!?)

シエナの後方にある扉から、イモージェン＝ドブソン侯爵令嬢が入室してきた。シエナはその明るいブロンドの髪と赤茶色の瞳の魅惑的な令嬢をよく知っていた――何しろ、自分の幼馴染《おさななじみ》だから。

金髪に碧の瞳のライリーの隣に並ぶと、イモージェンはとてもお似合いに見える。亜麻色《あまいろ》の髪で、あまり目立つような容姿ではない自分よりもずっと。

(そんな……イモージェンが……？　良い友達だと思っていたのに……)

幼い頃から家族ぐるみで交流があったこともあり、一歳年下のイモージェンはいつもシエナの後ろをついて回っていた。それが、シエナがライリーの婚約者に選ばれた頃から、親同士の関係があまりうまくいかなくなり、会う回数が途端に減った。それでもシエナは夜会などでイモージェンに会う度に親しく接していたつもりだったのに。

「ごめんなさいね、シエナ」

言葉とは裏腹に嬉《うれ》しそうなイモージェンの声が王子の私室に響く。

「メレディス嬢には申し訳なく思うが——私はドブソン嬢に惹《ひ》かれてしまったのだ」

ふふふと嬉しそうに微笑むイモージェンの右手の中指に嵌《は》まっている指輪をシエナは視界の端に認めた。

(指輪……？)

ぱっとイモージェンを見上げる。彼女は気の毒そうな表情を浮かべながら、指輪をしている手を見せつけるようにライリーに向かって振ってみせてきた。

(……!?)

何か奇妙だ。さっと青ざめたシエナには気づかず、王子がネイサン、と扉の外に呼びかける。すぐにドアが開いて、ネイサン・ブラックモアが部屋に入ってきた。公爵家《こうしやくけ》嫡男《ちやくなん》である彼は王子の親戚《しんせき》で、親友でもある。ライリーによく似た金髪と、茶目っ気たっぷりな蒼い瞳がとても魅力的な青年だ。長年ライリーの婚約者だったシエナも彼のことは幼い頃から知っているが信頼できる人物だ。

「婚約破棄の件は、まだ公《おおやけ》にするには早い。それは理解できるな、メレディス嬢？　そして君は花嫁修業のために王宮に住んでいる身だ」

イモージェンへの違和感について思いを馳《は》せていたシエナは、我に返り慌てて頷《うなず》いた。

「は、はい」

「というわけで、君は今日からしばらくブラックモア邸に滞在してくれ。理由は……そうだな、体調が優れないということにしておこう」

「ライリー様？」

イモージェンが思わず、といった口調で彼の名前を呼んだ。

「なんだ？」

「どうしてシエナをすぐにメレディス家に帰さないのですか？」

本来であれば、婚約者でもない彼女がライリーを名前で呼ぶのは不敬罪にあたる。しかしライリーはそれを咎《とが》めはしなかった。そのことに気づいたシエナの目の前が再び真っ暗になる。

（先ほど、私には殿下と呼ぶように仰《おっしゃ》ったのに――）

ライリーの気持ちが自分ではなくイモージェンに向かっていることの何よりの証《あかし》だろう。

「こうしたことには、対外的な理由が必要なのだ。とにかく体調不良ということにしておけば、花嫁修業もしばらくそれで休める。頃合いを見て婚約破棄を公表したら、メレディス家に戻ってくれて構わない。――ドブソン嬢もご理解いただけたかな？　まだこの話は他言無用だ」

どうやらイモージェンも初耳だったのか、ライリーの提案を聞いた彼女の顔が一瞬酷《みにく》く歪《ゆが》んだ。しかし彼女はすぐに感じの良い微笑みを浮かべると、自身の指輪がライリーの視界に入るように手を目の前で組む。ぱちぱち、とライリーが瞬きを繰り返す。

「もちろんですわ、誰にも申しません。それで、私は本日から王宮に住まわせていただけますこと？」

途端にイモージェンの声が媚《こ》びるように艶《つや》めく。シエナはそれ以上二人の会話を聞きたくなくて耳を塞《ふさ》ぎたくなった。その問いかけにライリーは腕を組む。

「どうだろうか、メレディス嬢が住んでいた部屋が空くのは確かだが――」

しかし、はっきりと反対意見があがった。

「ライリー、それはやめておいたほうがいい」

ネイサンがきっぱりと口を挟むと、ライリーがはっとしたかのような表情で親友を見る。

「まだ公には出来ないんだろう？　王宮にドブソン嬢を住まわせたら自分で醜聞《しゅうぶん》をばら蒔《ま》いているのも同じだぞ」

ライリーが軽く頭を振った。普段は聡明《そうめい》な光をたたえている彼の瞳が少し陰っているように見受けられる。

「ああ……それはそうだな。こんな世迷《よま》い言《ごと》を言うなんて私はどうしたのだろう」

シエナはその時、イモージェンが指輪をしている右手をさりげなく背後に隠したのを確かにその目で見た。シエナはうつろな眼差《まなざ》しのまま、俯《うつむ》く。ゆっくりと両手を握りしめ、なんとか泣くのを堪《こら》える。

(やっぱり、イモージェンは指輪をライリー様に見せつけている……？)

シエナはある仮説を導きだしていた。

(信じられないけれど……、もしかして、ライリー様はイモージェンに魅了の魔法をかけられてしまったのかしら……？)

あまり魔導具には詳しくないシエナであるが、王宮での勉強で学んだことがあった。王国に数人

いるとされている魔法使いが道具に魔法を念と共に乗り移らせる。魔法が使えない人でも、その魔導具を身に着け、対象人物に近寄ってちらつかせると、——今回の場合は、魅了の魔法がかけられるというものだ。

（だけどどうして、イモージェンがそんな魔導具を手に入れることが出来たんだろう）

決して簡単に手に入るものではない。実際このからくりをシエナに教えてくれた教師も、自分も実物は見たことがないけれどもね、と苦笑していたくらいだった。

どうやって手に入れたのかは分からないが、イモージェンの行動はどこか不自然で、彼女のつけている指輪は普通ではないような気がした。

（だって、ライリー様が急にこんなことを仰るなんて……そうとしか、考えられない……そう、思いたい、だけかもしれないけれど）

現実逃避なのかもしれない。けれどライリーのことを信じているからこそ、魔導具のせいで彼の気が変わったのだとシエナは思いたかった。

「ねえ、ライリー様。ライリー様がシエナにあげたネックレス、私がいただいてもいいかしら？」

イモージェンの言葉にシエナは、ぱっと顔をあげる。彼女はじっとシエナがつけている胸元のブルーサファイアのネックレスを凝視している。以前からシエナがこのネックレスを夜会につけていくと、同じような物欲しそうな眼差しで見つめられたものだった。

（このネックレスは……取られたくない……！　だって、ライリー様に初めていただいた贈り物なのだもの……！）

それはライリーとの婚約が結ばれてしばらくしてからのことだった。

王宮の中庭にあるベンチで二人並んで、のんびり会話を楽しんでいると、ライリーが小箱を恭《うやうや》しく差し出してきた。

『これを、シエナに』

箱の中には、シエナの瞳を思わせるブルーサファイアの嵌めこまれたネックレスが煌《きら》めいている。

『えっ……!?』

驚いてただただライリーを見つめるシエナに、今よりもまだ幼かった彼が照れたような表情になる。

『王家の人間は、婚約者になった相手に自分で選んだ宝飾品を贈る習わしがあるんだ。だから受け取って欲しい』

そう言われて、断るわけにはいかない。

あまりにも豪華な贈り物に躊躇《ためら》いながらも、シエナはおずおずと頷く。

『そ、そう言っていただけるなんて、光栄です……!』

『君にこのネックレスを贈れる俺こそが光栄だよ。さあ、つけてあげよう』

『あ、ありがとう、ございます……!』

立ち上がったライリーが彼女の背後に回って、ネックレスをつけてくれる。

『うん、よく似合う。思った通りだ』

にこにこしながらライリーが再び隣に戻ってきて、満足そうに告げる。

シエナは胸がいっぱいになった。高級そうなネックレスだったから感動したのではない。大好きなライリーが、自ら選んでくれたからこそ嬉しいのだ。

『この素敵なネックレスが似合うような淑女《しゅくじょ》になれるよう、これからも精進《しょうじん》します』

ずっしりとした重みを胸元に感じながらシエナがそう言えば、ライリーが明るく笑う。

『まさか。シエナはもう立派な淑女だ。俺の大好きな、ただ一人の婚約者だ』

ライリーがそう言いながら額に優しく口づけを落としてくれて、シエナは頬《ほお》を赤らめた。

今はもう遠い日の記憶。

だがこのネックレスを取られてしまうことは、その思い出ごと奪われるに等しい。

(でもきっとライリー様は……イモージェンの願いを叶《かな》えてしまわれるのに違いない)

ライリーに命令されたら、従うしかない。半ば諦《あきら》めながら、彼の言葉を待つ。

しかし意外なことに、ライリーは首を横に振った。

「いや、あれはメレディス嬢の瞳に合わせたものだ。ドブソン嬢の瞳の色とは違うだろう？　また貴女《あなた》の瞳に合わせた宝石を見繕《みつくろ》おう」

思い通りにならなくて、またも一瞬顔を顰《しか》めたイモージェンだったが、新しい宝石を貰《もら》えると聞いて気を取り直したようだ。

確かにイモージェンの瞳は赤茶色であり、シエナの瞳の色とは全然違う。

「ライリー様、きっとよ？　シエナのより美しい宝石でないと承知しませんからね？」

媚《こび》を売るようにこてんと首を横に倒したイモージェンがまたしても指輪をライリーに見せつけて

いるのをシエナは絶望した気持ちで眺《なが》めていた。

(何度もああして指輪を見せつけているのは、見間違いじゃない気がするわ……わざとライリー様の視界に入るようにしているとしか思えない)

ライリーがにっこりと微笑む。

「ああ、分かった。必ず近いうちに用意しよう」

「ね、ライリー様、私、今日は時間がありますの。よろしければ、このままライリー様の私室で……ね？」

しなを作りつつイモージェンがライリーに話しかけたが、またしてもネイサンが割って入る。

「ドブソン嬢、申し訳ないが、今からライリーは用事があってね。隣国からの来客が待っているんだよ」

「えっ……？」

先程から全く自分の思い通りにならず、途端にふくれっ面《つら》になるイモージェンに、ネイサンが腰に両手を当てて言った。

「君には分からないかもしれないが、ライリーは分刻みで予定をこなしているんだよ？　とにかく今日も夜までライリーは来客の応対があるから、これで解散だ」

ライリーが日々激務をこなしているのはよく知っている。彼はその忙しい予定の合間を縫《ぬ》って、少しの時間でもシエナに会いに来てくれていた。

だからネイサンの言葉は決して嘘《うそ》ではないのだが、イモージェンはつまらないとばかりにむくれてしまった。

「分っかりました。ではライリー様、また」

指輪の嵌まっている手を、最後にライリーに見せつけるように振ってみせると、イモージェンはきびすを返した。

「……っ!!」

ちらりとこちらを見る口元には笑みが浮かんでいて、シエナは軽く息を呑《の》む。

「ふう、行ったか」

それから一旦言葉を切ったネイサンが、シエナに話しかけた口調はそれまでと打ってかわって優しかった。

「シエナ、荷物をまとめておいで。用事が終わり次第、迎えに行くから」

「――はい」

シエナがカーテシーをすると、ネイサンに尋ねられる。

「シエナ、最後にライリーに何か言うことはないかい？」

(最後……？)

最後という言葉に、のろのろと顔をあげた。

(そうよね、私……もう、ライリー様と婚約者じゃいられなくなってしまうのだから、こうやって親しく話せる機会もなくなってしまうのね)

悲しみに満ちた瞳で、大好きだった婚約者を見上げたが、ライリーはただただ無表情にこちらを見返している。

かつてないほどの冷淡な表情を見せる彼に、胸が軋《きし》むように痛む。

（そうよね、私にはもう笑ってもくださらない……当たり前、のこと、よね……）

彼が浮かべてくれる優しい微笑みが大好きだった。

全く勝手が違う王宮に入るための過酷《かこく》な花嫁教育も、彼と一緒になるためと思えば耐えることが出来た。しかし、今からはもう——他人になるのだ。

再び鼻の奥がツンとするのを感じたけれど、シエナは自分を律して微笑んだ。

シエナが微笑むとライリーはいつも微笑み返してくれた。シエナの微笑みを見ると、元気が湧いてくると言ってくれた。もう彼の気持ちは自分にないのだろうけれど、最後は彼も大好きでいてくれた微笑みで終わらせたかった。

「殿下、私に長年付き合って下さって本当に感謝しています。とても幸福な日々でした。どうか……お幸せに……」

イモージェンと幸せになってほしい、とはどうしても言えなかったが許してほしい。

ライリーの返事は待たなかった。

零《こぼ》れ始めた涙を彼に見られないように、シエナはそのまま逃げるように部屋から退出した。

一章

大好きだった婚約者に、
突然の婚約破棄をされて

シエナは少しだけ早足で、王宮の一角に与えられた私室を目指していた。油断をすると今にも涙が零《こぼ》れてしまいそうで、俯《うつむ》いている。

十九歳になるシエナは、去年この王宮に移り住んだ。第二王子ライリーとの婚姻を数年後に控え、王家の人間となるための教育を受けるためである。代々王子の婚約者たちは十八歳の誕生日を迎えると、王宮に部屋をあてがわれて花嫁修業をするのが古くからの慣わしだ。シエナの実家であるメレディス侯爵家《こうしやくけ》は家族の仲が良く、両親や兄と離れるのは寂しかったけれど、大好きなライリーの婚約者になったのだからと張り切ってやってきたのが昨日のことのように思える。

(それもう、今日まで……だって、ライリー様の婚約者じゃなくなったんだもの)

冷たい表情のライリーを思い出して、じわりと涙がにじむ。

感傷的な気持ちを抑えきれなくなってしまい、シエナはそっと目尻を拭《ぬぐ》う。結局泣いてしまった。これでは私室で待っているメイドが心配してしまうだろう。

(しっかりしなきゃ、シエナ＝メレディス)

自身を鼓舞《こぶ》しながら、部屋の扉を開く。

だがやはりうまくはいかなかった。シエナは大きな音を立てて扉を閉めてしまい、隅の椅子に腰かけていたサリーが驚いたように立ちあがった。サリーはシエナが幼少の頃から仕えてくれているメイドだ。普段は遠慮なくシエナを叱り飛ばす、十は年上のメイドは主人の顔を見るや否や、顔を曇らせる。

「お嬢様、お顔の色が優れませんが、いかがなさったので？　殿下《でんか》のお部屋に行かれていたのですよね？　どうかなさいましたか？」

おそるおそるといった感じで、とても気づかわしげに尋ねられる。普段は遠慮なくお小言も落とすサリーにこんなに優しくされるなんて、自分は相当顔色が悪いのだろう。シエナはずるずると長椅子に座り込んだ。

サリーの顔を見ると、本音があふれ出す。

「こ、こ、婚約破棄《はき》をされたの。もうすぐブラックモア様がいらっしゃって、一緒にブラックモア邸《てい》に行くことになったの。だからこのお部屋は片付けなきゃ……いけなくて」

「えっ、なんですって⁉」

サリーに大声で聞き返されると同時に、シエナの両の瞳からぼろぼろと涙が零れた。

「ライリー様はイモージェンのことをお好きになられたんですって……だから私とは婚約破棄をされるって仰《おっしゃ》ったの」

「イモージェン様ってお嬢様の幼馴染《おさななじみ》の⁉　絶対に何かの間違いですよ、あの四角四面の殿下が他のご令嬢を側《そば》に置くわけはありません！」

サリーの指摘はもっともなことだ。ライリーは容姿端麗《たんれい》であるだけではなく、頭脳も明晰《めいせき》で聡明《そうめい》だ。彼は王子の職務をきちんと理解していたから、婚約者以外の愛人を持つことのリスクも分かっているはずだ。

（でも、イモージェンは……？）

そう言えば夜会などでライリーといると、よくイモージェンがすり寄ってきていたのを思い出した。今から思えば、イモージェンはライリーに懸想《けそう》していたのかもしれない。だがライリーがイモージェンに惹《ひ》かれた様子は一度も見られなかったけれど。

（私も実際ライリー様に言われなかったら……サリーと同じことを思ったに違いないわ）

サリーが自分の代わりに怒ってくれたので、シエナは少しだけ気持ちが紛《まぎ》れた。もうすぐネイサンがこの部屋にやってくるだろうから、それまでに彼の屋敷に向かえるように準備しなくてはならない。

（私が部屋を出たら……）

今日はネイサンが止めてくれたが、あの様子だとこの《王子の婚約者》のための部屋にイモージェンがやってくる日も近いだろう、と気落ちしながら考える。


ライリーが十三歳、シエナが十二歳の時に、正式な婚約が結ばれた。婚約者選びの方法は、ライリーの兄である第一王子と同じ。王宮が選出した、王子妃にふさわしいと思われる貴族令嬢を何人も集めたお茶会を幾度も重ね、最終的にシエナが婚約者に選ばれた。

初めて会ったときのライリーを、シエナは今も鮮明に覚えている。

彼は特別な子供だった。シエナの印象に残ったのは、同世代とは思えないほど達観《たつかん》し、老成したような彼の眼差《まなざ》しである。

誰がどう話しかけても、ライリーのその眼差しの温度は変わらなかった。どんな美しい令嬢が相手でも、ライリーは平等に淡々と応対した。それはまさに王子の鑑《かがみ》のようでもあった。

シエナの順番が来て、彼女はカーテシーをした。

『シエナ＝メレディスと申します』

『ああ、メレディス侯爵のところの……。君の好きなものは？』

この質問ならば自信を持って答えられるとシエナは胸を張る。

『家族で過ごす時間です――今の時期は庭園でのお茶会が何よりも楽しいです』

春の頃であった。つい先日も家族で、家の庭園でお茶会を開いたところで、その記憶が新しいシエナの渾身《こんしん》の返答であった。

しかしライリーの反応は予想外なものだった。

『は？』

あっけに取られたライリーを見て、シエナは自分がちぐはぐな返事をしたことに気づいた。彼は好きな『物』を聞いたのだ、と慌《あわ》てる。

先ほどまであんなに悠然《ゆうぜん》としていた第二王子をこんなに呆然《ぼうぜん》とさせるなんて、自分以外いないに違いない。

『す、すみません、そういう意味ではなかったのですね……失礼いたしました。好きな物は――自分で作ったストロベリージャムを入れた紅茶です』

（恥ずかしい……！　トンチンカンな答えをしてしまったわ！）

顔を真っ赤にしてシエナは俯いてしまったが、すぐに頭上から、ふ、と笑い声が落ちてきて、誘われるように顔をあげた。

ともすれば冷たい印象を与える美貌《びぼう》の王子が、口元を緩めて微笑《ほほえ》みを浮かべていたのである。

シエナは自分の目が信じられずに、ぽかんと口を開けた。

（殿下が、笑ってくださってる……!?）

王子様が笑った、とシエナは嬉《うれ》しくなり、そのまま彼女もにっこり笑う。シエナの笑顔を見て、ますますライリーの目元が緩んだのが、とてつもなく嬉しかった。

そうして決められたライリーとの時間はすぐに終わってしまったが、シエナは満足していた。

（私が選ばれるわけないもの。でも少しでも殿下が微笑んでくださったのが、嬉しかったな）

集められた貴族令嬢たちの中で、シエナは見た目だけでいえば、そこまで目立つ存在ではなかった。シエナを愛する家族は、気立てが良いと褒《ほ》めてくれるし、顔立ちも人並みではあると思うのだが、そこまで整っているわけではないと自分でも分かっている。

もちろん最初に招集された時点で、シエナも王子の婚約者としての最低条件はクリアしていたわけだが、正直に言えば、シエナよりずっと可愛らしい令嬢ならばいくらでもいたのである。それだけでなく、メレディス家よりも位が高かったり、お金持ちの実家を持つ令嬢もいたので、まさかライリーが自分を選ぶとは思ってもみなかった。

王宮の庭園で王と王妃、またライリー直々に婚約の打診を受けてから、返答するまでに数日の猶《ゆう》予《よ》を与えられていた。

『いやはや、私たちもびっくりだったよ』

父によれば、婚約の打診は内密であるうちは断ることも可能とのことだった。

『シエナが自分で答えを出したらいい。ただ、王子妃になるということは生半可《なまはんか》な覚悟ではできないということだけは言わせてくれ』

『ええ、本当に』

全くもって野心的ではない両親は、そうやってシエナの意思を尊重すると共に、王家に嫁《とつ》ぐことへの忠告もしてくれた。

だからシエナは一人で考え、一人で答えを出した。

ライリーには数回会っただけだったが、彼に対してはっきりとした好意を感じていた。一緒に過ごせば過ごすほど、ライリーとの間に通い合う空気は心地よくなっていく。そして二人でいると時間は早く過ぎ、別れ際にはもっと一緒にいたいと感じるほどだった。

そして、ライリーが微笑んでくれるとシエナの胸の内は自然と暖かくなった。そんなライリーがシエナに隣に立つことを望んでくれている……そう知ったシエナは王子妃になる覚悟と共に、婚約を受けることに決めたのだ。

(でも私を選んでくださるなんて、本当に驚きだったのよね)

初めての贈り物であるブルーサファイアのネックレスをつけてくれたその日、シエナは思いきって尋ねることにした。

『どうして、私を婚約者にと望んでくださったのですか？』

その質問にライリーは目を丸くする。

『どうしてって……、君以外は考えられなかったからだよ』

『え……!?　でもあんなに綺麗《きれい》な方たちがたくさんいたのに??』

思わず素直な疑問が口をついて出る。

『シエナ以上に綺麗な人なんていなかったけどな』

首を傾《かし》げたライリーは、だがお世辞《せじ》を言っているようには思えない。

『さ、さすがにそれは言い過ぎかと……』

『言い過ぎなんかじゃないよ。君の笑顔を見てしまったらもう他には目に入らなかったな』

言い切ったライリーがふっと真顔になる。

『君の笑顔をずっと眺《なが》めていられるように、俺ができることはなんでもしたいと考えている』

ライリーの口調は力強く、きっと本気なのだろうと信じられた。

『ライリー様……』

ライリーは手を伸ばして、先ほど自らシエナにかけたネックレスに優しく触れる。

『このネックレスを贈ったのはもちろん習わしということもあるけれど、これから君を護《まも》るという意思表明のつもりだ。だからこのネックレスを俺だと思ってずっとつけていて欲しい』

『もちろん、大切にします』

『いいかい、肌身離さず、寝るときもだよ？』

脅《おど》すような言い方だが、冗談めいた口調だったので、シエナは声を上げて笑う。

『分かりました！　そうさせていただきます』

『約束だからね』

ライリーがふっと微笑む。

（ああ、こんな風に微笑んでいただけるのは、本当に嬉しいな）

ライリーは第二王子として常日頃は表情をひきしめていることが多い。そういえば王子妃を選ぶお茶会でも彼はずっと生真面目《きまじめ》そうな表情だった。だからシエナは、せめて自分と話すときは彼に少しでもリラックスして欲しいと思ったのだ。

（私も、ライリー様のためになんでもしたいわ――王子妃教育がどれだけ大変でも、弱音を吐《は》かずに頑張る）

改めてそうシエナは決意した。


それからの日々は、あっという間に過ぎ去っていった。

子供のうちは実家に留まり、時々王宮に赴《おもむ》いてはライリーとお茶をしたり、またその逆で彼をメレディス邸に招待することもあった。王や王妃にも家族同様に会う機会を設けられた。年頃になると夜会にはライリーの婚約者として常に同伴する。そんな日々を送っていくうちに、シエナは聡明で穏やかなライリーのことをますます慕《した》うようになっていった。

しかし、それも今日限りで終わりである。いずれ婚約破棄が公《おおやけ》になった後に実家に帰ることになっても、優しい両親と、兄は何も言わず受け入れてくれるだろう。

（婚約している間、幸せなお時間をいただけたわ……それに感謝して、満足しなくては）

先程のネイサンの指摘通り、ライリーは分刻みといっていいほどの公務に追われている。王宮にシエナが移り住んでからもそうそうは会えなかったが、少しでも時間があると彼が顔を見せにやってきてくれた。婚約者に恋をしているシエナにとっては、それだけでも励みに感じられ、何ものにも代えがたいほどの幸せをもたらせてくれたものだ。

（いけない、いい加減動かなきゃ）

過去の思い出は尽きなくて、ソファに座り込んだまま物思いに耽《ふけ》ってしまった。

シエナは自分を心の中で叱りつけ、サリーに手伝ってもらいながら退去のための整理を始める。

しかし、そこここからライリーとの思い出が色濃く残る品物が出てきてしまう。

（あ、ライリー様がくださった髪飾り……この髪飾りをつけた夜会で、そういえば何回も続けてワルツを踊ったのだったわ。普通は一回だって陛下も呆《あき》れていらして……ライリー様ったら、私にウインクをしてくれて……いたずらっ子みたいだった……楽しかった）

震える手でその髪飾りを取り、心を落ち着けるべく深呼吸をする。ライリーから貰《もら》ったこの髪飾りは、持ち出すつもりはない。

溢《あふ》れ出る涙を、そっと拭う。

（どの思い出も、ライリー様の優しさばかりが残っているわ。……記憶だけは誰にも奪われない……全て私のもの）

心を落ち着かせるように、髪飾りをぎゅっと握りしめた。

◇◇◇

数刻後にネイサンが迎えに来たときには、泣き腫《なは》らした跡は残っていたものの、シエナはいつものシエナで、一切取り乱すことはなかった。ネイサンはちらりと彼女がまとめた驚くほど少ない荷物に視線を送った。

「それだけかい？」

「ええ。ライリー様……殿下にいただいたものは新しい婚約者の方に申し訳なくて持ち出せませんせん」

「いや、新しい婚約者なんていないと思うけどね」

ネイサンは腕を組んで、イモージェンのことを切り捨てる。

可能ならば家具だって全て持って行き、彼との思い出に囲まれて暮らしたい。とはいえ、そうするとライリーを思い出して、泣き暮らしてしまうのは確実であったが。そこでシエナがはっとして、自分のネックレスに手をやった。

「先ほどはあやふやになってしまいましたが、このネックレスはお返ししなくてはいけませんね」

イモージェンに目の前で奪われることは耐えられなかったが、これだけ立派なブルーサファイアがついているネックレスは高価であろう。

(それにこれは……ライリー様の婚約者の証《あかし》、なんだもの。もう私にはその資格はない)

ずきんと胸が鈍く痛む。

(このネックレスは私ではなく、イモージェンにふさわしい)

自分が置いていった後に、ライリーからイモージェンに渡すのであればそれはそれでいい。彼女が震える手で留め金を外そうとすると、ネイサンがきっぱりと首を横に振った。

「シエナ、それは貰っておいたらいい」

「でも……」

ネイサンはため息をつくと、いいんだよ、と繰り返す。

「取り返す必要があったら、さっきライリーはそう言ったはずだ。だがそうは言わなかっただろう。だから君がそのまま持っていていいんだよ」

「……それは、そうかもしれませんが……」

けれどシエナの迷いはまだ晴れない。

ネイサンはしかしはっきりと持っておきなさい、ともう一度言葉にした。

「むしろドブソン嬢に見せつけるために、ずっとつけておいたらいい。俺が許す」

ネイサンは先程からもはっきり態度に示している通り、シエナの味方らしい。

(ネイサン様はいつも通り、なのよね)

ライリーだけが突然態度を変えた。

(やっぱりイモージェンが持っているのは、魔導具、なのかな……)

もし魔導具だとしたら、魔法がかかる対象は絞《しぼ》られているはずだ。きっとネイサンには魅了の魔法はかかっておらず、そうであれば彼の態度は当然といえる。

ネイサンはものの数歩でシエナの目の前にやってくると、彼女に言った。

「大丈夫だ。後でドブソン嬢が文句を言ったとしても、バカ王子を脅してでもその言葉を撤回《てっかい》させる。それに表向きはライリーとの婚約は続行中なんだ、君がそのネックレスを外したら変に噂《うわさ》されるかもしれないしな」

ライリーをバカ王子だなんて言えるのは、王国広しといえども、目の前のネイサン＝ブラックモアだけだろう。そのままにっこりとネイサンが微笑んでくれたので、シエナはしばらく躊躇《ためら》っていたが、やがて頷《うなず》いた。自分はサリーといいネイサンといい、周囲の人たちに恵まれている。かつてはライリーもそうだった。彼はいつでもシエナの味方でもあり理解者でもあったのだ。今まではライリーが最も近しい人だったけれど、これからは彼がいない世界に慣れないといけない。

ネイサンに連れられて、表玄関を出てブラックモア公爵家の馬車にサリーと共に乗り込む時、シエナは王宮を振り返る。

(さようなら、ライリー様……心からお慕いしておりました。どうかお幸せになってください)

ライリーの私室の窓を見つめると、人影がさっと動いたような気がしたが……きっと自分がそうだったらいいと思っている未練だろうと、シエナは諦《あきら》めたように視線を逸《そ》らした。

馬車が動き始めてしばしの間、馬の蹄《ひづめ》と車輪が回る騒々しい音だけが響いていた。やがて対面に座っていたネイサンが、シエナに気遣うような声をかけてきた。

「シエナ、大丈夫か？　可哀想《かわいそう》に……とてつもなく驚いたろう」

「……はい」

シエナは消え入るような声で答える。子供の頃からよく知っているネイサンにはさすがに嘘《うそ》はつけなかった。

「それも相手が、ドブソン嬢だからな」

ネイサンの精悍《せいかん》な顔をシエナはぼんやりと眺めた。

ネイサンはもしかしたら貴族令嬢たちの間で密《ひそ》やかに噂になっている、イモージェンの少しだけ自由な感覚の男女関係について何か知っているのだろうか。というのは、イモージェンをエスコートしている貴族子息がいつも違う男性だからだ。

ただそれはあくまでも噂の域を出ない。だからシエナはわざわざイモージェンの悪評を彼の耳に改めて吹き込みたいとは思わなかったので黙っていた。ネイサンは特に答えを求めていなかったらしく、ぐしゃぐしゃと金髪の髪をかき回している。

彼にははっきりとシエナを心配する表情が浮かんでおり、シエナは思わずイモージェンの指輪と、彼女の不自然にも思える仕草について話したくなった。だが、これもまたただの推測であり、万が一のことを思ったら躊躇われる。この慎重さは、もともとシエナの持って生まれた性質ではあったが、王族の一員となるための教育を受け始めて教師に褒められた資質でもあった。

（どうにかしてあの指輪について調べることができないかしら）

指輪がもし、本当に魔導具だったなら。

ライリーが魔法で操られているのだとしたら。

そこまで考えたシエナは、でも、と心の中で続ける。

(でも魔導具だなんて、やっぱり現実的じゃない……ライリー様が本当にイモージェンのことを好きになったと考える方が自然なはず――私が認めたくないだけで)

自分を落ち着かせるべく、彼女は馬車の窓を流れ行く景色に視線を移した。

(イモージェンと恋に落ちたのだったら、私は……ライリー様を応援してあげたい……どれだけ辛《つら》くても)

そこまで考えると、再び切り裂かれるような胸の痛みを感じ、シエナはぐっと目をつむった。

しばらくしてネイサンがふうっと大きく息を吐く。シエナ、と呼ばれたので彼を見れば、ネイサンは少しだけ表情を緩めていた。

「シエナにとっては災難だったな」

災難どころの話ではないが、彼がシエナの気持ちを少しでも軽くしてやろうと、わざとそう言ってくれたのが伝わってきた。

「ライリーが明日やっぱりシエナがいいと言い出したら、頬《ほお》を叩《たた》いてやりな」

ネイサンの口調は、まるで労《いたわ》る兄のそれだった。実際、三歳年長のネイサンは、シエナの兄であるアンドリューと同い年だからあながち間違ってはいない。彼はライリーとシエナの恋を幼い頃から、いつも側で見守っていてくれた人だ。それこそライリーの婚約者選びのお茶会にもネイサンは参加していたくらいなのだ。

（これ以上、ブラックモア様にご迷惑をかけてはいけないわ）

シエナはぎゅっとドレスを握りしめ、自分自身を叱咤《しった》しながら、出来る限り感じの良い笑みを浮かべるように努力した。自分の感情はなるべく直接顔に出さない。王子妃になるはずだったシエナが普段から心がけていたことだった。

「私は……全て殿下のお心のままに従います」

ネイサンは、まさか、とでも言いたげに顔をしかめた。

「君はそういう子だよなあ！　あんな朴念仁《ぼくねんじん》には本当にもったいない」

ライリーは確かに真面目な人ではあるが、断じて朴念仁ではない。

「いいえ。ライリー様のような素晴らしい男性に、私が見合わなかった、ただそれだけです」

彼女がそう答えると、ネイサンは痛ましいものを見るかのように瞳を眇《すが》めた。

「そんなわけあるか。君は素晴らしい女性だよ」

今までネイサンにこんな風に手放しで褒められたことのないシエナは大いに戸惑《とまど》った。彼はライリーの親友ではあったがいつでも節度ある距離を保って彼女に接してきたからだ。

「ブラックモア様――」

彼女が言いかけると、ネイサンは軽く手を振ってそれを止める。

「どうかネイサンと。昔はそう呼んでくれただろう？　いつからか君は俺のことを名前で呼ばなくなった」

「それは……──」

シエナは答えに窮《きゅう》した。

確かに幼い頃は、まだ道理がそこまでよく分かっておらず、ライリーがネイサンと気楽に呼んでいるので、「ネイサン様」と呼んでいた。ライリーの婚約者であるならいざ知らず、今はもう婚約破棄をされてしまい、ただの侯爵令嬢になったため、名前で呼ぶのは失礼にあたる。

その上、今やただのお荷物で、ブラックモア公爵家《こうしゃくけ》にも迷惑をかける身でしかない。第二王子に直々に頼まれて、ネイサンがこの厄介《やっかい》な話を受け入れてくれたというのも分かっている。

「いいんだよ。俺は君がネイサンと呼ばない限り返事をしないからね？　せっかくのチャンスだから、ライリーが正気に戻る前に君を口説《くど》くことにするよ」

ぱちんとネイサンが茶目っ気たっぷりにウインクをすると、シエナの隣でサリーがごふっと喉《のど》に大きな石でもつめたような音を立てて噎《む》せた。

「──ふふ」

しばしの沈黙の後、シエナは小さく声を上げて笑った。

「ネイサン様、ありがとうございます。私を元気づけて下さったのですね……！　ご厚情に感謝いたします」

（ああ、私、笑えた……！）

シエナはこれほどまでの沈鬱《ちんうつ》な気分の中でも、笑うことが出来た自分に安堵《あんど》した。もちろんそれは、シエナに親切にしてくれるネイサンのお陰でもある。

そもそもネイサンは恋多き男性として社交界でも有名で、今まで浮名《うきな》を流してきた令嬢たちは数え切れないほど。相手になる令嬢たちはいつだって煌《きら》びやかで華やかな女性ばかり。シエナのように地味で、あまつさえ婚約破棄をされるような令嬢には彼は女性としての興味はないはずだ。

「別に冗談ではないんだけどな――ま、笑顔が見られたからいいことにするか」

彼が口の中で呟《つぶや》いた言葉は、シエナの耳には届かなかった。

ネイサンのお陰で一気に車内の空気が明るくなり、シエナのぴんと張りつめた気持ちが少しだけ和《やわ》らいだ。そして程なくして、ブラックモア公爵邸に到着した。

ブラックモア公爵家は、当主であるブラックモア公爵が国王の従兄弟《いとこ》という関係もあり、王国でも有数の大貴族である。シエナは片手で足りるほどであるが、ライリーと共に公爵邸を訪れたことがあった。いつ来ても、豪奢《ごうしゃ》で広大な屋敷である。

今回の件については、公爵と公爵夫人には預かり知らぬこととなっているらしく、事情はネイサン一人だけに打ち明けられたとのことだ。表向きはまだ第二王子の婚約者であるシエナが公爵邸に滞在するのはおかしな話に思えるが、そこはネイサン＝ブラックモアの腕の見せ所であった。

「要は理由なんていくらでもでっちあげることが出来るんだよね」

彼は笑いながら、シエナを屋敷の離れに案内してくれた。離れは独立した玄関を持ち、それだけで十分な広さを誇り、立派なものである。下手《へた》をしたら、メレディス侯爵本邸と同じくらいの規模かも知れない。

ここは公爵家に所縁《ゆかり》のある客人が来た時に泊めるためのゲストハウスだと聞き、改めてブラックモア家の財力に驚くと共に、シエナは密かに安堵した。ここであれば、公爵家の人々に会うこともないだろう。

ネイサンはまずこの離れを取り仕切っている執事のロバートとメイド長のキャサリーンにシエナを紹介してくれた。サリーのこともシエナの側仕《そばづか》えだと付け加える。この離れでもサリーはずっとシエナの側にいてくれるので、とても心強い。

「歓迎致します、シエナ様。何かございましたらいつでも私にお声をかけてくださいませ」

ロバートは、王子の婚約者であるシエナに丁重に挨拶《あいさつ》をしてくれた。

「ありがとうございます……！」

そんなやり取りを黙って見守っていたネイサンが直々に二階へと案内してくれる。

「さ、どうぞこの部屋を自由に使ってくれ」

「まぁ、こんな素敵な部屋を……？」

シエナにあてがわれた客間は、日当たりの良い場所にあり、十分広くてとても居心地が良さそうだ。全体的に豪華な作りではあるが、この部屋はまた特別な印象がある。

おそらく男女どちらが泊まってもいいようにと考えられているからか、使われている色は中間色が多いが、キングサイズのベッドのヘッドボードは細かい彫刻が施された豪華なものだったし、いかにも座り心地の良さそうな茶色い革が貼られたソファも、どっしりとした重厚な作りだった。カーテンはオーダーメイドだろうか、とても細かな刺繍《ししゅう》が施されている。

こんなに突然やってきたというのに、部屋には塵《ちり》一つ落ちていないし、家具が埃《ほこり》をかぶっていることもない。この部屋を見ただけでブラックモア家に仕える使用人たちの優秀さが窺《うかが》えた。

二人に付き従って荷物を運んできたサリーもぽかんとして与えられた部屋を眺めている。彼女はこの部屋の続き間の小さな寝室を与えられることになっている。

「シエナは花嫁教育に少し疲れて、王宮から離れて休みたいけど、実家に帰ると話が大きくなるからライリーが俺に頼んでここに匿《かくま》うってことにしてるから、君もそう心得ておいて」

すらすらとネイサンが説明してくれ、シエナはおずおずと頷く。

「はい、承知致しました」

「必要なものがあったらロバートかキャサリーンになんでも言って。俺は本邸に部屋があるから戻るけど……、シエナが心細かったら離れで寝起きしてもいいよ？　何しろ部屋ならいくらでもあるからな」

ネイサンの軽口が心に染みる。今までと変わらず、彼は親切で優しい。

「大丈夫です、ネイサン様。本当にありがとうございます……こんなに良くしていただいて、感謝しかありません」

どことなくぎごちないけれど、しかし心からの笑みを浮かべたシエナをちらりと見て、ネイサンは改まった口調でさらりと告げる。

「いいんだ。ずっと君はライリーにとっての大切な女の子だったし、それは俺にとっても同じ……これくらい喜んでさせてもらうよ。きっとライリーも望んでいるだろうからね。また明日来るよ、必要なものがあるようならその時に何でも言ってくれ」

ネイサンはシエナの手をとって、幼い頃のようにぽんぽんと二回ほど軽く叩くと、そのまま本邸に戻っていった。

『きっとライリーも望んでいるだろうからね』

ネイサンの言葉に、ずきりと胸を突かれるような鋭い痛みを感じた。

確かに以前のライリーだったら、シエナがこれだけ厚遇《こうぐう》されていることを知ったら喜んでくれただろうが、今の彼はきっと……。出会ってから一度も経験したことのない、彼からの温度のない眼差しはシエナの心をズタズタに切り裂いた。

(……でも、泣いてばかりはいられないわ)

シエナは先程、馬車に揺られながら心を決めていたのだ。

このまま泣き寝入りするつもりはない、と。

(どう考えてもやっぱりおかしいもの)

彼女はサリーが運んできた荷物の中から、目当てのものを見つけると、ソファに座る。

「あら、本を……?」

サリーから声をかけられて、シエナは頷く。

「ええ」

「お嬢様は本当に本がお好きですね」

「ふふ、そうね」

シエナは微笑むと、ページをめくって、真剣な表情で読み始めた。

◆◆◆

ライリーは窓辺に佇《たたず》み、じっと外を眺めていた。あまりにも無表情なため、何を考えているかは傍目《はため》からはうかがいしれない。しばらくして、彼はふっと振り返り、スタスタと本棚へと歩いて行く。迷いのない手つきで、一冊の分厚い本を手に取った。

◇◇◇

翌朝。

「おはようございます、お嬢様」

「おはよう、サリー」

すっかり目が覚めていたシエナはベッドに起き上がっていた。何度もライリーから婚約破棄を告げられるシーンと、イモージェンの勝ち誇ったような微笑みばかりが繰り返し夢に出てきて、浅い眠りしか訪れなかったからである。

ほとんど眠れていないため、腫れぼったいシエナの瞼《まぶた》にサリーは気づいたと思うが、賢明なメイドはそのことについては何も触れないでくれた。

「あら、それは何？」

サリーが花瓶《かびん》に生けられた白い花を恭《うやうや》しく運んできたので、興味を惹かれて尋ねる。

「マーガレットだそうです。お嬢様に届けられたと執事に言われましたので、持って参りました」

「ふぅん……。ネイサン様かしら？」

サリーは花瓶を丁重な手つきでテーブルに置くと、肯定する。

「どなたからかは執事は申しておりませんでしたが……。でも花があるだけで随分印象が違いますね！　ブラックモア様は、離れの庭園であれば自由に散策していいとも仰っていらっしゃいましたよ」

いかにもネイサンらしい気遣いだ。

「そうね……。もし、天気が良さそうだったら、後で散歩しようかしら」

「それがいいと思います……あら、これは……昨日読んでいらした本？」

サリーがテーブルの上に置いてある茶色い背表紙の冊子を見て、眉をあげた。

「ええ。私が王子妃として学んでいたときに使っていたノートなの。あとでネイサン様がいらしたら、ちょっと確認したいことがあって」

「そうですか。まぁ、少しでもお元気が出たようで良かったです」

サリーがさりげなくそう言ったので、シエナは小さく首を傾げる。

「そう？」

「何年お嬢様を見ているると思っているんですか」

「そうよね」

シエナは素直に応じた。

「とんでもないことになりましたけど、そうやってすぐに前向きになられるのが、さすがお嬢様って思います」

「そこまで前向きってわけじゃないのよ、サリー。何かしていないと、すぐ泣いてしまいそうだし、途方にも暮れてる。でも……」

シエナは少しだけ口ごもって続ける。

「簡単に諦めたくない。だから出来ることはしたいなって思っているの」

「はい、いいと思います。それがお嬢様ですもの」

「ありがとう、サリー」

シエナは静かに答え、花瓶に生けられている白い花に視線を送った。

◆◆◆

「ライリー」

第二王子の私室に入ったネイサンは、窓辺に佇んでいる幼馴染の名前を呼んだ。けれどライリーは外を眺めたまま、振り返らない。長い付き合いのネイサンはあまり気にした様子も見せずにソファに腰を下ろした。

「昨日俺が迎えに行ったとき、彼女は落ち着いていたよ。いつも通りのシエナだった」

シエナ、という名前を聞いたときだけライリーの指がぴくりと小さく震えたが、それ以上の反応はない。

「ということを一応報告しておく。……ブラックモア邸の屋敷の離れに案内したよ」

長い足を無造作に組みながら、ネイサンが続けた。

「ネイサン」

そこでようやくライリーが振り返ったが、見事なまでの無表情ぶりであった。

「なんだ？」

「シエナに頼みがあるから伝言してくれないか」

◇◇◇

その日の午後遅くに、ネイサンがブラックモア邸の離れに様子を窺いにやってきた。

「うん、なるほど……？」

シエナの頼みを聞いた彼は思わずという風に苦笑する。彼らはローテーブルを挟んで向かい合ってソファに座り、話し合っていた。ネイサンはサリーが準備してくれた紅茶には手をつけず、親指と人差し指でゆっくりと自分の顎を擦《こす》っている。

「難しいでしょうか……？　もし無理でしたら、構いませんので」

彼の表情に浮かんだものを困惑と取り、さりげなくシエナは言い添えた。

「いやいや、明日にでも手配しよう。でも本当に君らしいなって思ってさ」

ネイサンが快諾《かいだく》してくれたので、シエナはほっと胸を撫《な》で下ろす。ただ彼がその後にすぐに表情を引き締めたので、シエナの背筋は自然と伸びる。ネイサンは組んでいた足を戻すと、真正面から彼女を捉えた。

「今朝《けさ》、王宮に呼ばれたんだ。ライリーに会ってきたよ」

「……！」

ライリーの名前を聞くと、鼓動《こどう》がおかしな風に跳《は》ねる。

「ライリーが君に頼みがある、と」

「え、私に……？」

信じられなくて、シエナは目を瞬《しばたた》く。

ネイサンの表情は、どこまでも硬いままだ。

「ああ。今週末、王宮で開かれる夜会のことは覚えているだろう？　何しろ半月前から準備しているからな。そこにライリーが君を同伴したいと言っているんだ」

予想外の、意外すぎる内容に、シエナは呆気《あっけ》にとられる。

「え……、私ですか？　……イモージェンではなく……？　何なら、私は体調不良ということで欠席にさせていただければ」

ネイサンが大きなため息をついた。

「君の気持ちはよく分かる。あいつは本当に勝手な奴《やつ》だよな……だが、他に手段がない」

他に手段がないと言われ、シエナは押し黙る。

「まずドブソン嬢なんかをエスコートしたら醜聞《しゅうぶん》はあっという間に広まってしまう。それくらいはライリーにだって分かっている。それに週末の夜会は、他国の大使たちも参加するから、君には申し訳ないが、顔見せだけは必須だとあいつは考えているんだ」

(確かにそれはそうだけれども――)

ライリーとシエナは公に認められた婚約者だ。

他国の大使たちを前に、ライリーがシエナ以外の女性を同伴するなんて、ありえないことである。私情を優先してイモージェンをエスコートすることはさすがに出来ないようだ。

(そういう冷静さは、とってもライリー様らしい、と思うけれど……)

シエナは俯き、目の前のローテーブルに載っているティーカップをぼんやりと眺める。さすがブラックモア公爵邸で使用されている陶器はどれもこれも一流品ばかりで、デザインといい品質といい上品で見るだけで目の保養になるものばかりだ。

ぼんやりと彼女は、ライリーの冷たい表情を思い出す。

(今またライリー様に会ったら、私、取り乱してしまわないかしら)

婚約破棄を告げられた日の彼を思い返すと、シエナの心は軋《きし》むように痛む。じくじくとした胸の痛みを抱えながら、それでも、とシエナは思う。

(だけど……ライリー様に必要とされているのだわ)

彼女はぎゅっと手を握りしめる。

（ライリー様のお役に立てるのだったら、きっと私、頑張れる……どれだけ辛くても）

やがてシエナは心を決め、心配そうに見守っているネイサンに視線を送った。

「畏《かしこ》まりました。承知したと——殿下にお伝えくださいませ」

「うん。また辛い目に遭わせてしまうね……大丈夫、少しだけ顔を出したら、後は気分が悪いといって退席すればいいよ」

「お気遣いいただき、ありがとうございます」

その会話を最後にネイサンは席を立ち、明日までにはシエナが必要なものを手配しておくからね、と言った。

◇◇◇

数日後。

「だから、どうして中に入れてくれないの？」

イモージェンがふくれっ面《つら》で第二王子の部屋の前に立っている騎士たちを見上げていた。黒の騎士服を着込んだ騎士たちは、微動だにせず同じ言葉を繰り返す。

「殿下は現在ご公務中です。許可された方以外の立ち入りは禁じられています」

「で・も！　ライリー様に聞いてくださったら、絶対に大丈夫だから！　聞くだけでも聞いてきてくれない？」

「申し訳ありませんが、我々も入室は禁じられておりますので」

既に十分以上同じ押し問答を繰り返している。しぶしぶイモージェンは口を閉じた。

そもそも今日王宮の中に入りこむのも一苦労だった。入り口の衛兵たちはイモージェンのことを誰であるか認識していないため、許可を取るのに手間取り、乗り付けた馬車の中でしばらく待たされる羽目になった。

(どうにもならなそう……仕方ないわ……今日は帰るとするか)

今日来た目的は、今週末王宮で開かれる夜会で、ライリーに婚約破棄の宣言をさせるためだ。そのためにはどうしてもライリーに直接会う必要がある。イモージェンは右手に嵌《は》めている指輪を無意識に回しながら、どうするかまた策を練る必要があると考え始めた。

(ああああ！　思っていた以上にライリー様は忙しくって全然会えてない!!)

計画では、シエナに婚約破棄を宣言したその日にはライリーをベッドに引きずり込み、既成事実を作り上げておくつもりだったのに。ブラックモアのせいですげなく追い返され、それから数日経《た》ったが、ライリーから文は届くが、一度も会えていない状況だ。

(しかも、文の内容もそっけないし……ライリー様って奥手なのかしら。確かにシエナともベタベタされている様子は見たことがなかったけど)

イモージェンは熱烈な愛の言葉を綴《つづ》った手紙を返しているが、ライリーからはせいぜい、頑張って「好ましく思っている」と読めるかな、というレベルの内容しか戻ってこない。

(私があれだけ、好き、早く会いたい、と書いているのに、『慎《つつ》ましい思いを抱いていて、再会できたら良いと思う』って、友人にも書かないでしょ、普通⁉　慎ましい思いって何よ⁇　しかも再会できたら良いと思うってもはや会おうとも言ってないよね⁇）

一番最近のライリーから届いた手紙の内容を思い出して、イモージェンは苛々《いらいら》しながら爪を噛《か》む。

（しかもあの王子、絶対名前を書かないのよね。あれじゃあ、差出人が分からないし、ほんっと最悪）

手紙の最後には署名もなく、書かれているのは『私より』だけ。

あれでは送り主が相手に恋い焦《こ》がれていると思わないどころか、第二王子から貰ったものだ、なんて誰一人信じないだろう。

だがライリーが分刻みの公務をこなしているのはどうやら事実らしい。イモージェンがここにいる短い合間にも、ひっきりなしに書類やら本やらを抱えた文官や側仕えなどが彼の部屋を出入りしている。ここで騎士たちとにらめっこしていても何の役にも立たない。仕方なく、イモージェンは諦めて退散することにした。

ドブソン邸に戻ると、手ぐすね引いて待ち構えていたドブソン侯爵が玄関で彼女を出迎えた。

「首尾はどうだった？　今日こそ、週末の夜会に同伴するよう王子から承諾をもらえたか？」

「……無理でした。とてもお忙しそうで、お目にかかることすら出来ませんでした」

その言葉を聞いた途端に、ドブソン侯爵の顔が怒りで歪《ゆが》む。

「なんだと⁉　一週間に一度は必ず王子にお前の姿を確認させないといけないのだぞ」

（そんなことは分かってるわよ！　やれるだけやってるけど、取り付く島もないんだもの！）

イモージェンは内心苛々しながら父親に答える。

「ええ。とりあえず数日前に一度お会いしましたので、あと数日の猶予はありますから週末の夜会にお目にかかれば、問題ないはずですわ。念の為とりあえずまた明日も王宮に足を運んでみます」

ドブソン侯爵はぎろっとイモージェンを睨《ね》めつける。

「失敗したら、どうなるかを忘れていないよな？　そもそもお前みたいな半端者を引き取ってやったのだから、もう少しうまく立ち回れ」

ぐぐっとイモージェンは自分のドレスを摑《つか》み、怒りをやり過ごした。

「はい……。重々承知しております。引き取っていただけたことを感謝しています」

ふん、と盛大に鼻を鳴らしながらドブソン侯爵は去っていき、イモージェンは二階にある自分の部屋へと向かった。部屋に戻ると、すぐにメイドを呼びつけ、紅茶を準備するように命じる。側仕えの手を借りながら外出着から室内着に着替えた頃、ようやく二人のメイドがお茶の準備をして戻ってきた。

見ない顔のメイドたちだった。新人なのかもしれないが、あまりにも手際が悪い。

「何をのろのろしていたのよ、遅いじゃないっ！」

イモージェンが尖《とが》った声を上げた途端、その声にメイドが焦《あせ》ったのか、熱々の紅茶が入ったカップを取り落とした。がしゃん、と大きな音を立てると同時にカップが割れ紅茶の飛沫《しぶき》がイモージェンの腕にかかった。

「熱いわ！　なんてことしてくれるの！」

彼女は立ちすくんでいるメイドを睨《にら》みつけながら怒鳴った。

「何突っ立ったまま見てるのよ。もうお茶はいらないから、はやく片付けて出ていきなさいよ！」

こんな振る舞いは淑女《しゆくじよ》としてふさわしくないが、自分で自分の怒りが止められなかった。イモージェンはソファに座り直すと、親指の爪を噛み始める。

（なにが半端者よ！　私がどんな思いでこんなことしているのか、分かりもしないくせに‼）

メイドたちが散らばった陶器を片付け、逃げるように部屋から出ていくのと入れ違いに、一人のがっちりとした従者が入ってきた。いかにも平民、といった風情《ふぜい》の浅黒い体と黒い髪、黒い瞳を持つ体格のいい男である。

「おいおい、メイドに八つ当たりか？　いい加減にしておかないと、お前の親父《おやじ》に言いつけられるぜ」

「うるさいわ、アーセム。あの子たちが無能なのよ」

アーセムと呼ばれた若い男はにやりと笑い、じっとイモージェンを見つめた。

「なんか、元気ないな？」

アーセムはイモージェンの昔馴染で、事情があってこうして彼女の従者をつとめている。だからこの尊大な物言いも許しているのだ。

彼女はぞんざいに言った。

「アーセム、今から抱いてくれる？　今日は何もかもうまくいかなくって、苛々しているの」

従者はぴくりとも眉を動かさない。

「……今日は珍しく侯爵はまだ家にいるぜ。しかも王子にはまだ抱かれてないんだろ。男に抱かれた痕《あと》が残ってて大丈夫なのかよ？」

「お父様はどうせ私のことなんかどうとも思っていないからいいのよ。王子は──《これ》があるから大丈夫。どうとでもごまかせるわ──処女じゃないことだって」

イモージェンがアーセムに指輪を見せつけると、彼が口元を引き締めた。それからしばらくしてアーセムがゆっくりと呟く。

「そうだな、お前の処女は俺が貰ったからな。王子のような高潔な男がどうやって女を抱くか知りたいな」

「あんな澄ました王子なんか、挿《い》れて腰振って終わりに決まってる──ねえ、早くして。できたら──ひどくして、全部忘れるくらい」

従者は主人の望むように振る舞うべく、彼女を抱き寄せた。

◇◇◇

「まぁ、今日のお花はブーゲンビリアね。とても綺麗だわ」

シエナは、サリーが抱えている花瓶を見て、にっこりと微笑む。この離れの屋敷に設えられている図書室で、花の図解入りの本を見つけたので読んだところだった。ブーゲンビリアは形に特徴のある花なので、今までそこまで草花に造詣《ぞうけい》が深くなかったシエナにもすぐに見当がつく。

「へえ、これがブーゲンビリアですか。名前は聞いたことはありましたけど、実物をこんなに近くで見たのは初めてです」

「私もよ」

サリーが花瓶をテーブルに置く。

「それにしてもお嬢様、そんなにお花の名前に詳しかったですっけ？」

「ううん、今までは人並みくらいよ。どなたからかこれだけ様々なお花をいただけるから、どうせなら楽しみたいなと思って本を読んでみたの」

「なるほど」

そう、初めてマーガレットが届いて以来、花は毎日のように届けられる。

「それにしても随分まめな方ですよね。やっぱりブラックモア公爵子息様でしょうかねえ。いかにも女性に花を贈るのに慣れていそうですし」

「それは……」

答えかけたシエナはそこで口をつぐむ。

一度ネイサンに、私に花を贈ってくださっていますか？　と聞いたところ、彼はにっこりと笑っただけだった。彼の表情を見たシエナはそれ以上の質問を重ねるのはやめることにした。なんとなく、きっとネイサンは答えてくれない予感がしたから。

「さて、今日も向かわれますか？」

サリーの質問に、シエナは迷うことなく頷く。

「うん、行くわ」

「承知致しました。ではそのように準備させていただきますね」

メイドが忙しく立ち働き始める中、シエナはじっとブーゲンビリアの花を見つめていた。

ライトブルーの外出用ドレスに着替えたシエナが玄関ホールに降りると、ちょうど彼女を訪ねようとしていたらしいネイサンと鉢合《はちあ》わせした。シエナはすぐに足をとめて、カーテシーをする。挨拶を終えるとネイサンが彼女に朗《ほが》らかに尋ねる。

「今から外出するのかい？」

「ええ」

「国立図書館に？」

「はい。それで以前にお願いさせていただきました件は……？」

ネイサンは申し訳なさそうに首を横に振る。

「ごめん。急がせているけれど、まだ良い返事が来ていないんだ。もう少し時間がかかるかもしれない」

その返答は、彼女の求めているものではなかったが、シエナは落胆《らくたん》しているような素振りは一切見せなかった。

「どうか謝罪などなさらないで。私……いくらでも待てますから」

「本当に申し訳ない。それに時間があれば俺も一緒に国立図書館に行きたいところだが、今日はもうすぐ王宮に行かねばならなくてね――では気をつけて行っておいで」

シエナが再びカーテシーをして、側仕えのサリーと共に玄関を出ていく。今日も玄関ホールに漂う花の香りに、ネイサンはふうっと軽く頭を振って、それから腰に手をあてる。

「今日は……ブーゲンビリアだったな」

シエナが出ていった玄関の扉を見つめながら、ネイサンがため息をついた。

「ほんっとに、もどかしい……」


（今日はこの辺りにしましょう）

王国一の蔵書を誇る国立図書館には、通常ではなかなか手に入らない貴重な文献が眠っている。あの日、ネイサンに頼んだのは、ブラックモア公爵家の名前を借りて国立図書館の奥にある特別室へ入ることが出来ないか、ということであった。その特別室には、王族の他にはごく一部の許された貴族しか入室することが出来ない――何故《なぜ》なら一般人にはまず読むことができない……例えば希少な魔法に関する本も多数備えられているからだ。

けれど、さすがに国家機密に近いため、なかなか許可が降りない。

そもそもライリーの婚約者である――対外的にはまだ――のシエナでも許されないのだ。それで王家の血縁である公爵家の威光《いこう》を借りようとネイサンに嘆願《たんがん》したのだ。彼女はとにかく、魅了の魔法と、魔導具について調べたかったのである。彼女が王宮から持ち出した茶色の皮のノートには、教師から学んだ内容が箇条書きで書かれていたに過ぎないので、ちゃんとした専門書で読みたかったのだ。

ネイサンには、魅了とは明言しなかったが、ライリーは何らかの魔法をかけられた状態ではないかと思っているという自分の推測を話した。彼も疑っていたのか、そのことに関しては肯定も否定もしなかった。思慮深いネイサンはただ黙って彼女の話を聞き、図書館の特別室に行ってそれに関する文献だけ読みたいのだ、というシエナの願いを叶《かな》えるべく動いてくれている。

ネイサンからはさして反応は得られなかったが、しかし他人に話すことで自分の考えが少しまとまった。

(ライリー様は、なんらかの形で魔法をかけられているに違いない。イモージェンの持っていた指輪はやはり魔導具なんだと、思う)

もちろん確証はない。だから少しでも真実に近づくべく、調べることにしたのだ。

まだ特別室には入れないものの、それでもこの図書館の蔵書の数は他の比ではないため、少しでも何か関連した本が見つけられないかとシエナは日参していた。字が読めないサリーはつまらなそうにシエナについて回り、彼女が席について本を読み始めると、仕方なしに編み物などをしている。サリーには申し訳ないが、シエナの図書館通いはこれからも続く。

(あ、これ、懐《なつ》かしい……!!)

児童書のエリアに差し掛かった時、シエナはよく知った背表紙の本を見つけて足を止めた。

(ライリー様が一番お好きだった、『スタンリーの冒険』だわ)

思わず手に取り、パラパラとめくる。

話はごくシンプルなもので、市井《しせい》の少年が実は勇者であり、竜をお供に従えて世界中をまわり、最終的に魔王を倒して世界平和を導くというもの。途中で仲間に出会い、後に相思相愛になる姫も登場するという、王道ではあるがシエナも好きなお話だ。

この本は十歳前後の子供を対象に書かれているが、ライリーはこの話がいたくお気に入りでかなり大きくなるまで、自分の執務室に並べていたのである。

最初に彼の私室を訪れた十二歳の時。

『これが一番のお気に入りなんだ』

そう言ってライリーはにこにこしながら、『スタンリーの冒険』の表紙を優しく撫でていた。

冒険譚《ぼうけんたん》が好きだなんて、大人びたライリーにもやはり普通の男の子みたいなところがあるのかと思ったシエナはにっこりと微笑んでしまった。

『どういうところがお好きなんですか？』

『やっぱり、自由に世界を駆け巡るところかな。それも竜と一緒だなんて、夢があるじゃないか』

『確かに。やはりライリー様も世界中を旅されたいんですか？』

シエナもまだ幼くて、直球な質問だったが、ライリーは気にした様子も見せずに、ははっと笑った。

『可能ならね！　もちろん、俺の立場じゃ無理だってことは、分かっているんだけど』

微笑んでいるのに、どこか寂しそうな彼の笑顔に、シエナの胸は締め付けられ、考えるより前に言葉が出てしまった。

『これからは、わ、私が、いますから！　ライリー様を旅行には連れて行けませんけど、私が話し相手になりますから！　ライリー様に楽しんでもらえるよう、いっぱい読書して、知識を蓄えますからね！』

ぐっと両手を握りしめ、真剣そのものといったシエナにライリーの目が丸くなる。やがてその眼差しがふっと和らぎ、ほわっとした笑顔になった。

今までに見たことのない彼の表情に、シエナの胸がぽっと熱くなった。

『ありがとう、シエナ。嬉しいな』

ライリーが喜ぶことなら、何でもしたい。その時シエナは心からそう思ったのだった。

さらにシエナが王宮に移り住んでしばらくした頃。

執務室の本棚からはいつからか姿を消していた『スタンリーの冒険』を、ライリーの私室の本棚に見つけたとき、シエナはとても嬉しくなった。

『よかった、まだお持ちでいらっしゃったのね』

にこにこしながら本棚から取り出すと、ライリーがちょっとだけ頬を染めた。

『子供っぽいって思ってる？』

『まさか！　執務室の本棚になくて、残念に思っていたくらいだったんですよ？　私、これからもライリー様のお話し相手になれるように、もっともっと勉強しますからね』

決意を新たにしたシエナをライリーがそっと抱き寄せ、ふわりと彼がいつもつけている香水の爽《さわ》やかな香りが漂った。

『何を言ってるんだ、シエナはシエナでいてくれたら、それだけでいい。君が婚約者で俺は本当に幸せ者だ』

そう言ってちゅっと額に唇を落とされ、シエナは頬を真っ赤に染めてしまったことを思い出した。

(あのライリー様に、会いたい)

今は叶わないことだと思い至ると、胸の奥が痛む。

(ライリー様はやっぱり魔法をかけられたはず……自信はないけれど。どうにかして自分で……謎を解く鍵《かぎ》を見つけなければ。さあもう、悲しむのはおしまい)

自分にそう言い聞かせると、震える手で本を元に戻し、シエナは重い足取りで本棚を離れた。そして残念ながら、彼女の思いとは裏腹にその日も特にめぼしい収穫は得られなかった。

◇◇◇

週末の王宮での夜会に参加するにあたり、シエナはパーティ用のドレスを持ってきていなかったので、ネイサンが準備をしてくれることとなった。本来は遠慮するべきだったのだろうが、今のシエナにはネイサン以外に頼る人がいないのでお願いすることにした。

「さすがブラックモア公爵子息ですね、女性のことをよく知っておられる。あれだけたくさんの女性を見ていたらそりゃ審美眼《しんびがん》も養われるというものでしょう」

届けられたアイボリー色のドレスを着せながら、サリーが褒めているのか皮肉を言っているのか分からないようなことを言うので、シエナは苦笑した。長年シエナのメイドであるサリーは、もちろんネイサンの恋の遍歴《へんれき》をそれなりに知っているのである。

「サリーったら」

「いやこのドレス、お嬢様にあつらえたかのようにぴったりですよ？　まるで殿下が見立てたかと思うくらいに……」

そこまで口にしてからサリーがはっとしたように突然黙る。

「そうね。ここしばらくはずっと殿下がドレスを準備してくださっていたものね」

なるべく自然に聞こえるようにと、シエナがサリーが飲み込んだ続きを朗らかに言った。

十五歳を過ぎた頃からはいつもライリーがドレスを選んでくれていた。確かにこのドレスは、色目こそアイボリーで大人しめだが、ライリーが好みそうな清楚《せいそ》で上品な仕立てだ。

ネックレスは肌身放さずつけているライリーから貰ったブルーサファイアを、イヤリングはネイサンが準備してくれたシルバーのドロップ型のものをつけた。

「いつも本当にお綺麗でいらっしゃいます」

にっこりとサリーが微笑んでくれる。

「ありがとう、サリー」

「あ、信じていらっしゃいませんね？　本当に、お嬢様は誰よりもお綺麗ですよ！」

「ふふ、信じているわよ」

シエナが自分の言葉で微笑んだので、サリーは嬉しそうだ。そうしてサリーは胸を張って、自分の主人を見送ってくれた。今日はネイサンが側についていてくれるので、彼女は留守番となる。

階段を降り、玄関ホールで待っていたネイサンの目の前にシエナが立つと、彼が息を呑《の》んだ。

「シエナ！　久々に君が正装した姿を見たけれど——信じられないくらい美しいな！　今日は君を王宮までとはいえエスコート出来て俺には役得だ」

「ネイサン様ったら……！」

さすがネイサン。女性を褒めるのも慣れたものだ。

とはいえここまで大げさに褒められてしまうと、恥ずかしくてシエナは微笑むしかない。

「さあお姫様、魔物の巣窟《そうくつ》に向かおうか」

ネイサンが差し出した腕に、シエナは貴族の礼儀に則《のっと》って、摑まった。

◇◇◇

「ライリー様」

イモージェンがようやく王宮の夜会で、第二王子を捕まえることが出来たのは、会が始まってかなり時間が経ってからだった。何しろ今夜は他国の大使たちが参加しており、外交の意味も兼ねているから、第二王子の元にはひっきりなしに人が訪れ続けているのである。やっと人の波が途切れたタイミングで王子に話しかけることが出来た。

（そういえばシエナと参加しているときも、ライリー様はほとんどこうやってお忙しく過ごしていらっしゃったわね）

遠目から憎々しい思いで見ているしかなかった時分の記憶を引っ張り出す。王子が来賓《らいひん》と話している間、シエナは彼の隣にいることもあったが、自分の父や兄などと過ごしていたのをイモージェンは思い出した。

だからイモージェンと過ごすのが嫌なわけではないのだろう。

（とにかく、一刻も早く指輪を見せつけなきゃ）

つんと顎《あご》をあげて、怪訝《けげん》そうな第二王子に指輪が眼に入るようにすると、王子の表情が確かに少しだけ緩まったが、彼女が思っていたほどは柔らかい表情にはならなかった。その顔を見上げて、イモージェンはひやりとする。

（もしかしたら少し効果が切れかけているのかしら？）

何しろ前回会ってからちょうど一週間だ。

結局あの後も王宮に日参したものの、門前払いされたので、ライリーに会うのはあの日以来なのだ。そして、最初は毎日届いていた手紙も、ここ二日は届いていない。最後の手紙に、ここ数日は夜会の準備もあり、忙しくなるから返事も書けないかも知れないと記されていたのでそこまで気にしていなかった。

（やはり一週間が過ぎてしまうと、危ないのね）

内心焦りながら、イモージェンは口を開く。

「あの、ライリー様、今夜の夜会で婚約破棄について皆様に話していただけるって仰っていたと思うのですけれど」

実を言えば、その話はまだライリーにはしていなかったのだが、イモージェンは出来る限り彼の視界に指輪が入るように位置を調整しながらそう告げた。第二王子は目をひとつ瞬くと、黙りこむ。彼は迷っているかのように、しばし何事かを考えていたが、首を横に振る。

「ドブソン嬢、今日は公務があるから、私はメレディス嬢と行動を共にすることになっている。何しろ公務だから、これは仕方がないことだと理解してもらえるね？」

「シエナと……？」

イモージェンの胸の中にひやりと冷たいものが去来した。

「ああ。今日は遠国からも大使たちがやってくる国にとって大事な日だ。王子として、私情でそれを壊すことは出来ない——申し訳ないが」

しかし王子の表情は晴れず、眼差しは戸惑っていることを示すように揺れている——しかも申し訳ない、と謝罪まで口にした。

（あとひと押しだわ！）

イモージェンが再度もう一度指輪を掲げようとしたその時、ライリーの視線が明確に彼女から逸れ、ぐっと一点に集中する。

（な、なに!?　どうしたの？）

イモージェンが彼の視線の先を追うと、忌々《いまいま》しいことに広間の入り口からシエナがブラックモアの腕に掴まりながら会場に入ってくるところだった。

（どうしてこのタイミングで……！）

冷や汗をかいて彼を見上げるより先に、第二王子が失礼、と断って彼女の前を通り過ぎた。イモージェンが気づいたときには王子の背中は真っ直《ます》ぐに彼の《本当》の婚約者であるシエナの元へ向かっていた。

◇◇◇

王宮へと夜会に向かう馬車の中で、シエナとネイサンはとりあえずの流れを話し合った。

「シエナも把握《はあく》していると思うが、今日の夜会は隣国の大使たちとの歓談が主たる目的だ。出来たらシエナにはしばらくライリーの隣で彼らとの会話を聞いていてほしい。これは既にライリーとも合意しているから、彼も拒まない」

「はい」

シエナは婚約破棄を宣言されたあの日以来、ライリーには会っていない。しかしネイサンは毎日のように仕事の関係で面会しているから、ライリーとは話がついているという。彼女としてはネイサンがそういうのであれば従うだけだ。

「俺は俺で会わないといけない人たちがいるが、なるべく君から目を離さないようにする。何か予期せぬ辛い事態が起こるようだったらいつでも合図してくれ」

ライリーの性格上、職務に関することで愚《おろ》かな振る舞いはしないはずだ。この場合、予期せぬ事態というのは、イモージェンに関することだろう。気遣わしげに添えられた言葉に、シエナは微笑んだ。

「ありがとうございます」

ネイサンは頷いた。

「今日の夜会が開かれる大広間の先に、小部屋があるのを知っているだろう？　通称、翠《みどり》の間だ」

「ええ。存じておりますが、それが何か……？」

「シエナは体調があまり芳《かんば》しくないから我が家に逗留《とうりゅう》しているという話になっているから、帰る前には翠の間で休むという形を取ろうと思ってね。今夜は翠の間は君のために空けてあるから、そろそろ頃合いだと感じたら、そこへ行ってくれ。……夜会で辛いことがあっても同じだ。ちゃんと鍵はかけるんだよ？　俺がノックするまでは絶対に開けては駄目だ」

大丈夫だと言っているのに、なおも兄のように細々と世話を焼いてくれるネイサンの優しさが頼もしい。シエナは元婚約者の親友の瞳を真っ直ぐに見ながら、頷く。

「畏まりました。ありがとうございます、ネイサン様」


一週間ぶりの王宮。

白い宮殿は、夕陽を浴びてオレンジ色に淡く輝いている。

シエナはブラックモア公爵家の豪華な馬車から降ると、隣にいるネイサンには気付かれないように、息を吐いた。どうしてもここに来ると、ライリーに婚約破棄を言い渡されたあの日を思い出してしまう。彼のあの冷たい眼差しと言葉を。

(ううん、あれから時間が経って、私は冷静になれている。今日、何を見ることになっても――耐えられる、大丈夫。ライリー様のお役に立てるなら、何でもできる)

そう自分に言い聞かせて、ぐっと顔をあげた。それから貴族の礼儀に則り差し出されたネイサンの腕を摑んで、大広間に向かった。

「……あっ」

途端、ライリーの隣にイモージェンが寄り添うように立っているのが視界に飛び込んできて、シエナは鋭く息を呑む。動揺のあまり足がもつれそうになってしまうが、なんとか耐えた。

きりっと正装したライリーと美しく着飾ったイモージェンは、さも以前からそうだったかのように親密そうな距離を保っている。二人はお互いから視線をずらすことができないと言わんばかりに、見つめあっているようだ。それは確かに惹かれ合っている恋人のようにしか見えない。

(ああ、やっぱり、ライリー様は……イモージェンに惹かれてしまわれたのかしら)

胸の軋むような痛みはおさまることはない。

(やはり魔導具のせいなんかじゃないのだわ。私の知っているライリー様は……もうきっと戻ってこない)

シエナは無意識にもネイサンの腕に摑まる手に力をこめてしまう。

「どうした、シエナ?」

些細《ささい》な変化に気づいたらしいネイサンが、そっと彼女の耳元で囁《ささや》いた。見上げると、思ったよりネイサンが近い距離にいて驚いたが、それよりも彼の眉間《みけん》に小さく皺《しわ》が寄っていることに気づいて気を引き締めた。

(いけない……！　ネイサン様に心配をかけてしまったわ。しっかりしなさい、シエナ！　何を見ても耐えられると誓ったじゃないの。今日私は……ライリー様のお手伝いを、するためだけに来たの)

「ごめんなさい、なんでもありません」

周囲に聞かれないようにと、シエナも声をひそめて答える。そのせいで自然と、ネイサンとの距離がますます近くなる。

「本当に？　君が辛いのだったら、一度大広間から出てもいいんだよ？」

ネイサンはまだ気遣わしげだった。

「いえ、もう他国の大使の方たちもいらしておりますから、これ以上遅れるわけには参りません」

深呼吸をしながら、もう一度ライリーとイモージェンの方へと視線を送った。

すると。

ふっとイモージェンから視線を逸らしたライリーがこちらに向けて一目散に歩いてきていた。取り残されたイモージェンが呆気に取られている様子だったが、それはシエナも同じで、心の中で狼《ろう》狽《ばい》する。

(イモージェンを置いて、こ、こちらに向かってきて、いいのかしら……？　あ、いえ、いいのよね……？)

するとシエナの隣でネイサンが小さく呟いた。

る。

「なんだ、あいつ？　あまりにもいつもと一緒じゃないか」

第二王子が、自身の婚約者と親友である公爵嫡男《ちゃくなん》の元へ急いでいるのを見て、人々は道をあけ

二人の前に来たライリーの瞳が彼女を真っ直ぐに捉《とら》えたので、それだけで思わず彼女の瞳は潤《うる》んでしまい、それを隠すために俯く。

(ライリー様が私を見て下さった……)

「シエナ、体調はどうだ？　ネイサン、もう十分だろう。その腕を離せ」

ライリーの声は、以前と同じく温かみがあり、またシエナへの思いを隠そうともしていない。周囲の貴族たちも、王子のいつものシエナへの溺愛《できあい》が始まったと微笑ましく見守っている。

「お前の婚約者をわざわざエスコートしてやった友人に言う台詞《せりふ》がそれか？　随分なものだな。シエナは体調がそこまで優れないのだから、気遣ってやれよ」

ネイサンはそう言うと、友人の求めに応えてシエナの腕を優しく解《ほど》く。そのままシエナの背中に手を置くと、ライリーのところへと軽く押しやった。

「シエナ、また帰る時に」

「ええ」

まだ戸惑いはあるけれど、自分のするべきことを思い返しながら、シエナは頷いた。

(ライリー様は、きっと演技をしていらっしゃるのに違いないわ)

彼は表面上はあくまでも仲の良い婚約者を演じているのだろう。確かにこれが《いつも通り》の

ライリーであり、周囲の貴族たちも何ら怪しんでいない。

ネイサンは、シエナに心配を隠しきれない視線をちらりと向けたが、賢明な彼はそのまま軽く手を振り、広間に入っていった。ネイサンが去ると、その場にライリーとシエナだけが取り残される。

ライリーが物言いたげな表情でこちらの顔を窺ってきたので、彼女ははっとした。

（いけない、ライリー様が演技してくださっているのだもの、私も普段通りにしなくては――！）

幼い頃から第二王子の婚約者として振る舞ってきたシエナは、周囲の注意を引いてしまう前にするっと王子の腕に手を差し入れる。ぱっとライリーがシエナを見下ろす。今までシエナは自分の立場をわきまえていて、ほとんど彼女から彼に接触を試みたりしなかった。

ライリー様、と言いかけた口を一度閉じる。少しだけ唇を湿らせると、ライリーに話しかけた。

「殿下、参りましょう？」

（大丈夫、演技だって分かっていますから……）

何気なさを装ってシエナがそっと第二王子を促《うなが》すと、なぜか彼はくしゃりと一瞬だけ顔を歪ませたが、すぐにいつもの王子の顔に戻った。そのままライリーは来賓の元へと彼女をエスコートし始める。

ライリーの頼もしい腕に掴まり、夜会に参加している。こうしていると、婚約破棄を告げられたことも、イモージェンのことも、全て幻のようであった。そうして幻かも知れないと思っているのは、ただの自分の願望に過ぎないことをシエナはよく理解していた。

◇◇◇

（いつもシエナは私の邪魔《じゃま》ばっかりして！）

イモージェンは、ライリーがシエナをエスコートしている姿を遠目で見ながら、心のなかで地団《じだん》駄《だ》を踏んでいた。

十日前。

父親の手引きで、王宮の庭園で偶然を装って第二王子とすれ違うことに成功した。シエナやネイサンなど誰も邪魔な人間が側にいない時間を見計らってのことだ。

『これは殿下。お久しぶりでございます』

イモージェンは恭しくカーテシーをする。

（これから殿下に指輪を見せつけなきゃ……！）

背筋を冷や汗が流れる。さすがのイモージェンも緊張のあまり、ばくばくと鼓動が鳴り続けていた。

『おや、君は確か……、シエナの幼馴染では？　どうしてこんなところに』

『知り合いの侍女がおりまして。まさか殿下にお目にかかるようなことになるとは思わず、失礼致しました』

『そうか、まぁ気にすることはないよ。どうぞ顔をあげたまえ』

許可を貰い、ゆっくりと姿勢を戻す。

そこでイモージェンは微かに震える右手を差し出して、指輪をライリーの視界に入れた。

(指輪よ、この人に魅了の魔法をかけて！)

心の中で強く念じると、ぶわっと指輪を嵌めている右手の中指が熱を孕《はら》んだ気がした。

「……っ！」

途端、それまで涼しい表情だったライリーの顔が歪み、数歩後ろに後ずさる。

「……っ、な、ん、だ……!?」

美しい金色の髪をがしがしとかきむしりながら、彼が苦悶《くもん》の声をあげる。

それまでの彼とはまったく違う様子に、イモージェンの鼓動が今まで以上の音を立てて鳴り続ける。

(き、効いた……!?　えっと、た、たしか、このまますぐに私のことが彼の相手だと思い込ませれば、術が完成するはず……！)

「ライリー様、私のこと、お分かりになりますか？」

掠《かす》れる声で尋ねると、それまで苦しんでいた様子だったライリーがぴたりと動きを止めた。

「君、のこと……？」

「はい。私のこと、好きって言ってくださいましたよね？」

彼が姿勢を戻す。

「そうか、私は、君のことを、好き、と言っていたか」

いつも怜悧《れいり》な印象しか与えない第二王子の眼差しが緩んでいる。

(き、きっとあと一押しだわ……!)

「私のこと、お好きですよね?」

ダメ押しのように尋ねると、ライリーが微《かす》かに頷く。

「ああ。君のことを、好ましいと思っているよ」

(やった、やったわ……ほんとうに、できたっ!)

魅了の魔法が第二王子にかかった。

イモージェンの心の中に歓喜の花が咲く。ほっとして、少しだけ指輪がライリーの視界から外れてしまうと、しかし彼の表情が再び歪む。

「……っ、な、なんで、私は……?」

(いけないっ)

慌てて再び右手の指輪を彼の前に掲げると、その眼差しがとろんとする。

「私のことが好ましいと思っているのでしたら、挨拶してくださいますよね?」

「もちろんだ」

イモージェンが差し出した右手を、ライリーが躊躇いなく取る。彼が身をかがめて、右手の甲にキスを落とすのを見守る。こうすれば間違いなく指輪が目に入るだろう。

実際イモージェンの手を解放したライリーが身を起こしたとき、彼の表情は今までで一番穏やかになっていた。

「私のことがお好きでしたら、シエナとの婚約破棄をしてくださいますよね？」

シエナ、という名前を聞いたときにライリーの瞳にさっと陰が走る。

（……、やっぱり、シエナのことは忘れないのかしら。本当に邪魔だわ！）

憎々しげに思ったと同時に、ライリーが頷く。

「そうだな。考慮しよう」

（……っ）

まさか彼がここまで簡単に頷くとは思わず、イモージェンはぽかんと口を開けた。

「本当に？」

「ああ」

何の問題もないようにライリーが頷いた。その瞳には確かにイモージェンへの好意が浮かんでいるように思える。

（魅了の状態になったら、す、すぐ既成事実を作らなきゃ……）

「ライリー様、私、ライリー様のお部屋に行きたいです」

媚《こび》を作って言えば、ライリーが微笑む。

（やった、これでもう――……）

心の中で快哉《かいさい》を叫んだその時、『殿下、どちらですか？』と若い男性の声が響き渡った。

ぱちぱちとライリーが瞬きをして、声のする方向を振り返る。

「文官だ。仕事の合間に出てきたから、どうやら私を探しているらしい。ドブソン嬢、申し訳ないが私は行かせて貰う」

「え、で、でも……！」

本当に後もう少しで、既成事実が作れそうなのにとイモージェンは声をあげた。だが魅了の魔法を第二王子にかけたことが他の人間に露見《ろけん》するのは絶対に避けたい。王族に対する冒瀆《ぼうとく》で重罪に当たるからだ。

(今日は帰るしかなさそう。今、帰ってしまったらもしかしたら魅了の魔法は解けてしまうかも知れない……そうしたらまた一からやり直しだわ)

心の中で諦めて呟いたその時、さらっとライリーが告げる。

「話はまた次の機会に」

「つ、次……、次がありますか？」

「ああ。だって君のことを私は好ましく思っているのだから」

うまくいきすぎていて、怖すぎるくらいだ。イモージェンは逸《はや》る心を押さえつけながら、なんとか質問をする。

「でしたら私に手紙を書いてくださいますか？」

「もちろん」

「明日から毎日ですよ？」

ちゃんと指輪が彼の視界に入るようにしながら、頼む。

「分かった」

ライリーが微笑んだ。その微笑みは優しく、いつもシエナに向けられているものと大差ないように感じられる。

そこでようやくイモージェンは満足し、引き下がることにした。

実際、ドブソン邸に帰宅してから毎日ライリーから手紙が届いた——とはいえ、ほんのりと好意をにじませたもので、決定的な文言は何一つなかったけれど。

イモージェンが返事でシエナとの婚約破棄について伝えると、数日後には実際にライリーはシエナを呼び寄せて、公的な約束ではないもののイモージェンの目の前で婚約破棄を宣言してくれた。

全てが順調だった。

思っていた通りに物事が進んでいたはずなのに、けれど今夜こうしてライリーはシエナをエスコートしている。

あと一息なのに、とイモージェンは憎々しげにライリーに寄り添うシエナを睨みつけた。王子は魅了の状態にかかってはいるだろうが、王子としての責務を忘れるほどはまだ理性を失っていないということなのだろう。

これだけ彼が理性的な人物であるということをイモージェンはもちろん、彼女の父親も知らなかった。ライリーを個人としてではなく、第二王子というアイコンとして見ていたのだから当然だ。

魅了の魔法さえかけることができれば、簡単にコントロールできるはずだと疑いもしていなかったのである。

（ああ。でもこのままではお父様に叱られる）

父親のことを思い出すと、胃がきゅっと縮こまる。イモージェンは内心焦り、次に自分がどうするべきか必死で考えた。

(後で王子を呼び止めて、もう一度指輪を見せれば――)

「イモージェン。さては失敗したな」

後ろからぐっと力任せに腕を掴まれて、イモージェンはびくりと体を震わせる。おそるおそる振り向くと、予想通り鬼の形相のドブソン侯爵が立っていた。彼は問答無用でイモージェンを人気《ひとけ》のない廊下へと引っ張っていった。

「ち、違います、お父様、失敗なんかじゃあり、ません――ただ、今日はまだ公にはしないということで――」

「そうか？　それにしては王子はメレディス嬢のことしか見てないようだがな？」

ぎくりとしてそのまま口を噤《つぐ》んだ。確かに、魅了の魔法がかかっている王子とは思えないくらい、彼はシエナのことしか見ていないのは傍目からしても明らかだ。でもあれは演技なのだ。何しろ王子が自分でそう言ったのだから。彼女は必死で先程のライリーとの会話を父親に告げる。

「あ、あれは演技なんです！　殿下とはちゃんと言葉を交わすことが出来ました。今日はまだ事情があり、婚約破棄については発表できないって――」

「演技だかなんだか知らないが、私はこの夜会で婚約破棄を発表させろと言っただろうが！　なんのためにお前を引き取ったと思っているんだ！」

他人に聞かれぬよう小声だが父親から放たれた弓のように鋭い言葉と、遠慮なく腕を掴まれている手にギリギリと力を入れられて、イモージェンはあまりの痛さに顔を顰《しか》めた。

ドブソン侯爵は娘の腕を摑んだまま、唸《うな》りながら廊下を歩き出したので、イモージェンは半ば引きずられるかのように彼についていくしかなかった。ドブソン侯爵は、泣き叫ぶイモージェンを馬車に押し込むと自宅に向かわせた。

「イモージェン、ここまできてまだ自分の立場が分かっていないようだな？　お前には今日は罰を受けてもらう――今から屋敷に戻ってな！」

「い、いや！　それだけは……許してください」

イモージェンは震える声で父親に懇願《こんがん》した。父親は、直接身体《からだ》を傷つけるようなことはしないが、正直その方がいいかもしれない、と思えるような嗜虐的《しぎやくてき》な罰を好む。前回は、冷水の入った樽《たる》に服を着たまま入れられ、朦朧《もうろう》とした彼女が半ば気を失うまで出ることを許されなかった。

「駄目だ！　私の言うことをお前は聞かなかった。二度と失敗しないように思い知らせる必要がある――とりあえずメレディス嬢には先程私が媚薬《びやく》を飲ませる手はずを整えた。強力な薬だからそこらの男を襲ってくれればこっちのもんだ。傷物になってしまえば、王子の婚約者の座からは降りざるを得ないからな！　それくらいしないとこちらも腹の虫が収まらん！」

ガタガタとイモージェンは身体を震わせながら、父親の言葉を聞いていた。

（……シエナに薬を飲ませて傷物に……？）

ふと、シエナの控えめな笑顔が浮かんだ。

（あの、人を……？）

それまでよどんでいた自分の世界に、どうしてか微かに綻《ほころ》びができたような感覚に陥る。娘の躊躇いに気づいたのか、ドブソン侯爵は鼻で笑った。

「まさか他人のことを気にしてるのか？　だとしたら随分余裕があるんだな――お前はやっぱり無能だ」

ドブソン侯爵邸に馬車が帰り着くまで、侯爵の罵詈雑言《ばりぞうごん》が止《や》むことはなく、イモージェンの頭には父への恐怖心しか残らなかった。

◇◇◇

自分の身体が熱を持っていておかしい、とシエナが気づいたのは夜会が始まってしばらくした頃だった。

第二王子の婚約者としてライリーの隣で来賓たちをもてなした後、喉が乾いたので、控えていた王宮の従者からシャンパンを貰った。トレイに載ったそれはみんなに配られていたのでとりたてて疑問には思わなかった。けれど、そのシャンパンを飲んでからどうも呼吸があがり、動悸《どうき》が激しくなったのである。

（もしかして、何かおかしな薬が入っていた？）

こういう夜会でそういう類《たぐい》のことがある、とは知識としてはある。普段は念入りに気をつけているシエナだが今日は少し気が緩んでいたのかもしれない。何しろ、もう二度と親しく話せないと諦めていたライリーと以前と変わらぬ心地よい時間を過ごせて、気持ちが高揚《こうよう》していたのだ。

ライリーは今はシエナと離れて、他国の大使と歓談していて、ネイサンも貴族の子息たちに囲まれている。第二王子の婚約者としての役目を終えたシエナは退出しても問題ないだろう。

(翠の間に、行こう)

少し意識の濁《にご》った頭の片隅でなんとかそれだけを考える。薬を盛られたというのも気のせいかもしれない。疲れただけかもしれないから、少し休めばきっと元に戻るだろう。シエナは人目につかぬようにそっと大広間を後にして翠の間に向かう。いつもの彼女であれば、ライリーに一言告げてからいくが、今はどうしてもその余裕がなかった。

翠の間の扉をなんとかこじ開けると、そのままがくんと膝《ひざ》の力が抜ける。人目がなくなったという安心感もあってか、それとも果たして薬が本格的に回ってきたのか。はっはっ、と明らかに呼吸が上がり、彼女は苦しい胸をぎゅっと摑んで、しゃがみこんだ。

(どうして、どうしてなんだろう？　なんで？)

今まで一度も誰にも触れられたことのない身体の奥が疼《うず》くのが分かって、シエナは絶望的な気持ちになった。思考は乱れ始め、ぐるぐると目の前が回るような感覚になる。

(とりあえず、休めば……きっと)

その時、がちゃりと音を立てて扉があいて、シエナはネイサンの言いつけを忘れていた自分に気づいた。彼はすぐに扉の鍵を締めるように言っていた。でも彼女がこの場所に向かうことを知っているのは、ネイサンしかいない。シエナはか細い声で尋ねる。

「……ネイサン様？」

コツコツと足音が響いて中に入ってきたのは――ライリーだった。

「ネイサン、だって？」

「で、殿下……？」

予想だにしなかった人物の登場にシエナは声を上ずらせる。床に膝をついたシエナが呆然と彼を見上げている前で、ライリーががちゃんと扉に鍵をかけた。

「ネイサンの方がよかった？」

ぼんやりと思考が鈍い頭の中に、明らかに冷たい温度で尋ねられた彼の言葉が響く。数拍おいて、言葉の意味を理解したが、シエナはただ聞き返すことしか出来なかった。

「え？」

「勝手に広間を抜けてどこに行くのかと思ったら……。しばらく離れていた間に、ネイサンの方がよくなったのか？」

（ネイサン様の方が……よくなった……？）

今のライリーは顔を紅潮させて、彼女のことを睨みつけているといってもいいほどの表情をしていた。その顔は、かつて穏やかに彼女を愛してくれていた婚約者とは違うけれど、それでも……。

（無表情よりは……ずっといい）

あの婚約破棄を告げられた日。

まともに視線も合わせず、彼女のことをもういらない、と、存在自体なかったものにしようと思っているような彼の顔に、シエナは心から打ちのめされた。目の前のライリーはどうしてか怒っているように思えるけれど、それでも冷たい眼差しで視線を逸らされるよりはどれだけましであることか。

そのまま靴音を響かせて近くに寄ってきたライリーがすっと彼女の隣に膝をつく。しかし改めてシエナを至近距離から見下ろした彼が何かに気づいて驚愕《きょうがく》の表情を浮かべた。

「どうした？　体調でも悪いのか？」

何しろシエナの膝にはまともに力が入らなくて、床に座り込んだまま立てもしない。先程から何かが体の奥底から湧き上がってきて、間断なく微かに震えてもいる。それでも強《し》いて彼女はかぶりを振った。

「な、なんでも、ありません……、だ、いじょうぶです」

「こんなに震えて、大丈夫だと……？」

眉間に皺を寄せた彼がするりと頬に手をあてると、シエナは思わず、今まで出したことのないような媚《こ》びた声を漏《も》らしてしまいそうになり、ぎゅっと唇を噛み締めた。出来る限りそのまま強く噛み続け、なんとか正気を保とうとする。

（だめ、だめなの――ライリー様は、ライリー様だけは……！）

彼には婚約破棄を告げられた身であり、シエナはただの侯爵令嬢にしか過ぎない。しかも明らかに薬――おそらく媚薬――を盛られたのであれば、これ以上ライリーに迷惑をかけるようなことはシエナはしたくなかった。

それにライリーの心は、今はイモージェンの元にあるのだから、自分にもうこれ以上関わる必要などない。

（だってさっきもあんな風に見つめ合っていたもの……）

はぁはぁと荒い息をつきながら唇を噛み締めたシエナは、潤んだ瞳でライリーを見上げた。もうこれ以上は気力がもたないギリギリのところまできている。自分が彼に縋《すが》りついてしまう前に、なんとかライリーにこの部屋から出ていってもらうことしか考えられなかった。

じっと彼女を見つめていたライリーが何かに気づいて、はっとした表情になる。

「呼吸がおかしい……。何か薬でも？　この感じだと……媚薬の類か？」

「……ッ」

びくん、と大げさに身体が震えてしまい、肯定したのも同然だった。が、シエナはなんとか心を律して、ライリーに告げる。

「び、媚薬かどうかはわかりません。だ、だとしてもご迷惑はかけられません。も、もし少しでも情けをかけていただけるのならば、ど、どうか、ネイサン様を呼んでいただけませんか……殿下はイモージェンのところへ……わ、私のことはいいですから」

震えながらもなんとか言葉を紡《つむ》いだシエナはそこで一度言葉を切る。

「私、自分がどうなるか……、で、殿下に、後悔して欲しくないんです」

小さく呟く。

「――君はッ」

そこで離さないとばかりにライリーにぎゅっと抱きしめられて、シエナはぶるぶるっと震えてしまう。

「や、め……」

「君がこんなに苦しそうなのに、俺が放っておけるわけがないだろう」

ライリーの言葉に、シエナはぼろぼろと涙を零してしまう。

（ライリーさま……!!）

許されるなら、彼の背中に手を回して縋りつきたかった。けれどそれはできないと彼女はぎゅっと両手を強く握りしめる。

「いいか、今から少し席を外す。こういう時のために王族にだけ伝わる秘薬があるから取ってくる。辛いと思うけれど、ちょっとだけ我慢《がまん》していて」

ライリーがさっと彼女を抱き上げて、ソファに座らせてくれる。

「辛かったら横たわっていていいからね。大丈夫、必ず助ける」

「で、でも、殿下……、それは、私には、使えないの、では……っ」

王家の秘薬とあらば、王族にしか使えないだろう。ライリーの婚約者だった頃ならいざ知らず、婚約破棄を告げられた今のシエナには資格がないのではないだろうか。

「使える」

ライリーはそうはっきり言い切ると、すぐに部屋を出て行った。

（……なんで、こんなに、優しく、してくださるの、だろ……）

ライリーの行動に潜む真意を考えるべきなのに、思考が散り散りでまとまらない。呼吸も浅く、体中に熱を孕んでいるシエナは、やがてソファに深くもたれかかったまま半ば意識を飛ばしていた。

「シエナ、これを飲んで」

次に気づくと、いつの間にか戻ってきたライリーが優しく彼女の口元に匙《さじ》を差し出していた。

「で、でんか……？」

「中和剤だよ。すさまじく苦いだろうけど、こういう媚薬には特に良く効くはずだ――俺を信じて」

（らいりーさま、を、しんじる……？　そんなの、あたり、まえ）

そう言われて、迷うことはなかった。そのままシエナは大人しく差し出された匙を口に含む。確かにすごく苦いけれど、飲んだ端《はな》から胃の中がすっと清められていくような感覚があった。だが、身体がとても重く感じられ、シエナは再びソファの背もたれに身を任せて目をつむった。

「薬が効くまでの我慢だよ。ああ、こんなに汗をかいて、可哀想に」

衣擦《きぬず》れの音がして、額に乾いた布を当てられる。

（ああ……、ここにいるのは、いつもの……、私の、大好きな、ライリー様、だ……）

そう思ったらもう止められなかった。

「ライリー、さま」

彼の名前を呟くと、布の動きがぴたりと止まった。

彼女は目を閉じたまま、無意識に両手を広げる。

「ライリー様、行ってしまわれる前に、ぎゅっと抱きしめて下さい……わたし、とっても寂しかった……」

薬のせいで、理性が完全に飛んでいた。

だがシエナは彼の返事を待たずにそのまま夢の世界に落ちていく。ライリーがはっと息を飲んだ気がしたのは気のせいだっただろうか。彼の手が自分を抱き寄せ、宝物のように撫でてくれたのは、願望が見せた優しいが残酷《ざんこく》な幻だっただろうか。

「ああ……俺は……。ごめん——どうかもう少しだけ、待っていて欲しい」

耳元で囁かれた言葉も全て、きっと現実のものではなかったのに違いない。

二章

大好きだった婚約者と、魅了の魔法

目覚めたシエナの視界に、見知った天井《てんじょう》が飛び込んできた。

(あれっ……？　私、王宮の夜会に参加していたはずなのに……!?)

ぱちぱちと何度か瞬《まばた》きをして、ベッドから半身を起き上がらせる。

「いたっ……」

まるで床に打ち付けた後のように全身が軋《きし》むように痛い。だが視界ははっきりしていて、思考ももう明瞭《めいりょう》だ。昨日は、王宮での夜会に参加してシャンパンを口にして——身体《からだ》の様子がおかしくなった。そこへライリーがやってきて、王宮の秘薬であるという中和剤を飲ませてくれたところまではかろうじて記憶がある。けれど、その後はまったく何も覚えていない。

(私、いつの間にブラックモア邸《てい》に戻ってきたんだろう……？)

「お嬢様、お目覚めですか？」

「サリー」

部屋にサリーが入ってきたので、シエナは彼女に聞く。

「私、昨夜はどうやって帰ってきたのかしら」

「ブラックモア様が連れて帰ってくださいましたよ。あんなにお酒が回ってしまわれるなんて今までにないことでしたね……きっとお疲れだったんでしょう」

労《いたわ》るようにサリーが続ける。

(ネイサン様が……。じゃあライリー様がネイサン様に私を託してくださったのね、きっと)

ライリーのことを思い出して、シエナはきゅっと口元を引き締める。

昨夜はあまりにも現実味のない出来事が起こり、シエナの許容量をあっさり超えていた。魅了の魔法をかけられているかもしれないライリーの想定外の言動。人目のないところでシエナにあんなに優しくする必要はないというのに、ライリーは彼女を助けてくれたのだ。それも王家の人間だけが許された中和剤を使ってまで。

(私のこと、お見捨てにならなかった……。やはりお優しいのね、ライリー様は。介抱してくださったことへのお礼を伝えたいけれど……)

こみ上げるものを振り払うように、シエナは心の中でひとりごちる。

(ライリー様には会えないだろうから、あとでネイサン様に言付けしよう)

直近の大きな夜会は昨夜をのぞけば、一ヶ月後に開かれる王の誕生祝いの夜会だ。おそらくそれがライリーの婚約者として最後の参加になるだろう。ライリーがこのままの状態ならば、王の誕生日パーティの後に、婚約破棄《はき》の手続きが取られるはずだ。

(それにしても誰が私に薬を……？　イモージェン……？　でも、そんな必要あるかしら。だって、ライリー様は婚約破棄をする、と私たちに宣言されたし……それに、夜会の前にだってあやって見つめ合っていたというのに)

二人が仲睦《なかむつ》まじい恋人のように寄り添っている姿を思い返すと、シエナの胸は再びじくじく痛む。

そんなシエナに、サリーが水の入ったコップを手渡してくれた。

「さあお目覚めのお水です」

「ありがとう、サリー。すっかり迷惑をかけてしまったわね」

イブニングドレスのまま寝るのはさぞ窮屈《きゅうくつ》だろうと、横に寝かせたシエナのドレスの後ろボタンをサリーが全部外してくれたのだという。サリーはなんとかペティコートとパニエも脱がせてくれていた。

「お嬢様、しばらくちゃんとお休みになられていなかった上に久しぶりの夜会ですからねぇ……。とりあえずまず、楽になるためにそのドレスを脱ぎましょうか」

「ありがとう」

「髪の毛もぐしゃぐしゃになっていますから、湯浴《ゆあ》みの必要がありますね」

サリーが忙しく立ち働いて、皺《しわ》が寄ってしまったシエナのドレスを脱がし始める。もう昼前ということで、部屋の中はすっかり明るかったから、テーブルの花瓶《かびん》にピンクの花が飾られているのが目に入った。

「あのお花は……カンパニュラ……？」

◇◇◇

それからしばらく、表面上は穏やかな日々が続いた。

未《いま》だ特別室に入る許可は下りないが、シエナは毎日のように王立図書館に通い、参考になりそうな本を片っ端から読み込んでいる。もともと学ぶことがとても好きなシエナにとっては苦でもなんでもないが、可哀想《かわいそう》なのは付き合わされるサリーで、編み物にも刺繍《ししゅう》にも飽きました、たまには違うところに行きましょうよ、と帰りの馬車でぼやくまでがセットになっている。

なのでその日の朝、ネイサンから、天気も良さそうだし綺麗《きれい》な花々が楽しめる王都中央公園に行かないかとの誘いを執事を通して受けた時、サリーは飛び上がって喜んだ。

「お嬢様！　行きましょうよ、あの女たらしで有名なブラックモア様のおすすめなのですから、間違いなく素敵な公園のはずです！」

「サリーったら……」

相変わらず言うことに遠慮がない。身も蓋《ふた》もないメイドの台詞《せりふ》にシエナは思わず笑みを零《こぼ》した。

その公園は、シエナも何度となくライリーと訪れたことがある。その時にサリーも同行しているから間違いなく初訪問ではないのだが、彼女はとにかく王立図書館に行きたくない一心でこう言うのだろう。

「一生懸命なんでもなされるのはお嬢様のよいところですが、あまりに根を詰めるのも心配です。夜会で倒れられてしまったくらいですし！」

まだ有効な手立ては何も見つかっておらず、気持ちは焦《あせ》っているが、サリーの言う通り一日くらいは休憩《きゅうけい》してもいいかもしれない。せっかくのネイサンやサリーの気遣いを無駄《むだ》にしてしまうのも、申し訳ない。

「分かったわ。じゃあ今日は図書館はやめて、ネイサン様のお誘いを受けましょう——ロバートに伝えてきてくれる？」

「もちろんですとも！」

サリーは弾むような足取りで、執事に会うべく部屋を出ていった。にぎやかなメイドがいなくなると、途端に静かになる。ふ、と一息ついたシエナの視線の先で今日はピンク色のエキナセアが健気《けなげ》に咲いている。シエナは花瓶に近寄ると、芳醇《ほうじゅん》な花の香りを吸い込んだ。

「うん、とても良い香り」

シエナはそっとエキナセアをつついて、後でサリーに長く楽しめるよう、ポプリにしてもらおうと考えていた。

（そうしたらずっと持ち歩けるから）

シエナは微笑《ほほえ》んだ。


「シエナ、お待たせしたかな？」

貴族の子息の中でも伊達男《だておとこ》として知られるネイサンは今日もぱりっとした服装で、ブラックモア別邸の玄関ホールに登場した。明らかに高級そうな光沢《こうたく》のある生地のネイビー色のジャケットは余計な装飾がなく、下に合わせている白いシャツも同じだ。ジャケットと同系色のパンツは細身で、洒落《しゃれ》た雰囲気のネイサンによく似合っている。

この国での正式な貴族男子の装いは、男性でもシャツにフリルやレースをあしらい、細かな刺繍がたくさん施されているものだったが、ライリーとネイサンはいつもシンプルな細身のジャケットとシャツ、それからパンツを穿《は》いて夜会に参加していた。クラヴァットすらつけない徹底ぶりであった。

もちろん人々は、第二王子と公爵家《こうしやくけ》の嫡男《ちやくなん》が慣習に反するのかと、とてつもなく驚いた。ここそ陰口を叩《たた》く人たちも多かった。けれど、シエナはライリーから事前に彼の真意を聞いていたので、彼の隣でしっかりと背筋を伸ばして立っていることができたのである。

『今までの慣習のままだと、どうしても経済状況が洋服に現れてしまうだろう？　だが、ただのジャケットやシャツならば誰でも用意しやすいはずだ』

『まぁ……！』

いつものように二人で王宮の庭園にあるベンチで並んで座っていたときに、ライリーの思いを聞いて、シエナの胸が揺さぶられた。

『我が国の貴族たちの間でも恋愛結婚が増えてきているらしいから、できれば中身で勝負できたらいいと思ってね。実家の経済状況のせいで、婚約市場のふるいから落とされる優秀な子息が一人でも減ればいいと思ってさ。とりあえず、男性はシンプルな格好でもいいってことを俺たちが率先して見せていきたいんだ』

真剣な表情で話し続けるライリーの瞳は、熱く燃えていた。

ライリーの言う通り、貴族たちの間でも恋愛結婚が増えてきたのは確かだが、まだまだ家同士の結びつきが重視されることも事実で、政略結婚が主流だ。それに恋愛結婚とは言っても、家業や経済状況が重要視されがちで――だからライリーが言っているのは、あくまでもその前段階――夜会で出会う男女に関してのこと――にしか過ぎない。だが、小さなきっかけでも、いずれそれが大きな変化へと繋《つな》がる可能性は否定できない。

『とはいえ長年の慣習を変えるときっていうのは、反発はあるはずだ。だからきっとシエナに恥をかかせてしまうだろうな……先に謝っておく。ごめんね』

ライリーがそこで謝罪を口にした。けれど、彼の想いを知ったシエナはすぐに首を横に振った。

『どうか謝らないでください。とても素敵なお考えだと思います。私が恥ずかしく思うはずなどありませんわ』

そう言うと、ライリーの頬《ほお》にさっと朱が走った。

『ありがとう。国が栄えていくためには、絶対に若い世代が幸せな方がいい。手始めに、自分の思う結婚ができる国になってくれたらいいと俺は思っている』

(ああ、ライリー様は……本当に、国のためになることを考えていらっしゃる)

いつでも感じていることではあるが、こうした時に、ライリーが為政者《いせいしゃ》の眼差《まなざ》しを持っていることを実感する。ライリーは決して自分が特権階級に属していることに優越感を感じたり、自らの幸福だけを考えたりはしない。

(装いのことだって、国民全員が平等に幸せを得られたら、と考えているのよね……そのために慣習を変えていこうとされるなんて、なんて勇気があるんだろう)

反発を受けることは百も承知で、けれど自らが起こした行動で結果的に国が栄えることに繋がれば、と考えているのに違いない。

シエナはそんなライリーだからこそ、強く惹《ひ》かれた。

『ライリー様なら、きっと未来を変えることができますわ』

強い自信を持ってシエナは言い切った。

そんなことを思い出しながら、シエナは目の前のネイサンに注意を戻した。彼はいつでもライリーの良き理解者である。

(ネイサン様もとてもじゃないけれど、本来は私が直接話すことが出来るような立場のお方ではないのよね)

シエナには、ライリーの婚約者として出会った当初から屈託《くつたく》なく接してくれるが、ネイサンは公爵家の跡取りであり、本来であれば雲の上の存在といってもいい。

そういえば公爵家の嫡男であれば、それこそ幼い頃から婚約者がいて当然であるのに、彼には恋人の噂《うわさ》は後を絶《た》たないものの、今まで一度も婚約者がいたことはないはずだ。恋人も、いつも短い期間だけでころころと変わり、長年付き合っている人を知らない。だからこそサリーがあああして、失礼な口を叩くのだ。

シエナは彼の父親であるブラックモア公爵とも面識があるが、公爵はかなり自由な考え方をする人だ。そんな進歩的な人物だから、もしかしたら息子《むすこ》に自由な恋愛を推奨《すいしょう》しているのだろうか、とも思う。とはいえ、婚約となると家と家の問題だから、さすがにそこまで《自由》にとはいかないだろうが。

「シエナ、今日のライトピンク色のドレスも君によく似合ってるね」

「まぁ、ありがとうございます……！」

「こんな可愛いシエナと外出できて嬉《うれ》しいな。早速行こうか」

外出着姿のシエナをそう褒《ほ》め、ネイサンは今日も当たり前のように完璧なマナーで馬車までエスコートしてくれる。

シエナがサリーと一緒に乗り込むと、馬車は公園に向けて走り出した。馬車の中でネイサンはいつものように軽やかな口調で、仕事や身近な人々について話し始め、シエナは興味深く耳を傾けた。

彼の説明は淀《よど》みなく、一切無駄がない。ライリーが一緒の時をのぞけば、こうやって個人的な見解を聞かせてもらう機会はほとんどなかった。でもネイサンはこうすることによって、彼個人にとってもシエナが親しい友人であることを示してくれているのに違いない。

シエナの心に温かい何かが溢《あふ》れる。ライリーの婚約者として過ごした長い時間に、尊敬出来るネイサンとの間に確かな友情を築けたことに、そしてその友情をこうやって示すことによって、シエナを励ましてくれるネイサンに感謝した。

そうして王都中央公園に到着した。友人として適切な距離を保ちつつもエスコートしてくれるネイサンと共に、散歩を楽しむ。サリーは数歩下がってついてくるが、久々の戸外での時間に彼女が満足しているのが表情で分かり、シエナも嬉しかった。

(うん、やっぱり今日は公園に来て、正解だったみたい)

外の風にあたって、どこか塞《ふさ》いでいた気持ちが晴れていくようだ。

婚約破棄を一方的に宣言されて以来、シエナは憔悴《しょうすい》しきっていて、周囲を思いやる余裕がなかった。ネイサンもサリーもそんなシエナの側《そば》で黙って見守ってくれていたことを実感した。改めて自分がどれだけ恵まれているかを噛《か》み締めたのであった。

気持ちを新たに、周囲に咲き誇る花々を見渡した。

(あ、あのお花は……そういえばライリー様が教えてくださったような……)

今日と同じような、天候の穏やかな日だった。彼にエスコートされながら、この公園をゆっくりと歩いた記憶がふわりとよみがえる。

(そういえば、あのとき……、ライリー様はお花の名前と共に……なんておっしゃったんだっけ)

シエナはじっと花を見つめながら、過去の記憶を探っていった。

◆◆◆

ネイサンはいつもながら落ち着いた物腰のシエナを見つめながら、出会った日のことを思い返していた。

ライリーの婚約者選びのお茶会には、十五歳のネイサンも参加していた。父である公爵は、あわよくばその場に招待されている貴族令嬢から息子が良き人を選んでくれたら、そのまま婚約してもいいと考えていた節があったが、肝心《かんじん》のネイサンが誰にも興味を示さなかったので、とても残念がっていた。ただ父は知らないだけだ。ネイサンは誰にも興味を示さなかったわけではない――ライリーと同じ令嬢に惹かれていただけだということを。

どれだけ上品な家庭に育とうとも、貴族令嬢というのは一般的に我儘《わがまま》なものだ。もちろん大人しい性格の子もいるが、そういう令嬢は今度は極端に引っ込み思案で、人前に出る機会の多い王子妃や公爵夫人には向いていない。そもそもネイサンは、大人しすぎる令嬢は何を考えているのか分からないから、あまり好みではなかった。

(待って、めちゃくちゃ可愛い子がいる……!)

シエナを一目見た瞬間、ネイサンは思わず口を開けてしまった。

我先にとライリーに群がる令嬢たちの輪から外れて、シエナは一人でお菓子を食べていた。どうやらよほど美味《おい》しかったらしい、にこにこと微笑みながら食べている。

(え、あんな、可愛い子がいるの……!?)

集められた貴族令嬢の中で、シエナだけが輝いて見えた。ネイサンはふらふらとすぐに彼女に話しかけに行く。——そんなことは、生まれて初めてのことだ。

『ねえ、君』

声をかけられたシエナがぱっと顔をあげる。

『はい、なんでしょうか!?』

可憐《かれん》な声だが、とにかく元気がいい。

近くに寄ると、彼女は顔立ち自体はそこにいた令嬢たちの中で一番整っている、というほどではなかった。けれど、人好きのする可愛らしい顔立ちで、性格の良さが表情に、聡明《そうめい》さが瞳の輝きに現れていた。

『え、えっと……！』

ネイサンは頭が真っ白になって、何を聞こうとしていたのか忘れてしまった。それもまた初めてのことである。苦しまぎれに、シエナが持っている空の皿を指さす。

『な、何を食べていたんだい？　随分美味しそうだったけど』

『マドレーヌです。薄切りの檸檬《レモン》が入ってて、めちゃくちゃ美味しかったですよ』

にこにこしてシエナが答えてくれると、やはり彼女の周りだけ輝いて見えた。それから何を尋ねても、ずっと明るい返事が戻ってくる。今よりももっと元気いっぱいで、少しお転婆《てんば》かもしれない、と思ったものだった。しかしそんな所も含めて、シエナは可愛かった。

そんな令嬢にネイサンはそれまで会ったことがなかった。大人しすぎることもなく、でしゃばることもなく。シエナはずっとシエナらしい振る舞いを続けていた。

それからシエナから目を離せないでいたネイサンは、ライリーも彼女のことを見つめていることに気づいた。王子がシエナに話しかけ、彼女が微笑んだ瞬間――ネイサンはまたその笑顔に見惚《みと》れた。

初恋だった――そしてその瞬間、ライリーとシエナの間に目には見えないが確かな絆《きずな》が結ばれたのもネイサンは感じていて――同時に失恋したのである。

万が一ライリーがシエナ以外の令嬢を指名したら、ネイサンは即座に父にシエナを婚約者にしてほしいと頼みにいっただろうが、愚《おろ》かではない親友はシエナという唯一無二の女性を婚約者に据《す》えた。それからずっとシエナとライリーは常に相思相愛で、傍《はた》から見ていてもこの縁談は申し分のない組み合わせといえたのだ。――イモージェンが横槍《よこやり》を入れてくるまでは。

それはライリーがシエナに婚約破棄を告げる前日のことだ。

『婚約破棄をする』

彼の私室で二人きりの時に、淡々とライリーが呟《つぶや》いた言葉に、驚愕《きょうがく》した。

『は……!? 婚約破棄って誰の婚約破棄だよ？』

『誰のって、自分のだが』

『じ、自分って……お前と、シエナの婚約を破棄するのか!? お前、何かおかしなものでも食べたんじゃないのか、すぐに吐き出せっ』

ライリーが怪訝《けげん》そうに顔を顰《しか》めた。

『食べていない』

『いや、変なものでも食べていなかったら、そんなこと言うわけないだろ!?』

冗談にでもそういうことを口にする男ではないことを、ネイサンはよく知っていた。

『彼女には申し訳ないと思う。だが、ドブソン嬢と婚約を結ぶ必要があってね』

『は、はぁぁ!? お前、今から胃の中のもの全部吐き出せっ！』

『だから変なものは食べていない』

『じゃあ熱でもあるのか？ それでなきゃお前が、お前がシエナと婚約破棄をするなんて言い出すわけがないんだよ！ お前、三度の飯よりシエナが大好きだろうがっ！』

あの日の会話を思い出したネイサンは、ため息をついた。

とにかくあの石頭の親友をなんとかしなくては。そのためには自分はなんでも手伝うつもりだ。そうしてもらわないと、自分がもしかしたらずっと恋焦《こいこ》がれていた女性を手に入れられるのではないかと、ありえない期待をしてしまうから。

◇◇◇

その日、イモージェンは気分転換にアーセムを連れて王都中央公園を訪れていた。そこで運悪くシエナとネイサンが和《なご》やかに散歩をしている姿を見つけてしまった。幸せそうなシエナの横顔が目に入り、ぎりりりっとイモージェンは歯を食いしばる。

イモージェンはあの夜会の後、ドブソン侯爵《こうしやく》に折檻《せっかん》された。呪《のろ》いのように耳元で、メレディス侯爵令嬢を始末しろ、メレディス侯爵令嬢をなんとかしなければお前に生きる道はない、と言われ続けたせいで、馬車の中で思い出した幼い頃のシエナへの想いはすっかり消え失せていた。

彼女はすぐ後ろについてきていた従者に、苛々《いらいら》した声で話しかけた。

「アーセム、シエナが公爵の嫡男に媚《こび》を売ってるわ。婚約破棄されたというのに落ち込みもしていない」

従者は一瞬黙って、ちらりと彼女たちの様子を見やったが、首を横に傾《かし》げた。

「俺にはとてもそうは見えないが――媚も売ってないし、落ち込んでいるようにしか見えない」

自分の言いたいことを分かってもらえなかったので、苛立ちが募《つの》った。

「なによ、貴方《あなた》には分からないのね……。シエナはいつだって私の先を歩いているのよ……！　最愛の王子から婚約破棄を宣言されたばかりだってのに、どうしてすぐに新しい男が出てきたりするのよ!?」

イモージェンは、ドブソン侯爵が貴族専用の娼館《しょうかん》の娼婦と戯《たわむ》れに寝た時にできた子供である。

イモージェンの母親は貧しい農家の生まれで、涼やかな美貌《びぼう》を持っていたため、祖父母に借金のかたに娼館に売られたのだ。

しばらく上客として母親にのめり込んでいたドブソン侯爵は、お気に入りだった娼婦が彼の子を妊娠したと知るや否や、がらっと態度を変えたらしい。

それまで毎日のように母親の元に通い詰めていたというのに、娼婦なのだから自分の子とは限らないので、堕胎《だたい》するようにと強要してきたという。その時点でドブソン侯爵は侯爵夫人との間に二人の息子がいた。堕胎はしない、一人で産んで育てると言い張った母親に、ドブソン侯爵の血をひいた子ではないという誓約書にサインしない限りは産ませない、と脅《おど》した。

母親はその誓約書にサインをした。

もともと、ドブソン侯爵に庇護《ひご》してもらおうとは考えていなかったらしい。その後、娼館もやめざるを得なくなった母親はイモージェンを貧民街の片隅で産み落とした。それから母親は、市井《しせい》で働きながら、娘を育てた。

近所に住む、六歳年上のアーセムとは、その街で出会った。彼も娼婦が産み落とした子供であり、当時から身体が大きく、がっしりしていたから力仕事を始め、様々な仕事をしていた。アーセムは、時々彼女が普段は食べられないご馳走《ちそう》を分けてくれたりした。イモージェンは親切にしてくれる彼のことが大好きだった。

ある日、王子妃を選出するお茶会が王宮で開かれるということを知った娘のいないドブソン侯爵が、イモージェンの存在を思い出して貧民街に探しにやってくるまでは、貧しいながらも幸せだったのだ。

ドブソン侯爵邸に引き取られてからは、今はもう思い出したくもないくらいの辛《つら》い日々だった。

そんな日々の中でシエナに出会ったのだ。

「媚薬《びやく》を盛られたくせにどうしてあんなに平気な顔をしているのかしら……？　ブラックモアに慰《なぐさ》めてもらったってこと？」

ぎりぎりと親指の爪を噛みながらシエナとネイサンを睨《にら》みつけているイモージェンをアーセムは小声でたしなめた。

「イモージェン、普通の貴族令嬢はそんなことしないだろ？　やめておけ」

しかし冷静さを促《うなが》す幼馴染《おさななじみ》の言葉は既にイモージェンに届いてはいなかった。彼女は胸元のネックレスをぎゅっと握りしめると、シエナの目の前に歩み寄っていった。

数日前、魅了の魔法が解けかけていたらいけないと、夜会の後初めてイモージェンはまたしてもなんとか王宮に入り込んでいた。そして運良く庭園で客人と歓談している第二王子に遭遇《そうぐう》した。

何度となく邪魔《じゃま》をするブラックモアも側にいたのは気に入らなかったが、父親になんとしてでも次の夜会で婚約破棄を発表させるようにと圧をかけられているイモージェンはなりふり構っていられなかった。

「ドブソン嬢、貴女《あなた》に会えるとは！」

ちょうど客人が帰ったタイミングを見計らい、第二王子に近寄っていく。第二王子は喜んでいる様子で、イモージェンを迎え入れてくれた。彼女の存在に気づいたブラックモアが途端に無表情になったのを無視する。イモージェンはにっこりと微笑みながら、ライリーに指輪を見せた。パチパチ、と第二王子の瞼《まぶた》が激しく瞬く。

「ブラックモア様がいらっしゃるとお話し辛くて……」

それもそうだと、ライリーがネイサンに離れるように促す。さすがのブラックモアも王子に言われたら拒めない。彼がこちらの声が聞こえなくなるくらいまで離れたので、イモージェンはまずまずの状況だと満足して、媚を売るようにライリーを見上げる。今日も化粧はばっちりとしてきている。今流行《はや》りの、長めのつけまつげ越しにライリーを見つめた。

「ライリー様、早く私とお出かけしてくださいませ。シエナと行ったところを全部私との記憶で上書きしてほしいのです」

二人で外出をして、貴族たちに自分と王子の関係を目撃させ、彼らの噂にのぼらせないといけない。シエナとの思い出に嫉妬《しっと》しているふうに見せかけ、可愛らしくお願いすれば、魅了された王子はきっと叶《かな》えてくれるはずだ。

第二王子は先程よりももっとはっきりとした笑顔を浮かべた。真顔だと冷たい印象を与える美貌の彼が微笑むと、かなりの威力がある。今まではシエナにしか向けられていなかった笑顔が自分に向かっているということにイモージェンの虚栄心《きょえいしん》は満たされた。

（よし、これで――）

けれど、顔の表情とは裏腹に王子の返事は思いがけないものだった。

「そうしたいのは山々だけどね……、次の陛下の誕生日を祝う夜会まではどうしても公務が立て込んでいるのだよ。分かってくれるね？」

どれだけ指輪を見せつけても、彼が王子としての責務を忘れないことにイモージェンは苛々してきた。せっかくシエナに婚約破棄を告げて退場してもらったのに、これでは次の夜会でも彼女を同伴しそうな気がしてきた。父親はまたしても激憤《げきふん》するだろう、とイモージェンは青ざめる。

（どうにかして、彼が私に夢中になっているという証拠を手に入れなきゃ……！）

そうしないと父親に何をされるか分からない。必死で考えて、彼女はちらちらと指輪を更に分かりやすく示しながら第二王子に迫った。

「ライリー様、私、シエナにあげたのよりも素敵なネックレスが欲しいです。あの時、シエナのネックレスの代わりに私に似合う宝石をつけたネックレスをくださると言ってくださったではありませんか」

ふむ、とライリーが頷《うなず》いた。

「分かった。目星はついているんだ。数日内に貴女の屋敷に届けよう――ああ、ネイサンが呼んでいるから次の公務の時間だ。貴女との時間はあっという間に過ぎ去ってしまうな」

ようやく彼の返事が父親が納得してくれるものになった。今日はもうこれでいい。あとは近いうちになんとかして既成事実を作ればいいのだ。ベッドを共にすれば、これだけ律儀《りちぎ》な第二王子のことだ、婚約破棄を公の場で宣言するに違いない。

自分は既に処女ではないが、魅了の魔法にかかっているときは、相手がそんなことを気にするとは思えない。それに誤魔化すための演技ならいくらでも出来る。

アーセムは魅了の魔法を使うのはもちろん、イモージェンの身体で王子を籠絡《ろうらく》しようとしていることも、心からは納得していない。何度も何度も、それが本当にお前自身の望みなのか、と聞かれ続けている。

父親は折檻はするが、イモージェンを王子に嫁《とつ》がせようと考えて引き取ったくらいなので、さすがに他の男性に娘を抱かせたりはしなかった。が、王子をうまく手に入れることが出来なかったらおそらく今後扱いが酷《ひど》くなることは想像に難《かた》くない。

魅了の指輪が手に入ることになり、ライリーに標準を定めたわけだが、それ以前は夜会の度に、父親が指示する貴族令息たちに近づいていたのだ。万が一王子妃になれなかった場合のために、少しでもドブソン家にとって利益のある相手を探すためである。傍目《はため》からは令息たちを手玉にとっているように見えるため社交界での自分の評判は散々だったが、より条件の良い縁談のためとあらば、父はさして気にしていなかったようだ。

半年前、渋るアーセムに頼み込んで処女を散らしてもらったのは、イモージェンにとって自分を自分として保つための手段だった。このままだと遅かれ早かれ、望まない縁談を結ぶことになるだろう。父親に全てをコントロールされたくない、という彼女の必死の抵抗だったのだ。

「また会いに来ますわ」

彼女が貴婦人らしく、右手を差し伸べると、恭《うやうや》しく第二王子がその手に唇を落とす。視線をあげると、ブラックモアがはっきりとした嫌悪の表情を浮かべているのが視界に入り、胸がスカッとした。

（この指輪がある限り、王子は私のもの、私の勝ち——残念ね、シエナ）

そしてそれから数日後、ライリーの名前こそないものの、イモージェン宛てに赤みがかった茶色の立派な宝石のネックレスが届いたので——さすがのドブソン侯爵も少しは溜飲《りゅういん》を下げたのだった。

「シエナ、久しぶりね」

イモージェンはシエナの前に歩み寄ると、王子から貰《もら》ったネックレスを見せつけるように胸を張った。

まさかこんな所でイモージェンに会うと思ってもいなかっただろうシエナは、少しだけ驚いたような表情をしたが、すぐに平静を装う。シエナのこういう冷静な対応が——どうしてか虫唾《むしず》が走るくらい、イモージェンを苛立たせる。

「また貴女か、ドブソン嬢」

シエナの隣りにいる、相変わらず腹が立つほど男ぶりのいいブラックモアが、微《かす》かに侮蔑《ぶべつ》の表情を浮かべる。彼は、第二王子の様子がおかしいことに気づいているようだが、その理由までには思い至っていないに違いない。彼が真実を見抜いたら、王子を救うことが出来るだろうに。見た目だけは抜群にいいが、つくづく無能な男だ。

「今日はちょっとシエナにお話があって——女同士の話なのですが」

にっこりと微笑んでそう言えば、ブラックモアは彼女のことを全く無視して、シエナを心配げに見た。その対応で、ますます彼のことが嫌いになる。シエナの味方になる人間はイモージェンにとって全員敵だ。

「ネイサン様、私は大丈夫です」

シエナがまたそう言っていい子ぶるので、イモージェンはかっとなりかけたが、なんとか我慢《がまん》する。ブラックモアはシエナが望むならと言ったので、そのまま二人で連れ立って園内を歩き出す。

「アーセムも遠慮して」

当然のようについてこようとしたアーセムにイモージェンはきつい口調で告げた。するとアーセムが傷ついた様子で足を止め、彼女ははっと我に返る。幼馴染の彼はいつだって自分の味方だったのに、アーセムにこんなことを言うなんて相当余裕がなくなっている証拠だ。

つんと顎《あご》をあげて、アーセムに告げた。

「シエナと秘密の話をしたいの——すぐに終わるわ。見える場所にいるから」

「畏《かしこ》まりました」

かくしてシエナとイモージェンは三人をその場に取り残して歩き始めた。

人気《ひとけ》のない場所まで来ると、イモージェンはまずネックレスをシエナに見せつける。

「これ、ライリー様にいただいたの。素敵でしょ、私の瞳の色なのよ？」

それからじろっとシエナの胸で輝くネックレスを睨みつける。

「貴女のより、立派でしょ？」

シエナは一瞬言葉を飲み込んだように見えたが、すぐに微笑む。

「そう……良かったわね」

イモージェンは、全く動揺《どうよう》した様子を見せないシエナに再び苛々し始める。

(なんで、笑えるのよ、ここで……!?　私に王子を取られたのに!!)

「あんた、バカなの、どうしてそんな普通でいられるの？　婚約者を取られたのよ、この私に——私みたいな平民あがりに!?」

突然、感情を爆発させ、まくしたてるイモージェンに対し、シエナは微かに首を傾げただけだった。普通の貴族令嬢であればこんな乱暴な物言いを聞けば、下手《へた》をしたら卒倒するかもしれないが、シエナはドブソン家に引き取られて間もない頃のイモージェンに会っていたからか、動揺は一切見られない。

しかし冷静さを失っているイモージェンは、無反応なシエナの様子に、ますます余計に怒りが募る。

「私が、ライリー様と寝てるのは知ってるわけ？　彼、情熱的だったわ。ずっと私にしがみついてきて、朝まで離してくれなかったんだから。もう子供だって出来ているかも知れないわね！」

嘘《うそ》ではあるものの、閨《ねや》でのことをほのめかしてやると、さすがにシエナの顔から血の気が引いた。どうせ真実かどうかなんてシエナに分かるはずがない。ここまで明け透《あす》けに言えば、どうせ慎《つつ》ましく結婚するまで王子と寝ることなぞ考えたこともないだろうシエナは傷つき、怒るだろう。見苦しく泣き叫んでくれたっていい。

とにかくシエナを傷つけたい、その一心でイモージェンは更に苛烈《かれつ》に言い募る。これだけ大きな声を出していたらもしかしたら少し離れた場所にいるネイサンやアーセムにも聞こえるかも知れないが、激昂《げっこう》したイモージェンの頭からはそんなことは飛んでしまっていた。

「私といると、シエナなんかだったら味わえない天にも昇るような気持ちだってライリー様が仰《おっしゃ》ってたわ。貴女なんてお高くとまって、まったくもってつまらない女だって！　婚約破棄出来て、清々しているって！」

(言ってやったわ。どうよ、こんなの聞いたらさすがのシエナだって……!!)

胸の内を残忍な満足感が占める。

少し俯《うつむ》いて彼女の話を聞いていたシエナがしばらくして顔をあげた。だがそれはイモージェンが期待しているような泣き顔ではなかった。

「イモージェン」

シエナの声は震えていたが、意志の強さを秘めて、口調ははっきりとしていた。

「それが殿下の今のお気持ちでしたら、私は受け入れるしかないわ」

「な、なんでよ？　なんで貴女はいつだってそうやって……いい子ぶるのよ！」

かっとなってシエナを突き飛ばそうと手をあげたイモージェンに、彼女の言葉が真っ直《ます》ぐに届く。

「イモージェン、貴女、殿下のことをお慕《した》いされているのよね？」

ぽかんとして、イモージェンはシエナに視線を送る。シエナの瞳は確かに潤《うる》み、必死で微笑んでいるようにも見えた。

「なん、ですって……？」

「私も殿下のことをお慕いしているわ――婚約破棄された今でも、気持ちは変わらない。本当に殿下には幸せになっていただきたいと心から思っているから、殿下がイモージェンを選ぶのであれば私は受け入れるわ」

シエナがもう一度静かにイモージェンに尋ねる。

「殿下のこと、お慕いしているんでしょう？」

◆◆◆

顔を真っ赤にしたイモージェンが足早に去っていったため、アーセムが慌《あわ》ててネイサンに礼をする。シエナはこちらに向かって歩いてきているが、その足取りはいつものように落ち着いているのでとりあえずネイサンはほっと息を吐く。

イモージェンの怒鳴り声はネイサンたちにも聞こえていた。シエナの返事は聞こえなかったが、その後あれだけ怒って去っていくイモージェンを見れば、シエナが冷静に乗り切ったのは誰の目にも明らかである。

「お嬢様が行ってしまったので――俺もこれで」

「アーセムとやら」

ネイサンに呼びかけられ、アーセムは振り向いた。

「君の話はとても興味深かった。――必要があればいつでも我が屋敷に来い。君の名前を言ってくれれば時間を取ることにする」

アーセムはぐっと唇を噛みしめると、先程よりももっと深い礼をして、その場を立ち去った。

アーセムがイモージェンに追いつくと、彼の幼馴染は怒り心頭の様子だった。

「許せない、シエナ――許せない！　絶対に許さないんだから……！」

ぐっと握りしめられた拳《こぶし》に爪が食い込んでいるのを見て、アーセムは彼女の怒りの深さを知る。

イモージェンはシエナのことが絡《から》むといつもリミッターが外れてしまう。イモージェンにとってシエナがそれだけ重要な人物なのだという事に他ならないのだが、当の本人はそれを認めたがらない。

「イモージェン……」

「シエナなんて――もうどうなっても知らない！　王子に手紙を書いてやる――帰るわよ、アーセムッ」


一方ネイサンの所に戻ってきたシエナはいつも通りの彼女だった。

「おまたせしました——さて、散歩の続きをしましょう？」

シエナは微かに赤くなった目元を和《やわ》らげて、ネイサンに微笑む。彼もまた彼女の意を汲《く》んで何事もなかったかのように散歩を続けたのであった。

翌朝、シエナの部屋に届いた花は——カモミールだった。

◇◇◇

イモージェンは、シエナと偶然会った庭園で嫌みと罵詈《ばり》雑言《ぞうごん》を受けた、という手紙を王子に書いて送った。

それからまもなくイモージェンは一週間に一度、第二王子に呼ばれて、彼の公務の合間に王宮の庭園にて会えるようになった。話が通っているのか、今度は王宮に入るのもスムーズだった。

そして王宮の庭園で会っていれば、王や王妃の耳に入る日も近いかも知れない、と胸が弾む。

王子の側にはいつも苦虫を嚙み潰《つぶ》したような顔のブラックモアがいたが、ライリーは短い逢瀬《おうせ》の間に彼には離れているように言いつけるので、我慢することにした。ブラックモアに、ライリーがイモージェンの手紙の真偽について尋ねたら一巻の終わりのようにも思えるが、魅了の魔法がかかっている王子がそんなことはするまい。

明らかにシエナの味方であるブラックモアに、王子が自分に夢中になっている様子を見せつけられるのは気分が良かった。

そして邪魔がいないのをいいことに、王子に気兼ねなく指輪を見せつけ、彼から思うような反応を引き出すことに成功していたから、彼女は満足していた。

たったひとつをのぞいて。

「ライリー様、私のこと、お好きですか？」

これだけはどうしても、うん、と言ってくれない。

一緒にお出かけしてください、と言うと、陛下の誕生祝いの夜会が終わったら、と言ってくれる。

父に会ってくださいますか？　と言うと、近いうちに必ず、と頷く。

毎日会いたい、と言うと、私もだよ、と微笑む。

帰りがけには、また庭園に来てくれるね？　と自ら誘ってもくれる。

けれど、私を好きですか？　愛していますか？　の質問には、何度尋ねても、一度も色良い返事は貰えなかった。むしろその質問をすると、王子の額には汗が浮かび、表情はとても苦しそうに歪《ゆが》む。まるでシエナへの思いを忘れていないかのように。

（――あいつの言ってた通りだわ）

イモージェンは、無意識に指輪をくるくると回しながら、父親に引き合わされたあの薄気味悪い老人の言葉を思い出していた。そもそもイモージェンはドブソン侯爵が自分の娘をなんとか王子妃に仕立て上げようとして画策した計画に巻き込まれているだけである。彼女の意思はここには存在しない。イモージェンはライリーのことなんて男性としてちっとも好きではないのだ。

貧しいながらも心穏やかに暮らしていた貧民街から無理やり引き離されてドブソン侯爵家に引き

取られ、イモージェン＝ドブソンという別の名前を与えられた。そのまままたくさんの家庭教師たちの手で急ピッチに《貴族令嬢化》を図られた。

侯爵は独裁的に侯爵家を取り仕切っており、彼がこの家のルールであった。文句を言える人間は誰もいなかった。だからといって、ドブソン侯爵夫人や、義兄《ぎけい》たちがイモージェンに親切だったわけではまったくない。彼らはイモージェンのことをドブネズミを見るかのような目つきで薄気味悪そうに見ては、無視し続けていた。

ドブソン侯爵は常に暴力的で、イモージェンが少しでも思い通りにならないと容赦《ようしゃ》なく殴《なぐ》りつけた。イモージェンは、誰にも慰められることもなく、夜たった一人で泣き続けることも珍《めずら》しくなかった。

王子の婚約者探しのお茶会の少し前には、ようやくイモージェンも少しは貴族令嬢らしく振る舞えるようになった。ドブソン侯爵が同い年くらいの令嬢と知り合ってマナーを学ぶのがいいと選んだのが、ドブソン侯爵家とも付き合いのあるメレディス侯爵家の令嬢、シエナだったのだ。

「こんにちは、イモージェン。お会いできて嬉しいわ、仲良くしてくださる？」

シエナは初めて会った日からイモージェンにとても優しかった。まだ幼かったというのに、シエナは落ち着いていて、いつでも親切だった。そして、メレディス侯爵夫妻はシエナとその兄をとても可愛がっており、愛に飢《う》えていたイモージェンは羨《うらや》ましくて仕方なかった。

メレディス侯爵邸から帰る時、ドブソン侯爵はいつも、シエナの容姿をこき下ろしていた。

「あの娘の器量は悪くはないが人並みだから、王子妃に選ばれることはまずないだろう。お前はまがい物だが、母親に似て容姿だけは整っているから、可能性はお前の方にある――いいか、お前はあの娘の立ち振る舞いを学べよ？」

既にその頃には父親に反抗するという愚かな真似《まね》をしたら自分がどんな目に遭うのかイモージェンは理解していて、黙って頷くだけだった。だがイモージェンにとって、自分を対等に扱ってくれるシエナと会うのが、数少ない心穏やかなひとときとなっていくのに時間はかからなかった。

その頃のイモージェンはシエナのことが間違いなく好きだった。そして、友人とすら思っていたのである。

「シエナ、聞いて！」

彼女には、自分の考えていることを言葉をつっかえさせながらも語ることが出来た。そしてシエナは、どんな話をしてもいつだって楽しそうに聞いてくれたのである。そしてある時イモージェンは、シエナにこっそり自分は平民の子なのだと打ち明けた。この人ならば信頼できると思ったからだ。予想通りシエナは、瞬きをしたあと、うん、と頷いてくれた。

「そうだったの。お母様と離れなくてはならなくて――寂しかったわね」

それは憐憫《れんびん》の情ではなく、シエナはただただ事実を認め、それからイモージェンの気持ちを慮《おもんぱか》ってくれたのである。子供の頃から彼女はそういうひとだった。その夜、イモージェンはドブソン侯爵邸にもらわれて初めて、ゆっくり眠れたのだった。

しかし、第二王子の婚約者探しのお茶会の日。

ドブソン侯爵がこのお茶会のために娼婦に産ませた子供を引き取った話はまことしやかに噂され

ていて、イモージェンは貴族令嬢たちに冷たく扱われた。彼女たちは自身の家を背負っており、既に特権階級らしい冷淡さと残酷《ざんこく》さを見せていた。

そんな中、シエナだけがイモージェンを静かに守ってくれていた。

「イモージェン、こちらで私と一緒にお菓子をいただきましょう？」

「うんっ……！」

他の令嬢たちには気付かれないように、さりげなくイモージェンをトラブルから避けてくれるシエナのことを心の中で頼りにしていた。

けれど、第二王子がお茶会に登場すると全てが変わってしまった。

第二王子の視線は最初からずっとシエナしか捉えていなかった。シエナも王子のことを好ましく見つめていて、イモージェンは彼らの間に自分が割り込むのは絶対に不可能だと、すぐに気づいたのである。

肩を落として父のもとに戻ったイモージェンは……それから口に出すのも憚《はばか》られるくらい、ありとあらゆる罵《ののし》りの言葉を投げつけられることとなった。人格と存在価値を否定され、涙すら涸《か》れ果てたイモージェンにドブソン侯爵は吐き捨てるように言った。

「あんな器量の悪い娘に王子妃の座を取られるなんて恥を知れ！　私はまだ諦《あきら》めない——お前を絶対に王子妃にする。どんな手を使ってもだ」

イモージェンは震えながら反論した。

「で、でも、お父様、お、王子様はシエナしか見ていなかったわ。それに、シエナはとってもいい子で、私にだって優しくしてくれた――」

ドブソン侯爵が、ぎらぎらした目でイモージェンを睨《ね》めつけた。

「だまれ！　お前なんか顔だけしか取り柄がないのだから大人しく言うことを聞け」

それからは地獄の日々だった。

ドブソン侯爵はイモージェンを第二王子妃にするために取《と》り憑《つ》かれたように振る舞うようになり、彼女はそれに振り回され、心が休まる暇《いとま》がなかった。最初は泣いていたイモージェンも少しずつ心をすり減らしていき、遂には何も感じなくなっていった。自分で考える、という選択肢をドブソン侯爵にもぎ取られてしまったのだ。

そんなときでも黙ってずっと側にいてくれたのは、アーセムだった。

アーセムはイモージェンが侯爵に連れて行かれた日から、なんとかドブソン侯爵邸に入り込むことが出来ないかと探っていたが、数年後にようやく下男として雇い入れられることに成功すると、イモージェンの従者を自ら買って出てくれた。

イモージェンは使用人にも厄介者扱いされていたため、すぐに受け入れられ、それからはずっと側にいてくれている。イモージェンが夜、ベッドの中で泣きじゃくっていると、アーセムが慰めてくれた。

いつしかイモージェンは、ドブソン侯爵が彼女の身体をどこかの貴族に金で売り払うのでは、という危惧《きぐ》を抱きその前にせめてとアーセムに頼み込んで、処女を散らしてもらうことにした。

アーセムが貧民街にいるときに、そこまで頻繁《ひんぱん》ではないけれど、時々年上の女友達と寝ていることに気づいていた。自分のことは可愛い妹分として彼が扱っているのを知っていたが、それでも心の底でその女性たちが羨ましかった。後で聞いたら、アーセムはその女性たちを抱いてやることでお金を貰っていたのだという。

イモージェンの頼みに、アーセムは気が進まなそうだったが、それでも最後には彼女を優しく抱いてくれたのだった。その夜はとても幸せだった。

(アーセムがいなかったら……私はとっくの昔に壊れていたわ)

イモージェンの壊れかけている心はアーセムのお陰でなんとか保っている。

ドブソン侯爵が死ぬまでイモージェンが解放されることはないだろう。このまま私は朽《く》ちていくのか、と思っていたあの日、ご機嫌なドブソン侯爵が一人の老人を連れてきた。ドブソン侯爵と二人きりの応接間で、フードを深く被《かぶ》った老人がそれを外すと、歯はすっかり抜け落ちており、肌色は茶褐色《ちゃかっしょく》でいかにも不気味な容姿だった。一体どんな繋がりなのだろう。けれど、父がイモージェンに説明してくれるわけがない。

「それで、私が頼んだ品は?」

「間に合いましたよ」

(……頼んだ品……?)

彼らが何の話をしているのか分からず、イモージェンは内心困惑していた。

「おおっ、さすがだな!」

途端に喜色満面となったドブソン侯爵の隣で、老人は考えが読めない灰色の瞳でじっとイモージエンを見つめる。

「貴女が術をかける方でしょうか？」

「ああ」

イモージェンが答える前にドブソン侯爵が勢い込んで返答する。

「そうだよな、イモージェン！」

父にぎろっと睨まれ機械的に彼女が頷くと、老人は持っていた革袋の中から、怪しく煌《きら》めく指輪を取り出した。

「ではこちらをお受け取りください」

（なに、これ……!?）

イモージェンが震える手で受け取ると、老人はそれを指に嵌《は》めるよう促した。

「嵌めると、貴女が術をかける者として指輪が認識します。一度嵌めたら、生涯《しょうがい》外すことは叶いません。術が成功していれば、まだしも……万が一術が不完全な場合、外してしまえば貴女の記憶が失われる可能性も——命を亡くすこともありえるかもしれませんので」

（なんですって……!?）

老人に視線を送ると、彼は無表情のままだった。

「あくまでも可能性についてです。術が不完全の場合、に限りですが——貴女だけでなく、相手側にも同じように術が返ることも考えられます。しかも指輪を嵌めている間に、術が不完全かどうかを確かめる術《すべ》もありません。それでも、その指輪を嵌められますか？」

イモージェンは二の句が継げなかった。

「当たり前だ、今すぐ嵌めろ、イモージェン」

老人の隣でドブソン侯爵は脅すように告げる。イモージェンは父の恫喝《どうかつ》を聞きながらも、尋ねずにはいられなかった。

「こ、この指輪は一体……!?」

「この指輪を嵌めた人間が、一人に限り相手に魅了の魔法をかけられるような呪術《じゅじゅつ》がこめられています」

淡々と老人が告げ、イモージェンは目を見開く。

(魅了の……、魔法……!? と、いうことは!?)

父を見れば、普段通り尊大な表情で腕を組んで鼻を鳴らす。

「相変わらず物わかりが悪いな、イモージェン。この指輪は、お前が第二王子を籠絡するのに使うんだよ」

「――――!!」

言葉を失ったイモージェンをドブソン侯爵が睨みつける。

「まさかお前に選択肢があるとは思っていないよな? さあ、いますぐ嵌めろ。どんな弊害《へいがい》があろうとも、それは知ったこっちゃない。お前はすべきことをするんだ」

それはイモージェンが死んでもいい、と言っているも同義だった。

「……承知、しました」

絶望しかなかった。が、イモージェンには逃げ場すらない。

イモージェンはぶるぶると震えながら指輪を嵌めた。ぎゅっと指を締め付けられるような圧を感じ、それからどうしてか一瞬眩暈《めまい》と身震いがした。

父娘の会話を黙って見守っていた老人がそこで口を開く。

「方法は至って簡単です。指輪をお目当ての方の目の前でちらつかせて、心の中で念じればいい。そうすればその瞬間からお嬢様に魅了されるはずです」

「よしよし、なんとか婚約者の段階で間に合ったぞ。まぁ、結婚していても愛人でもよかったんだがな」

上機嫌な父親は舌なめずりをせんばかりだった。

「ただ、効果は永続ではなく一度で一週間のみ。かならず一週間以内に会うことを続けて、指輪をちらつかせる必要があります。それから、魅了である程度の相手の行動は変えられるはずですが、心まで変えるのは難しいということだけは申し上げておきます」

(心は、難しい……?)

のろのろとイモージェンは老人を見つめた。父もそこは疑問に思ったようだった。

「ある程度とはどういう意味だ?」

「もし王子が本当に心から婚約者の方を愛していらっしゃった場合、魅了されていてもお嬢様に愛の言葉を捧げることはありますまい。魔導具ではそこまでは操りきれないのです」

「なんだ、そんなことか。たいしたことはない。どうせ王家の人間は言質《げんち》を取られるような台詞を公《おおやけ》の場で言うわけないからな。必要ない」

強欲だが短絡的《たんらくてき》な父親はそう言いきり、婚約破棄を公に言うようなことはするだろうか、と老人に尋ねた。彼は少し黙ったが、首を横に振る。術者というものは、嘘をつけない。

「王子の気持ちの奥底に真実の愛が眠っていれば、行動は魅了されますが、彼の深層心理は混乱し、言動に制限を生む可能性はあります」

「なんだと!?」

父親の怒りが分かったのか、老人は即座に腰をかがめた。

「こればかりは私にもどうにもなりませぬ——そもそもが魅了の魔法自体が人の心を無理矢理に押し曲げるもの——想像を超えることは往々にしてあるものです。なので術が不完全な場合、それがご自身に戻ってくるリスクがあるのです。魅了の魔法をお相手にかける前に、どうぞそれだけはお忘れなく」

そうして老人は帰っていった。イモージェンはその後、老人の言葉を幾度となく反芻《はんすう》することとなる。それは王子の振る舞いが、老人の指摘通りになっているからだ。

(王子がシエナを愛していたら、どれだけ魅了の魔法にかかっていても私には愛しているとは言わない——だとしたら術は不完全で、失敗する可能性が高い……そうしたら、お父様はきっと……)

そこまで考えて、イモージェンはぐっと口元を引き締める。

イモージェンが何度王子に、私のことが好きですか?　と尋ねても、苦しそうな表情になるだけで、何も言ってはくれなかった。今も目の前のライリーは困ったように微笑んでいる。

「ライリー様、私のことをいつか好きに――」

(――こんなことを聞いても、無駄だ)

ぎりっと奥歯を噛み締めてイモージェンはその質問を止《や》めて、新しいドレスが欲しい、とおねだりすることにした。王子はほっとしたかのように、イモージェンの会話に相槌《あいづち》を打ち始める。

そのことに敗北感など感じる必要はないはずだ。だって今この時は、王子の視線はイモージェンだけを捉えているのだから。あの幼い日のお茶会の時から、王子は一度だってイモージェンのことは見ていなかったのだ。彼の視線の先には常にシエナしかいなかった。

シエナ。

『殿下のこと、お慕いしているんでしょう?』

(うるさい、うるさい――私は勝ったの！　子供の頃からずっと負けていた貴女に、ようやく私は勝ったんだから！　もうしばらくすればきっと王子は私に愛を囁くようになる！　そうすればお父様に叱られることはなくなるのよ)

イモージェンは、シエナのことを自分の思考から追い出すことにつとめた。

◆◆◆

イモージェンが王宮の庭園でライリーと会えるようになってしばらくして。

その日、ライリーは王の私室に呼ばれていた。

「ライリー、お前が最近王宮の庭園で、シエナではない令嬢と密会しているとの話を小耳に挟んだんだが」

第二王子は目を瞬《しばたた》いた。それから、ゆっくりと微笑む。

「それに相違ありません、陛下《へいか》」

「なんだと!? ライリー、それは誠か?」

今まで一度も問題など起こしたことのない次男がそんな節操のないことをしているなんて、と王が息を飲んだ。

「はい。近いうちに陛下――父上には話に参らなくてはいけないと思っていました。――私の婚約についてです」

「お前の婚約というと……確認するのもおかしいが、シエナとのことだろう? あんなに仲が良いというのに一体なんの問題があるんだ!?」

シエナの名前が王の口から出たとき、ライリーの瞳がふっと翳《かげ》る。そして冷淡でも無機質でもない、確かな温度のある感情が王子の瞳に過《よぎ》り、また同時にぐっと両手を握りしめた。――とても、強く。

だが次に口を開いたとき、ライリーの声は平静そのものであった。

「問題は大ありなんです、父上。どうか私の話を聞いてください」

◇◇◇

週末、いよいよ王の誕生日を祝う夜会が開かれる。

あれから数回ライリーとは王宮の庭園で会ったものの、彼のシエナを同伴するという意思は覆《くつがえ》されておらず、イモージェンは凄《すさ》まじく焦っていた。何しろ今回を逃すと、しばらく大規模な夜会は開かれないのである。出来るだけ多くの貴族たちの目の前で、婚約破棄をさせたい、というのがドブソン侯爵の望みだった。

「申し訳ないが、公務の関係があるから、私はメレディス嬢をエスコートする必要がある」

「ですが、ライリー様……私、私のことが、お好きでは……？」

「申し訳ない」

今日も彼の返事は捗々《はかばか》しくない。庭園に呼ばれ始めた当初こそ舞い上がっていたが、何度か会ってみると、イモージェンにとってライリーはまったく扱いにくい男だった。

彼は頑固で、王子としての仕事にどこまでも忠実である。もちろん以前とは違い、時々微笑んではくれるし、言葉だけは優しいが、実際は何も行動には移してくれない。結局ネックレス以外の贈り物は何もしてくれないし、庭園で会うようになってからは手紙の返事も来なくなった。それも庭園で、短時間のみしか会うことが出来ないから父が望むように既成事実に持ち込むのは不可能だ。

そもそも必ずブラックモアが同席している。

（ああ、もう無理かもしれない）

押しても引いても反応は薄くて同じだ。イモージェンはついに、ライリーに王の誕生を祝う夜会で自分の同伴者になってもらうのを諦めた。老獪《ろうかい》な魔法使いの言葉は当たっていたのだ——心の中に真実の愛がある場合、言動共に制限されることがある、と。これは王子にとっての無意識の抵抗に違いない。

（それでも、既に私と王宮の庭園で逢引《あいびき》していること自体が、王子にとってはスキャンダルになるはず）

シエナと婚約している間、王子が他の令嬢と私的に会っていたことは一度たりともないはずだ。おそらくシエナ以外に目を向けたことがないのだろう。それは魅了の魔法にかかってさえ、こうした頑《かたく》なな態度を取ることを思えば明らかである。

そんな清廉潔白《せいれんけっぱく》なライリーがイモージェンと、白昼堂々庭園で時間を過ごしている。しかも、自分はシエナの幼馴染である。王宮の庭園は他の貴族たちの目に止まりにくいため、今はまだ噂にはなっていないが、そうなる日もきっと近いはずだ。諦めるのはまだ早い。

「ライリー、もうそろそろ時間だ」

「分かっている」

今日は、会って早々ライリーの公務の開始時間がやってきて、腕を組んでいつものようにしかめ面をしたネイサンが王子を呼ぶ。失礼、と断ってそちらに向かおうとするライリーの袖を引き止める。

もっと一緒にいたい、と甘えるように腕を組んで、胸のふくらみがさりげなくあたるようにしながら王子を見上げたが、彼の顔は見事なくらい先ほど浮かべた笑顔のままだった。

「ライリー様、いつ私をベッドで可愛がってくださるの？」

「ドブソン嬢、然《しか》るべき令嬢らしい態度ではないな」

腕を外しながら王子にやんわりと窘《たしな》められたが、いくら魅了の状態であるとはいえ、堅物王子がこの場で誘いに乗ってくるとは思っていなかった。今日のイモージェンの真の狙いは今から彼のベッドに潜り込むことではない。

（来た――貴女が慕っている王子に今一番近い女は――私よ）

はっと、後ろで息を飲む気配がしたので、彼女がしたり顔で振り向くと――予想通り呆然《ぼうぜん》と二人を見つめているシエナの姿がそこにはあった。シエナが狼狽《ろうばい》した表情を見せたのは本当に一瞬で、またしても平静の仮面を被る様子を見て、イモージェンの心はどす黒い色に染められる。ちらりと見上げた王子の視線の先にシエナがいて、彼の表情が微かに苦しそうに歪んでいるのが視界に入ると、ますます憤怒《ふんぬ》に駆られた。

（なによ、貴方たち――二人してそんな顔をして……！）

シエナはしかし礼儀正しく、ライリーとイモージェンから視線を逸《そ》らした。

「なんと失礼なことを……。お二人の邪魔をするつもりではありませんでした」

シエナがそう言いながらカーテシーをして、踵《きびす》を返す。しかし数歩で追いついたネイサンがその腕を摑《つか》む。

「シエナ、君、今日出かけるところがあるってここだったのか？」

「ネイサン様……」

シエナの視線が一瞬泳ぐ。しかしシエナはすぐににっこり笑うと、ネイサンの腕をそっと解く。

「私がうっかりしていて、どうやら時間を間違えてしまったようですわ。——ごめんなさい」

ネイサンの質問には答えていないが、場が乱れることを好まないシエナらしい、そつのない対応だった。そして最後の謝罪は明らかにライリーとイモージェンに向けられていた。シエナは最後まで貴族令嬢としての矜持《きょうじ》を失うことなく、静かに庭園を出ていった。

（なによ、なによ！　やっぱりいつものように貴女が主人公みたいなそんな感じで……）

苦々しくシエナを見送っているイモージェンの腕を王子が優しくはがす。はっとして彼を見上げると、その顔には相変わらず微笑みが浮かんでいる。

「申し訳ないが、公務の時間だ」

こんな時でも仕事を優先するライリーに、イモージェンは言葉を失う。しかし、イモージェンを置いてシエナのことを追いかけたりはしないので、やはり彼の心は今は自分に向いているはずだと確信する。魅了の状態で、心を歪められているから、こういう行動のある程度のずれは仕方ないのかも知れない。あの老人にもしもう一度会うことが可能ならば、自分の推測が正しいかどうか聞きたいくらいだ。

（どうして私がこんな気持ちに——）

仏頂面《ぶっちょうづら》のネイサンと共に王子が庭園からいなくなると、イモージェンは、自分の画策《かくさく》通りシエナを惨《みじ》めな状況に陥《おとしい》れてやったはずなのに、どうしてかまったく思い通りになっていないことには気づかないふりをした。

◇◇◇

シエナは足早に庭園を抜け、王宮内に足を踏み入れていた——なんとか平静を装ってあの場を抜け出せたことは良かったが、心は千々《ちぢ》に乱れている。イモージェンにライリー様に触れないで、と叫びたかったけれど、彼女の未来の王子妃として受けた教育が我を忘れさせることの邪魔をした。シエナはライリーに言い寄るイモージェンに明らかに嫉妬して、正常な判断ができなかったことを後悔していた。

(どれだけ辛くても逃げるべきではなかった……イモージェンと話をしなくてはならなかったのに)

シエナは今日も王立図書館に向かうつもりだった。とりあえず朝一番に届けられた百合《ゆり》の花を愛《め》でていたら、サリーが神妙な顔で一通の手紙を彼女に差し出したのである。

それはイモージェンからで、内密な話があるから王宮の庭園に単身で来て欲しいという内容だった。心配そうな顔をしているサリーに、大丈夫と微笑んだのは本心だった。ネイサンには今日外出することを伝言したが、詳細は省いた。不愉快《ふゆかい》な目に遭《あ》うことは予想がついたが——だが、王宮の庭園にやってきたのは、もう一度、イモージェンと会って話したかったからだ。

イモージェンがわざわざ王宮の庭園を指定してきたのは、《王宮に入れるような存在になった》ということを誇示したいからというのは容易に想像がついたが、人目をあまり気にせず話すことが出来るのでそれもいいかと思った。この時間であれば通常ライリーは忙しく公務に励んでいるだろうから、出会ってしまう確率も低いと考えたのだ。

(この前は結局……話は途中で終わってしまったから……。もう一回直接、彼女の目を見て聞きたいと思っていたのに。本当にライリー様のことを慕っているのかどうかを)

先日の公園でイモージェンに、殿下のことをお慕いしているのか、と尋ねたが、顔を真っ赤にして怒り狂ってしまい返事を聞くことが出来なかった。しかしシエナにはどう考えても、イモージェンがライリー本人のことを本気で慕っているようには思えなかったのである。

イモージェンは、あくまでも《第二王子の婚約者》としての立場に固執しているように思えていた。シエナが婚約者に選ばれてから、イモージェンがライリーを熱い眼差しで見つめていたという記憶はないが、シエナが《第二王子の婚約者の証《あかし》》としてもらったネックレスのことを羨ましそうに見つめていたのはよく覚えている。

そして今日もイモージェンはあの指輪を嵌めていて、ライリーの視界に必ず指輪が入るようにしていた。——ライリーが婚約破棄を言い出すまで、一度だってイモージェンはそんなことをライリーに向かってしたことがなかった。

(あの指輪のせいで、ライリー様は……きっと魅了の魔法を……ううん、断定はできないわ)

とはいえ今日の様子を見ていると、その可能性は大いにある気がした。けれどまだ、あまりにも不確定な情報ばかりで、そのことにシエナは気をとられて、次の一手をどうしたらいいのか決めあぐねている。

けれど。

（なんとかしてもう一度イモージェンと話が出来ないかしら……今度こそ、逃げないで彼女に向き合おう。かつての彼女だったらきっと心を尽くしたら分かってくれるのではないかしら……）

シエナには未だに初めて出会った頃の、可愛らしいイモージェンを信じる気持ちが残っていた。

（私、本当に『いい子』ぶってるのかしらね、こんな状況にもなって、まだ彼女を信じたい、と思うなんて……）

自分でも自分が分からない。本当は叫び出したい気持ちだってある。当然の権利のようにライリーに身を寄せているイモージェンに向かって、離れて、と。

（あんなに近い距離でいることを……ライリー様もお許しになられて……いたわ。やっぱりイモージェンの言う通り、二人は、もう……閨を……それでもおかしくないくらいの、距離、だった）

そこまで考えると、切り裂かれるような胸の痛みがシエナを襲い、呼吸が浅くなる。

（だって、きっと、あの、指輪、指輪があったら……ライリー様は……イモージェンに魅了されて……、きっと全てを欲しいと思っても、仕方ない……もの……私は婚約破棄を伝えられていて、嫉妬する権利なんてない……）

ずきずきと胸が鋭く痛み続ける。

ここが外でなければ、大声をあげて泣き出しそうなくらい、辛い。

そう、ここは王宮の廊下だ。

我に返ったシエナは、自分がかつて住んでいた部屋の前にいることに気づいた。どうやら無意識に戻ってきてしまったらしい。この部屋は王宮でもかなり奥まった場所にあるから、人気もほとんどない。

(いけないわ――玄関に戻らなければ)

そう思った瞬間、背後にこつんと足音が響いて、シエナが振り向くと――そこには息を弾ませたライリーが立っていた。

どくんと鼓動《こどう》が高鳴る。

「――!?」

まさかここに彼がいるとは信じられなくて、シエナは目を瞠《みは》った。

(あ、でも……、公務に行くっておっしゃっていたような)

きっと彼はこの先の第二王子の私室に向かうのだろう。シエナは慌てて廊下の端に寄り、腰を深く曲げて礼をする。

王子がゆっくりとシエナの前に歩いてきて――通り過ぎずに立ち止まった。

「シエナ」

低い声が響いて、彼女が驚いて見上げると、ライリーはいつになく苦しそうな表情をしていた。

まるで心が引き裂かれているような、身体と心のバランスが取れていないような……そんな切なさを浮かべた表情で。

「シエナ……俺は……」

ぐぐぐっと彼が自分の拳を握りしめているのがシエナの視界に入った。思わず、彼女は今までもそうしていたように、反射的に彼の拳を自分の手で包み込む。

「いけません、殿下……！　爪でご自身の手を傷つけてしまいます……どうか楽になさって」

ライリーが常日頃から完璧な王子の姿で居続けるため、裏では凄まじい努力をしていたのを幼い頃から側で見てきた。時に重責と立場に押し潰されそうになり、彼は人目のない場所ではこうやって拳をあらんかぎりの力で握りしめてしまうことがある。そんな時、彼を宥《なだ》めるのは常にシエナの役目だった。そしてその役目を彼に託されていることにシエナは深い喜びを感じていたのだ。

ライリーの手の温度を感じると、それまで自身を苦しめていたイモージェンへの嫉妬は一瞬で消え失せた。

(ライリー様、きっと……ものすごく苦しんでいらっしゃる。葛藤《かっとう》なさっているのだわ)

こうやって目の前にライリーがいて、彼の瞳を覗《のぞ》き込《こ》めば、シエナには彼の気持ちが伝わってくる感覚に陥った。

彼の瞳の中に、自分への想いが揺れているのをシエナは見つけた。

(ライリー様は……、きっとまだ、私のことを……、忘れてはいらっしゃらない……)

もしかしたら魅了の魔法をかけられても、ライリーの心のどこかにシエナへの想いが残っていて、それが彼を苦しめているのかもしれない。そう思いついた瞬間、シエナの中のここしばらくずっと沈んでいた悲しみと苦しみが拭《ぬぐ》われていくのを感じた。苦しいのは自分より、操られているライリーに決まっている。

魅了の魔法をかけられているライリーから望まれたことにはシエナは従おうと思った。そうしないとイモージェンが納得しないだろう。

だが。

哀しみに歪むライリーの顔はこれ以上見たくはない。

(私はどうして差し上げたらいいのだろう)

やがて震えるほど力が入っていた彼の拳が緩んだのを感じ、シエナがそっと手を離そうとすると、そのまま引き寄せられた。ぎゅっと抱きしめられて、逃がさないとばかりのライリーの抱擁《ほうよう》に身体が震えた。

「殿下……！ 廊下ですから、どうか――」

離してくれ、と言いかけた彼女の耳元でライリーが囁いた。

「シエナ……どうか俺の名前を呼んで……くれ……」

とてつもなく苦しそうな、吐息混じりの彼の言葉に、胸がつまる。

その瞬間、シエナから、ライリー以外の存在全てが消えた。

「お願い、呼んで……？」

シエナは密やかに思いを込めて、ライリー様、と囁いた。

「もう一度、シエナ……もう一度だ……」

ライリーが縋《すが》るようにシエナを強く抱き込んできて――彼女が彼の胸に自分の頭を預け、背中にそっと手を回すと、王子の身体が一層熱を放った。

「ライリー様」

「シエナ」

誘われるように彼を見上げると、ライリーの瞳は激情を孕《はら》んでいるようにも思え、シエナは言葉を失った。ライリーの顔がみるみるうちに近づいてきて、シエナはそっと瞳を閉じかけ――。

しかしその時、廊下の先から誰かの足音が響いてきたので、我に返ったシエナはさっと彼から離れようとした。しかし一向にライリーが抱きしめる力を緩めてくれない。まだ公には婚約破棄をしていないので、王宮の誰に見られても恥じることはないのだが、万が一イモージェンだったら、更にひどい行動を誘発しそうで気が気ではない。

「ライリー様、ここは廊下です。どうかお離しください」

「嫌だ」

ライリーがむっと口元を歪める。

(えっ……⁉)

子供みたいなことを言うが、これこそがシエナのよく知る、彼女に甘えるライリーの姿だ。なにかのきっかけで魅了の魔法が薄れているのだろうか、とシエナは戸惑《とまど》う。やがて足音が止まり、はぁと大げさなため息が聞こえて、それがネイサンであることを知って安堵《あんど》する。彼ならば大丈夫だ。

「ライリー！　公務の時間だぞ」

「……分かってる」

さすがに公務と言われると、ライリーは渋々といった様子でシエナを離してくれたが、すぐに彼女の腕を掴む。

「シエナ、週末の父上の誕生日祝いの夜会だが、俺に同伴してくれるか？」

今、ライリーの心が迷いの中にあることを知ったシエナは、彼を一人で戦わせたくないと強く思った。ライリーが必要だと言ってくれるのであれば、自分がどれだけ傷つこうとも、彼が求める限り一緒にいる。だからライリーの視線を捉えて、しっかりと頷く。迷いはもう一切なかった。

「はい。ライリー様がそうお望みでしたら、私はお側にいます」

「ありがとう」

ライリーがようやく嬉しそうに微笑んだ。それはシエナがよく知っている彼の心からの微笑みだった。


翌日、シエナに届いた花は、白いアスターだった。

「これは……」

花を見た瞬間、動きが止まる。

（アスター、それも、白い……。白のアスター、花言葉はなんだっけ……、そして、昨日あったことと言えば……？）

やがてシエナは一つ頷き、サリーに言付けを頼む。サリーは驚きつつも、主人のためにすぐにロバートに伝えにいってくれた。

そしてその夜、ネイサンが遂に王立図書館の特別室への入室許可を貰ってきてくれた。

「これが許可証だ。俺が一緒ではないと入室できないが……」

シエナはにっこりと微笑む。

「十分すぎるほどです……！　本当にご助力を頂き、心から感謝を申し上げます」

そんなシエナの顔をネイサンがじっと見下ろしている。

「どうやら吹っ切れたみたいだな、シエナ」

「そうですか？」

「ああ。なんだか迷いがなくなったみたいだ」

「そうかもしれません。もうくよくよ考えるのは止めにしました」

ライリーに婚約破棄を告げられてから、胸にくすぶり続けていた哀しみが消え去った。彼女には以前と変わらずライリーを支えたいという気持ちだけが残ったのである。

「強いな、君は……、いや、ライリーをそれだけ愛しているってことかな」

ネイサンの呟きに、シエナは微笑むことで肯定の意を示した。


早速翌日に、ネイサンが忙しい仕事の合間を縫って、シエナを王立図書館の特別室に連れて行ってくれた。特別室の扉の前で危険物を所持していないか念入りな身体検査を受け、担当者に本の持ち出しは禁止されていること、書き写すことすら禁止だ、と細々とした説明をネイサンと共に受ける。サリーは、もちろん特別室には入れないから外で待機していてもらう。

そうしてようやく中に通された。

特別室は広さでいうと、シエナに与えられた私室くらいのこぢんまりとしたものだったが、床から天井までびっしりと本が並べられており、その数の多さに圧倒される。しかし系統ごとに並べられているので、苦労せずにシエナは目当ての本を見つけることが出来た。部屋の隅で彼らの動きを見守っている担当者に自分が読みたい本を差し出し、彼女が目を通してもよいか確認してもらう。

「どうぞ」

許可をもらい、シエナは本を手に、部屋に設置されているソファに腰かけた。もちろん、担当者の見える場所で読まなければならない。

王子妃として教育を受け始めた頃に、シエナはこの国にかつて魔法を使える「魔法使い」と呼ばれる人間がいたこと、時代の変遷と共に魔法を使える人間たちは減少し、それに伴い「魔法」もゆっくりと消え去っていくかと思われた、という歴史を学んでいた。

しかし、ある王の代に、隣国との戦争が巻き起こり、「魔法」を閉じ込める「魔導具」の開発が進められたことをきっかけに、少し様子が変わる。「魔導具」とは、魔法を使えない人々がそれを使ってこめられた魔法だけ発動できるというものである。

最初は国を護《まも》るため、戦争のために作り出された道具だったのだ。

ぺらりと分厚い本をめくって、該当の箇所を見つけると、シエナは集中して読み始めた。教師が一通り説明してくれた以上の内容がそこには記されていた。

(やっぱり……今も、魔法を使える人々は王国のどこかに隠れているんだわ……でも「魔導具」を

作れるのはどうも「高級魔法」を使える「魔法使い」だけみたいだからきっと限られるはず……。調べたらお名前は分かるかしら）

「魔導具」は、基本的には術者がこめた魔法しか使うことが出来ないが、その魔法も無限というわけではないらしい。一つの魔導具に、こめられる魔法は一種類のみ。一種類以上は道具がもたないようだ。

（例えば、魅了の魔法の場合は対象は一人で効能はバラバラで、ある一定の期間、対象者から離れてしまうと魔法は解けてしまう……術者がどれだけ強力な魔法を使えるかで期間は変わってくるが基本はそこまで長くは離れていられない……）

それから、ある一文に目を走らせると、シエナははっと目を見開いた。

（「魔導具」を対象の人間の視界に入れてコントロールするのが基本……やはりそうなのね！）

イモージェンが何度もライリーに指輪を見せつけるかのようにしていた仕草を思い出す。シエナは、ぐっと瞳を閉じて、ソファの背にもたれかかった。再び瞳を開けた時、彼女の瞳は潤んでいた。ライリーが魅了の魔法に支配されているのではというのはあくまでも仮説であったが、これで確信が持てた。

続きを読んでいくと、魅了の魔法を使うことの危険性についても述べられている。心のあり様を捻《ね》じ曲げるのだから、どれだけの強制力が働くのか、また元々のその人の感情の強さによっては行動に制限が出てしまうかも知れない可能性が書かれている。

シエナはあの日のライリーの行動を最初から思い返してみた。

シエナを自分の私室に呼び寄せ、婚約破棄を宣言した時点で既に魅了の状態だったとしても、彼はそこまで感情的ではなかった。もし心身ともに魅了の状態に染め上げられていたら、間違いなくすぐに婚約破棄を陛下に伝え、夜会で宣言し、公のものにしたはずだ。そうしなかったライリーの胸中を思い、シエナは強く目を瞑《つむ》った。自分の思い上がりかもしれないけれど、彼の心の中にはずっと自分がいたのだと感じられる。

(私への……想いと闘ってくださっていたのね……)

特に昨日のライリーはずっと苦しげだった。シエナ、と呼びかけ、殿下と呼ばないでくれ、と懇願してきた。どうか一緒に夜会に参加してくれ、と頼む声は微かに震えていたように思える。

(ライリー様、すごく苦しそうで……、それに……)

彼女ははっとして、昨日のライリーの言葉を思い返す。

『シエナ……どうか俺の名前を呼んで……くれ……』

『シエナ、週末の父上の誕生日祝いの夜会だが、俺に同伴してくれるか?』

(以前のように……俺、と言っていらしたわ)

シエナは最後まで本を読みきると、静かに閉じた。

必要なことは全て知った――ここからは事実と推測を組み合わせていく必要がある。

(あと、もうひとつだけ、可能性のある選択肢が残されている。でもこの選択肢だったら全てが覆るけれど……。そのことを落ち着いてきちんと検証しなければ)

◆◆◆

帰りの馬車の中で、向かい側に座るネイサンに向かって、シエナがある決意を話し始めた。

彼女の隣にはサリーが座っていて、ライリーに魅了の魔法がかかっているかもしれない、という
シエナの話を聞くにつれてどんどん驚愕の表情に変わっていく。

けれどネイサンは冷静だった。

(さすが、シエナだな)

と、感心さえしていた。

大好きな婚約者から婚約破棄をされて、ただ打ちひしがれ続けているような女性ではないのだ、
シエナは。

「私としても、まさかドブソン嬢が『魔導具』を手に入れることが出来るなんて、とても信じられないことではありますが……それ以外考えられないのです。世迷《よま》い言《ごと》と思われるかもしれませんが」

『魔導具』はまったくもって現実味のある道具ではない。ネイサンが信じないと思っているのか、どこか緊張している様子のシエナに向かって口を開く。

「ふむ、君の推測はよく理解したし、世迷い言とは思わないよ。それだけライリーの急変は顕著《けんちょ》だし、普通ではなかったからね――それも、君に対してだけ」

「はい」

シエナはこくりと頷く。

「正直にいえば、その仮説は一度とならず考えていたよ。……しかし残念ながらどこにも確かな証拠がないだろう？」

ネイサンの指摘にシエナも沈鬱《ちんうつ》な表情で俯いた。

大きな問題点はそこである。

「分かっております」

「それにとてもじゃないが、ドブソン嬢が単独でこの企てをしたとはとても考えられない……あまりにも大がかりすぎる。そもそもその魔導具を作れる魔法使いに会えるような伝手《つて》が彼女にあるとは思えないからね」

「それは、そうですね」

しばらく躊躇《ためら》っていたシエナが、自分の考えを口にする。

「おそらく……ドブソン侯爵が裏で全てを取り仕切っていると思われます。彼はずっと……イモージェンを第二王子妃の座につかせたがっていましたから。彼が『魅了の魔法』をイモージェンに使わせようと思い立って、指輪を探し当てた可能性ならまだ考えられます」

誰かに罪をなすりつけるような発言は、シエナにしては思いきったものだった。

ネイサンとしても、彼女の考えに同意する他ない。それだけ『魔導具』は希少なものだから、一介の侯爵令嬢が手に入れるのは不可能に近い。ドブソン侯爵家は経済的にも裕福だから、当主であるドブソン侯爵ならば資金を自由に使えるだろう。

「そうだな。ドブソン侯爵に関しては、その可能性はある。もちろん、裏を取る必要はあるがね」

ネイサンがそういえば、シエナが安堵したように表情を緩めた。

「ああ、信じてくださってありがとうございます……！」

感謝されてしまい、ネイサンはちょっとだけ笑ってしまう。

「俺が君のことを信じないわけがないだろう？　どれだけ長い間、君のことを知っていると思っているんだ」

「でも、殿下に『魅了の魔法』がかけられているなんて……いくらなんでも突拍子もないことを言い出したと思われてもおかしくないですもの」

そこでシエナの瞳がすっと暗くなる。

「ドブソン侯爵の企《たくら》みがどうであれ、イモージェンに指輪さえ外してもらえれば、魅了の状態が解けるかと思ったのですが……事はそんなに簡単ではないようですね」

「というと？」

「ネイサン様はあの部屋に入る許可をいただいているから、本の内容を話しても構いませんよね？」

そう前置きをしたシエナがゆっくりと、先ほど知った事実を説明する。それを聞いたネイサンは腕を組んで唸《うな》った。

「指輪を外すのが最善策ではないということか？」

「確かに殿下にかけられている魅了の魔法自体はそれで解けるはずですが――その後に心を捻じ曲げた反動がくる可能性が非常に高い、ということです。魔法をかけたものにも、かけられたものにも。……でも殿下にかかりきってなければきっとイモージェンの方に……あまりにもひどい場合ですと、それまでの記憶が失われるかも知れません」

「なんだって……？」

しかし、シエナはそのままゆっくりと話を続ける。

「でも、私、諦めません。探せばきっと何か方法があるはずです……私は、どうにかして二人を助けたいのです。殿下だけではなく、イモージェンのことも見捨てられない」

シエナの表情は落ち着いていて、迷いは見られない。

「ちょっと待って。君は……ドブソン嬢のことも助けたいのか？」

驚いたネイサンが尋ねると、シエナが困り顔になる。

「はい。イモージェン本人にも『いい子ぶって』って言われたのですが、これがどうやら私の性分みたいで……だって、出会った頃はすごく可愛らしい子だったんです、彼女は。サリーも知ってるわよね？」

突然水を向けられたサリーがどぎまぎした表情になる。

「こ、子供の頃ですよね？　え、ええ、そうですね。物慣れない様子で、よくお嬢様の背中を追っておられました。まぁ、可愛かったですね、笑えば」

「ね。二人でいろんな話をしたんです。私、彼女が好きでした。だからどうしても彼女も助けたいんです。こんな風に思われて、向こうはきっと迷惑なのでしょうけど」

シエナの表情は凜《りん》としていて、ネイサンは驚嘆《きょうたん》する思いで彼女を見つめていた。

(シエナ……自分がどれだけ苦しい目に遭っても……君は、ドブソン嬢に対してですらそうやって思いやれるのだね)

シエナはどんな沈鬱な気持ちの時にも、与えられた少ない情報を間違いなく汲み取り、ライリーにとって最善の選択をしようと心を砕いている。

一方的に婚約破棄を告げられても尚《なお》、彼女の全てはライリーのために捧げられている。一見、自己犠牲《ぎせい》にも見えてしまうが、それは違う。シエナはライリーを愛しているからこそそうやって振舞うのだ。ただ彼に幸せになってほしいから。

(君の心の中には——やはりライリーしかいないのだな)

これほどまでの二人の結びつきを目の当たりにして、改めて彼女に失恋したことになる。

しかし不思議なことに、ネイサンはどこかで安堵している自分も感じていた。

(俺は多分……ライリーのことを見つめているシエナが好きなのだな)

◆◆◆

「なんだって、また王子が夜会にメレディス嬢を同伴すると？　お前は一体何をやってるんだ！」

ドブソン侯爵の大声が、応接間に響き渡る。

イモージェンは震えながらもなんとかやり過ごそうとする。

「お、お父様、殿下の心の中にはまだシエナがいるんです。だからどうやっても行動に制限が出てしまうんですわ。あの魔法使いが言っていた通りです」

怒りが湧くといつも以上に粗暴《そぼう》になる父親がさっと腕をあげたので、叩かれるのかと思って一瞬イモージェンは反射的に身を竦《すく》めた。しかし彼は今はイモージェンのことは見ておらず、部屋をうろうろと落ち着きなく歩き始めた。

(お父様はどうしてこんなに私を王子妃にすることに固執するのだろう？　そんな幻想を抱いているのは、お父様だけなのに……)

イモージェンからすると、彼はずっとどこか壊れたままだ。それは決して、イモージェンをライリーの妃に据えることだけではない。

貴族の会合に行けば、誰それが自分をバカにした、と言って憤慨する。夜会に参加すれば、皆が奇異の目で見てくる、と帰りの馬車の中で怒りを爆発させる。誰も父親のことをそんなふうに扱っていないのに、である。やんわりと、そんなことはないと思います、と否定すると、罵られる。

『あいつらは、お前が第二王子の妃になれば、あんなことを言わなくなるのに違いないっ！　お前は黙って俺の言うことを聞いておけばいいんだっ』

ドブソン侯爵は猜疑心《さいぎしん》の塊《かたまり》で、常に自分が馬鹿にされていると信じ込み、娘が王子妃にさえなれば、彼らが賞賛してくると思い込んでいる。――そんなわけはないのに、という言葉は、父親には決して届くことはないのだ。

「くそっ……公に婚約破棄を宣言してもらわなければ、意味がない……っ！　貴族たちに我が娘が王子妃になると知らしめなければ……。私のことを馬鹿にしてきた貴族たちを見返してやる必要があるからな」

そこまで言って、ドブソン侯爵はにやりと酷薄《こくはく》な笑みを浮かべた。

「メレディス嬢が、王子の心の中にいると言ったな？」

「……はい」

父親は自分の娘を王子妃にすることだけに執心し、他のことに興味がないから今まで知らなかったかもしれないが、あの二人の絆は強固すぎるほど強固だ。二人共純粋で真面目《まじめ》で、互いしか見ていなかった。

「ではメレディス嬢がこの世からいなくなればいいのだな？」

「お父様……？」

父親の言葉にさすがのイモージェンも顔色を変え、目を瞠った。

この人は今なんと言ったの？

「ちょうどいい、夜会に暴漢を紛《まぎ》れ込ませ、メレディス嬢を誘拐《ゆうかい》させたらいいのではないか？　そのまま彼女には退場してもらおう——邪魔な人間は全て排除すればいい。私としたことがそんな簡単なことをまず思いつかなかったなんて、うっかりしていたな」

イモージェンは衝動的に声をあげる。

「まさかシエナにそんなことをするなんて……!?　それに、きっとすぐに誰が手を回したか分かってしまいます――」

ドブソン侯爵はぎろりとイモージェンを睨みつけた。今まで幾度も彼から暴力を受けてきたイモージェンの身体は途端に竦み上がって動けなくなる。

「じゃあお前が代わりに死にたいのか？」

あまりにも冷たい父親の言葉に、びくりと鞭打《むちう》たれたようにイモージェンは身体を震わせた。

(でも、でも、シエナのことを――)

彼女の脳裏に再びシエナの笑顔が浮かんだ。それも、子供の頃ではなく、ごく最近の――。自分たちが悪事を画策する以前の……。

本当のところ、イモージェンはいつだってシエナのことが好きだった。彼女はライリーへ忠誠と愛を誓い、そしてライリーも同じものをシエナに返していた。

(羨ましかった――彼女の強さと、愛が……)

「私はお前の意見など聞いていない。顔以外は見るべきところのない、出来損ないのくせに。この体たらくぶり、母親よりも役に立たないではないか」

ドブソン侯爵は顔を真っ赤にしながら、興奮状態だ。

「いいか、お前は夜会の夜になんとしてでも王子のベッドに潜り込み、既成事実を作れ。既成事実さえあればお前のことを無下《むげ》にはせんだろうから、その後違う男の種でも仕込んで、王子の子供だと言い張ればいい。今から王子に似た容姿の男を見繕《みつくろ》ってくる――お前はとにかく王子に今回の夜会でエスコートしてもらえるようにしろ、分かったな？」

そうしてイモージェンの返事など待たずに、そのままドブソン侯爵は足音も荒々しく応接間を出ていった。イモージェンは、ふらふらとソファに座り込む。

父親は――ついに踏み越えてはならない線を超えるつもりだ。

「イモージェン」

ずっと部屋の隅に控えていたアーセムに気遣わしげに声をかけられたが、彼女は何の返答もできなかった。

三章

大好きだった婚約者と、
大好きだった友人

週末がやってきて、夜会当日の朝。

その日の朝、シエナに届いたのは、白色の薔薇《ばら》の花が一輪だった。棘《とげ》は綺麗《きれい》に抜かれていたので、彼女は花瓶《かびん》から抜き取り、芳《かぐわ》しい花の香りを楽しむ。

彼女は既にあることを――半ば確信していた。


本日の夜会も、ネイサンが準備をしてくれたドレスを着用する。今夜は国王の誕生日を祝う集いであるから、華やかでゴージャスな装いをしてくる貴族がほとんどだろうが、富をひけらかすような類《たぐい》のドレスはシエナの望みではなかった。

(以前、ライリー様が用意してくれたような、できるだけシンプルなドレスがいいのよね)

そしてネイサンは、まさにシエナの望みにぴったりの、上品でシックな、それでいて若さも印象づけるようなライトブルーのドレスを選んでくれていた。さすがとしかいいようがない。スカートの裾《すそ》に向かって咲き誇っていくかのように白い絹糸で施された見事な薔薇の刺繍《ししゅう》は艶《あで》やかで、確かな職人の手で仕事されているのが分かる。

(このドレスにされている刺繍が白い薔薇で――朝、贈られてきたお花も白い薔薇……きっとこれは……)

「つくづく、ブラックモア様と殿下《でんか》って息がぴったりなんだなって思いますね。まさに殿下みたいなドレスをお選びになりますもの」

数人のメイドたちと共に着付けを手伝ってくれていたサリーが、感嘆《かんたん》のため息をつきながらドレスを褒《ほ》めてくれた。彼女には今夜、この屋敷で留守番してもらうことになる。

サリーは先日、ネイサンとシエナの会話を馬車で聞いて以来、ライリーが彼女の主人を望んで裏切ったわけではないと知り、彼の名前を以前と同じように口に出すようになった。

「サリーが一番、手厳しいわよね」

「お嬢様が優しすぎるんだと思うんです。もっと地団駄《じだんだ》踏んでも許されますよ、この所業は」

「サリーが代わりにしてくれるから、私はいいの」

「私がするんですか。まぁ……お嬢様が殿下のことをお慕《した》いしていらっしゃるのは十分分かっていますからね、この辺にしておきます」

サリーが苦笑する。彼女はそう話しながらも、手際よくシエナに化粧《けしょう》を施していく。髪はシエナによく似合う、ハーフアップにしてくれる。ヘアアクセサリーとして、最近では宝石をあしらったヘアバンドをティアラのようにつけるのが流行《はや》っているが、シエナはふと今朝《けさ》届いた白い薔薇をつけられないかとサリーに相談してみた。

「えっ、生花ですか？　途中で萎《しお》れちゃうかもしれませんよ？」

「分かっているんだけど、今日はこれをつけていきたいなって」

滅多に我《わ》が儘《まま》を言わないシエナの願いだったので、サリーは他のメイドと相談の上、ヘアアレンジの一部として薔薇を髪に挿《さ》してくれた。

「ご存じだとは思いますが、今宵《こよい》は陛下《へいか》の誕生日祝いの夜会ですから、くれぐれも時々確認なさってくださいね」

「わかってる。萎れた花を挿したりしていたら不敬にあたるものね」

シエナはそう答えると、鏡の前に立った。メイドたちの手によって飾り付けられた自分と対峙《たいじ》する。

「お嬢様、お綺麗です、サリーにとっては誰よりも」

サリーにそう声をかけられ、鏡の中にいるシエナが微笑《ほほえ》みを浮かべる。

「ありがとう――笑顔を忘れないようにしなくてはね。ライリー様が少しでも喜んでくださるように」

シエナはじっと自分の顔を見つめた。幼い頃からライリーが好きだった笑顔で今夜はいよう、と心の中に深く刻み込んだ。

◇◇◇

王宮の夜会へと向かう馬車の中で、イモージェンはずっと黙り込んでいた。ドブソン侯爵《こうしやく》は夫人と別の馬車で向かっており、ここにはアーセムと二人きりだから、取り繕《とつくろ》う必要はない。

「イモージェン」

しばらくしてアーセムは彼女の名前を呼ぶ。

「何？」

今夜のイモージェンは、最近流行の胸元が見えそうなくらい大きく空いた、身体《からだ》にぴったりした濃いピンク色のドレスを着ている。ドブソン侯爵が選んだもので、今夜王子の部屋に行った時に彼の気が変わらぬうちにドレスを脱げるようにと、特別に脱ぎ着しやすいように仕立て上げられているらしい。

「本当に、本当に——するのか？」

アーセムの声は、小さく、掠《かす》れていた。彼の問いかけにイモージェンはしばらく黙りこくっていたが、やがて疲れたような笑みを浮かべた。アーセムの前ではイモージェンはいつも子供の頃のままのように感情がむき出しだ。まるで娼婦《しょうふ》のように濃いアイシャドウと濃い色の紅を塗《ぬ》られた顔は、彼女を相当年上に見せ、まるで似合っていないとアーセムは思う。

「愚問《ぐもん》よ。やらないと、どちらにせよ私は破滅だわ」

イモージェンはかつてカイリーという名の美少女だった、とアーセムは子供時代の面影《おもかげ》を思い出す。化粧なんて何もしなくても、アーセムには誰よりも可愛かった。自分の母親も娼婦で、ほとんど家に寄り付きもせず、まともな家庭など知らなかったが、イモージェンとその母親は仲が良かった。そして、貧しいながらも母親の愛を受けながらすくすくと成長していたイモージェンに自分は一目惚《ひとめぼ》れしたのだ。あの街にいて、子供が金を貰《もら》える仕事は限られている。イモージェンに少しでも美味《おい》しい食べ物をあげたいと、男娼《だんしょう》の真似事《まねごと》のようなことだってした。イモージェンの笑顔のために自分は何だってする。そしてアーセムは大人になったら絶対に彼女を嫁に貰うと決めていた。

そんな夢は突然ドブソン侯爵に奪われてしまった。彼の可愛いイモージェンは無残に搾取《さくしゅ》され、蹂躙《じゅうりん》された。アーセムにとってドブソン侯爵は、人間の屑《くず》だ。イモージェンが泣いていた夜も数知れない。

ドブソン侯爵は自分をどこかの貴族に与えるだろうから処女だけはアーセムに散らして欲しい、と頼まれたとき、呆然《ぼうぜん》とした。イモージェンは必死だった。もし自分が断ったら、誰か他の知り合いの貴族令息に頼むかもしれない、と思わせる切実さがあった。幼い頃から大好きだった少女との初めての経験の後、彼女に分からないように涙を零《こぼ》した。子供の頃夢見ていた二人の初夜はもっと甘く、希望に満ちていたからだ。今はただ絶望しかない。

こうして自分たちはドブソン侯爵のせいで生きる道を変えられてしまった。

イモージェンは知らないだろうが、彼女が連れ去られた後、彼女の母親も街から姿を消した。ドブソン侯爵のことをよく知る今、彼女の母は無事でいるのだろうかと背筋の凍《こお》る思いがする。

逃げ出すなら、今しかない。きっとこれが最後のチャンスだ。

「でもお前は、メレディス嬢のこと……憧《あこが》れていただろう？　それをそんな……父親に唆《そそのか》されるまま、命を奪うようなことに加担するなんて――」

ずっと彼女を側《そば》で見守っていたアーセムは知っている。イモージェンはシエナのことが大好きだった。しかし、ドブソン侯爵に繰り返しシエナと比較されているうちに、彼女がいるから自分がこれだけ父親に暴力を振るわれるのだ、と恨《うら》むようになってしまったのだ。それでも、イモージェン

がシエナを見つめる眼差《まなざ》しは、決して憎悪の炎だけではないことを彼は気づいていた。ライリーへ憧れはあったかもしれないが、それはきっとシエナと相思相愛であることの憧れにしか過ぎないはずだ。要は、全てはシエナに繋《つな》がっているということ。

「黙って！」

イモージェンがぎりっと奥歯を噛《か》み締める。昨日、ドブソン侯爵が彼女の部屋にやってきて身の毛もよだつような内容をまるで何でもないことのように命令している間、アーセムも部屋に控えていたのだ。イモージェンが父親に洗脳されているかのように、全てを受け入れたような返事をしたのを聞いて、彼は戦慄《せんりつ》した。

アーセムはずっと考えていたことを、イモージェンに訴えかけた。

「今ならまだ間に合う。取り返しのつかないことをしちまう前に、俺と逃げよう、イモージェン」

その訴えに、完全に虚をつかれたような表情になった彼女だが、すぐにかぶりを振った。

「無理よ、アーセム——父にすぐに捕まえられて、私たちは連れ戻される」

「隣国にでも逃げてしまえば、追いつかれるはずがない」

「執念深いあの父が国境を超えたくらいで諦めるものですか。巻き込まれて貴方《あなた》まで折檻《せっかん》されるわ。下手《へた》したら、命だって危ない」

何年にもわたる父親の暴力による洗脳で、思考をがんじがらめにされているイモージェンには既に彼の言葉は届かなかった。固い壁をなんとか打ち壊したいアーセムはそれでも諦《あきら》めない。

「構わない。俺は死んででも、お前を助けてやりたい。もう一度、自由になりたいだろう？」

必死に言葉を紡《つむ》ぐアーセムに、イモージェンは虚《うつ》ろな眼差しを向ける。

「自由……？　アーセムの命を賭《か》けるほどの価値は私にはないわ……この身体は爪の先までどっぷりと穢《けが》れている。もう、貴方の可愛い《カイリー》ではなくなったの」

「カイリー……お前は決して穢れてなんか……」

アーセムは呆然として、彼女の母親が彼女につけた名前を呼ぶ。イモージェンは、微《かす》かな笑みを浮かべた。

「あの頃が懐《なつ》かしいわ……いつでもひもじかったし、生きるか死ぬか、ギリギリだったけれど——ママがいて、貴方がいて、世界はすごくシンプルで余計なことは何一つなくって……幸せだった」

そう呟《つぶや》くと、イモージェンは表情を改めた。

「アーセム、主人に意見するなんて貴方はクビよ。この夜会が終わったら、従者をやめて、どこかに行ってちょうだい。少しはお金も貯まったでしょう？　可愛くて素直な女の子を奥さんに貰って、全てを忘れてまともに暮らして」

アーセムの血の気がひく。

「そうじゃない。カイリーがいなかったら意味がないんだ……！」

だがそれから何度彼が呼びかけても、イモージェンは王宮につくまで一度も視線を合わせることも、口を開くこともなかった。

（ああ、やはりカイリーの考えを変えることはできなかった……本当だったら、一緒に逃げて欲しかったが……では俺も覚悟を決めなければならない）

そうしてアーセムは、背筋を伸ばし、唇を強く噛みしめた。

◇◇◇

今夜のライリーもいつものように堂々として、見目麗《みめうるわ》しかった。

上品な仕立てだと一目で分かる黒いジャケットに白いシャツ、それに細身の黒いパンツを合わせている。父親の誕生日祝いということもあってか、珍《めずら》しく青のクラバットを首元に結んでいる。シエナとネイサンが到着したことに気づくと、ライリーはすぐに人々の合間を縫《ぬ》って歩み寄ってきた。

「シエナ！」

シエナを見つけて微笑む様子は、魅了の魔法がかかっているとはとても思えないが、もしかしたら辺りにイモージェンが見当たらないからかも知れない。馬車を降りてからここまでシエナをエスコートしてくれていたネイサンが、シエナを引き渡して去ると、ライリーはすぐに彼女のドレスアップした姿に視線を走らせた。

「なんと綺麗な……この色のドレスに合った白い薔薇をつけて——まるで『エブラハム』に出てくるヒロインのようだな」

ライリーはシエナの右手を取り、そこに親愛の情を込めてキスを落としてくれた。『エブラハム』は著名な作家による古典文学の名作だ。本の好きな彼らしい褒め言葉にシエナは思わずくすりと微笑む。

（ライリー様らしい）

ここにいるのはシエナのよく知る、大好きな婚約者だ。

彼が右眉をあげる。

「どうした？」

「いつも殿下はそうやって本の登場人物に喩《たと》えて褒めてくださるなって思っていました」

それを聞いた途端、ライリーが苦笑した。

「そうだな、俺は堅苦しい喩えしか出来ない。とても伊達男《だておとこ》にはなれそうにもないな」

シエナは微笑みを浮かべると、静かに続ける。

「ならなくていいんですよ、殿下。殿下は殿下のままでいてくださったら、それでいいのです」

ライリーの瞳が驚きで丸くなったかと思うと、そのままくしゃりと表情を一瞬だけ崩した。これは彼が嬉《うれ》しいときの合図──そんな彼の様子に、シエナの胸の内が明るくなる。そうして今夜も彼の腕に自分から摑《つか》まると、ライリーにエスコートしてもらい、広間へと歩を進めていった。

「まずは父上に挨拶《あいさつ》をしにいかねば」

さっと見上げると、ライリーもシエナを見下ろしていた。婚約破棄《はき》を告げられてから国王夫妻に会うのは初めてのことだったが、彼の瞳は冷静そのものだったから、シエナは了承する。自分は話を合わせるだけでいいのだろう。

王と王妃は一段高く奥まった椅子で近衛《このえ》騎士に囲まれて座っており、次男である第二王子と幼い頃からの婚約者が揃《そろ》って顔を見せると、あたたかく歓迎してくれた。シエナはまず王に誕生日祝いの言葉を述べた。

「陛下、お誕生日おめでとうございます。これからもご健勝で、益々のご活躍をお祈り申し上げます」

「うむ、ありがとう。しかしシエナ、久しいな。体調が良くないと聞いたが、その後順調に回復しているか？」

国王直々に親しみをこめて声をかけられ、シエナは恐縮しながら微笑んだ。

「はい、陛下。おかげさまで、大分良くなりました」

「ライリーから報告を受けたときは一体どれほど具合が悪いかと心配したが、こうやって見る限り顔色も良さそうで安心した。無理なく、養生すると良い」

「お気遣いをいただき、誠にありがとうございます」

王たちの前には次々と王に誕生祝いを伝える貴族たちが列をなしているのもあって、会話はここで切り上げられる。ライリーにエスコートされながら広間に戻ると、緊張が解《と》けて人知れずほっと息をつく。ライリーの元にも次々と貴族たちが話しかけにくるので、シエナは席を外そうと腕を解こうとしたが、どうしてか彼にぐっと腕を掴まれ、阻まれる。

「……？」

婚約破棄を宣言される前の夜会でも、こういう場合にシエナが席を外すのは珍しくなかったので、彼女は目を瞬《しばたた》く。しかしライリーの手の力は一向に緩まないままで、一人目の貴族が去っていった後、彼が耳元で囁《ささや》いた。

「シエナ、俺の側にいてくれるって言ったよね？」

それからシエナにだけ分かるように、ぱちぱちと素早く右目を瞬《またた》かせる。まるでウインクのように。

（――――、やっぱり、ライリー様は！）

シエナが彼を見上げると、ライリーは微かに頷《うなず》いた。

「はい、殿下のお望みの通りに」

それから何人もの貴族たちがやってきてライリーと話を始める。この王国にいる貴族たちはシエナがライリーの幼い頃からの婚約者であることを知っているから、彼女が同席していることを誰も不思議に思っていない。

そこでシエナに声がかかった。

「シエナ！」

「お父様、それにお母様も！」

久しぶりの両親との再会に、シエナは顔を輝かせる。ゆったりとした穏やかな笑顔を浮かべている両親を見ると、ふと緊張の糸が綻《ほころ》び、瞳が潤《うる》みそうになる。

（いけない、余計なことは言わないように気をつけなくては……！）

両親はシエナがブラックモア邸《てい》に身を寄せていることを知らないはずだ。

「殿下、お久しぶりでございます」

「ああ、メレディス侯爵、侯爵夫人もお変わりなく？」

そこで他の貴族との話を終えたライリーが、シエナの両親に向き直り、いつものように親しく会話を交わす。彼が婚約破棄を切り出したことなんて、まるでなかったかのように。

(こうしていると、本当に普段と変わらないな)

両親が去ってからも、ライリーに挨拶に来る貴族たちとの会話は続く。

シエナは余計な口は挟まないものの、会話が円滑《えんかつ》に進むよう、必要な時に相槌《あいづち》を打つことを心がけた。また、ライリーと比較的親しい間柄の貴族が、彼の婚約者であるシエナに挨拶をしたいと望めば、手を差し出してキスを受ける。これらはシエナにとっては日常の一部だったから、自然と身体が動く。

「おや、なんだか芳しい香りがしますね——甘いな。香水ではないですね？」

遠方に住む、とある侯爵が、シエナの手に軽いキスを落とした後にそう呟いた。

「きっと私のポプリの香りですわ」

「ああ、やはりそうでしたか。この香りは……何ていう花だったかな。ピンク色の……この花、妻が好きなんですよ。我が家の庭園にもたくさん咲いています」

この侯爵は愛妻家で有名で、シエナの顔も自然と綻んだ。彼女が花の名前を教えようと口を開く前に、隣でライリーがちらりとシエナに視線を走らせながら、ぽつりと呟く。

「エキナセア、かな」

(……!!)

「ああ、そんな名前でした！　さすが殿下ですね、花にも造詣《ぞうけい》が深くていらっしゃる」

「そうだな。この花の……花言葉が好きなんだ」

「花言葉までご存じだなんて！　私の妻と話が合いそうですな、ははっ」

侯爵がそう嬉しそうに言うと、早速王子に自分の領地の話をし始める。シエナの、ライリーの腕を掴む手に少しだけ力が込められた。

◆◆◆

「おい、どういうことだ」

ドブソン侯爵が、イモージェンの腕を掴み壁際に連れて行き、低い声で囁いた。

「お前は何をしているんだ!?　王子がメレディス嬢をエスコートして、貴族たちと話をしているではないか!!　あれでは婚約は良好だと皆が思ってしまう……」

イモージェンは遠目に二人の姿をちらりと眺《なが》めた。ライリーの笑顔が今日はシエナに向けられており、そしてそれは——。

(魅了されていた時でも、私に向けられていたものとは全然違う)

分かってはいたことだった。今までどれだけシエナとライリーが二人で視線を絡《から》ませている様子を見てきたというのだろう。イモージェンはふうっと息を吐き、そうして父に話しかける。

「お父様……所詮《しょせん》、魅了の魔法なんてまがい物だったんです。あんなに想い合っている二人なのです。王子の心からシエナを追い出すなんて、魔法を使ったって出来やしない——……ッ」

彼女の言葉はそれ以上発せられることはなかった。

何故《なぜ》ならドブソン侯爵が、人目につかないように、彼女の腕をぎりぎりと捩《ね》じり上げたからだ。鋭い痛みに、瞬時に彼女の額に脂汗《あぶらあせ》が浮かぶ。同時にこの痛みは、イモージェンの心をたやすく操ろうとする強制力を持っている——今まで何度となくそうだったように。けれど、もう負けたくはない。

(だってここで負けてしまったら、シエナが……!!)

父と闘えるのは自分しかいない。

「で、殿下は、シエナのことを本当に愛して——」

「王子がどう思っていようが関係ない。私に口答えをする権利などお前にはないのを忘れたのか——いいか、イモージェン。メレディス嬢が王子から離れたすきに、王子に気取られぬように隣の部屋へ連れ出せ。後は私が全てするから、お前は広間に戻って王子を誘惑するんだ。いいな、今夜は絶対に王子にお前を抱かせろ」

イモージェンは更に抵抗した。

「お、お父様、で、でも」

ぎしぎしと骨の軋《きし》む音がするほど、父親は容赦《ようしゃ》ない力で彼女の腕を握りしめる。

「お前の母親がどうなってもいいのか?」

イモージェンの顔色が一瞬にして真っ白になった。

「ママ?」

ドブソン侯爵は、醜悪《しゅうあく》に顔を歪《ゆが》めつつ、鼻を鳴らした。

「ママ……いかにも庶民《しょみん》の――娼婦らしい安っぽい呼び名だな。ああ、お前のママだよ。お前が言うことを聞かない場合に備えて、領地の屋敷に監禁《かんきん》している。お前が万が一余計なことをしたら、すぐにママに危害が加えられることになるのを忘れるな」

◇◇◇

しばらくして、夜会の盛り上がりは最高潮に達そうとしていた。

今夜のライリーは片時もシエナから離れようとせず、そして途中から広間に姿を見せたイモージェンも、ドブソン侯爵夫妻と共に、王と王妃に挨拶には行ったものの、どうしてかライリーには近寄ってはこない。彼らが何をしようとしているのかが読めないので、シエナは油断しないように気を引き締めていた。

やがて音楽隊が曲を奏で始めると、王と王妃、第一王子夫妻、それからライリーと婚約者であるシエナもファーストダンスを踊る。その後、王、第一王子と相手を変えてダンスをしたが、それが終わるとシエナは輪から離れようとした。ライリーは第二王子であるが故に、まだ何人か踊るべき相手がいるからだ。

するとき、彼が一瞬彼女の手を強く握りしめてきた。

「シエナ」

「はい、殿下」

ライリーを見上げると、彼はエメラルドのような瞳に力を込めて彼女を見下ろしていた。

「決して油断しないで。それから何があっても俺が助けに行くから信じていてほしい」

耳元で密《ひそ》やかに囁かれた言葉は——想像していたものだった。

「ええ、殿下を信じています」

そして彼を見上げると、彼の右目がぱちぱちと二回瞬く。

シエナが微かに頷きかえすのと同時に彼の右手がシエナの髪飾りである白薔薇に伸ばされた。

「少しずれているよ。よし、これでいい」

「ありがとうございます」

「ああ、俺が言ったこと、忘れないでくれ」

「はい、……ライリー様」

そう答えると、彼の瞳がはっと瞬く。それから唇をきゅっと引き結んだライリーは王子の責務を果たすべく、ダンスの輪の中に入っていった。

「シエナ」

後ろから突然イモージェンに話しかけられ、シエナは振り向く。またしても嫌みでも言われるのかと思ったが、予想に反して青ざめたイモージェンが、がたがた震えていた。彼女はきょろきょろと辺りを見回して、続ける。

「は、話、が、あるの。隣の部屋に来てくれない？　いま、すぐ、お父様が、気づく、前に」

人目を避けて隣の空き部屋に入る。イモージェンが先に中に入り、シエナが続く。この部屋は、王宮に数ある応接間のひとつであり、誰でも入って休むことができるようになっているが、今は無人であった。

「話って何かしら？」

しばらく待ったが、イモージェンが黙ったままなので、不審に思ってこちらから話しかける。イモージェンは窓際に寄っていって、後ろを向いたまま口を開いた。

「どうして、貴女《あなた》はそうやって強くいられるの？」

その声が信じられないくらい弱々しくて、シエナは疑問に思う。今夜のイモージェンはあまりにも様子がおかしい。先程この部屋に来る前に、貴族たちの中心でダンスをしているライリーと視線を交わし、隣の部屋に行くと合図してから彼女についてきた。

（ライリー様が仰《おっしゃ》っていたのは、イモージェンのこと、だったのかしら？）

助けに行く、と囁かれたが、イモージェンが突然シエナに襲いかかってくるとは考えにくい。それに先ほどのライリーの目の合図も気になる。あれは一緒に夜会に出るようになってからライリーとシエナの二人だけの間で交わされる——『ごめんね』の合図だった。

（『ごめんね』……何がごめんね、なのだろう）

シエナとしてはライリーがやってくるまでの間に、イモージェンと少しでも話が出来たらいいなと思っていた。けれど彼女は明らかに何かに怯《おび》えていて、その後ろ姿ははっきり分かるくらい震え続けている。

「私が、強い？」

「ええ。貴女は出会った時からずっと強かった。素性もよく分からない、平民上がりの私にも親切だったし、今回だって婚約破棄をされたというのに殿下のことを信じたままじゃない……普通だったら泣いて諦めるくらいしか出来ないでしょう？」

「……イモージェン？」

会話の流れも、彼女らしくなく、おかしい。イモージェンの右手が震えたまま、カーテンを握りしめるのをシエナは訝《いぶか》しげに見つめていた。

「私はずっと貴女みたいに、なりたかった。貴女だったら、父の言いなりになんてならなかったはずだもの」

その時、シエナは彼女の人差し指が、窓辺に向けられ、不可解な動きをしているのに気づく。

（……文字を書いている？）

にげて

その時バタンと扉の開く音がして、振り向くとドブソン侯爵が入ってくるところだった。

「おやおや、どこにいるかと思えばイモージェン。勝手をしたら駄目じゃないか。私に逆らったらどうなるか、忘れてしまったとみえる」

気持ち悪いほどの猫なで声だったが、聞くやいなや一層蒼白《そうはく》になったイモージェンがその場で立ち尽くしてしまう。

「メレディス嬢、久しいな」

そのままドブソン侯爵が軽い調子で挨拶をしてくる。シエナは――初めて貴族の礼儀を無視して、イモージェンの父親を見据えたまま動かなかった。

「殿下直々に、婚約破棄をされたというのに、今日の夜会でも図々しく殿下の隣にいるなんて、糾弾《きゅうだん》されても致し方ありませぬな？」

シエナは一拍おいて、静かに返事をする。

「仰っている意味が分かりませんわ」

「この前の夜会でお身体には何もありませんでしたかな？　その後、どなたかに慰《なぐさ》めてもらったのでは？　そんなふしだらな令嬢は、王子の婚約者としては相応《ふさわ》しくないと陛下に進言致します」

誰も知らないはずの夜会での顚末《てんまつ》をほのめかすドブソン侯爵の言葉に、シエナは自分の仮説に確信を持った。

（やはりドブソン侯爵が黒幕――それであればライリー様たちが来るまで、彼を引き止めておいたほうがいい。ダンスが終わるまであとどれくらいかしら。さすがに今……この場で私を殺すようなことはしないだろうから）

「ドブソン侯爵様、私は婚約破棄など宣言されていませんし、この前の夜会も何事もありませんでした。むしろ何故その様なことを仰っているのかその理由をお教えいただきたいですわ」

素知らぬ顔で言えば、それまで平静そうに見せていたドブソン侯爵の顔が一瞬にして怒りに歪む。

「嘘《うそ》をつくな――イモージェンと王子が、王宮の庭園で逢瀬《おうせ》を繰り返しているのを知らないのか？　それに、イモージェンは王子から愛の証《あかし》のネックレスまで貰っているのだぞ？」

彼が青筋を立ててまくしたてても、シエナは恐怖など一切感じなかった。イモージェンを操り、ライリーの心を魔法で捻じ曲げようとしたドブソン侯爵に対して、今まで他人には抱いたことのないほどの強烈な怒りを感じていたからだ。

「ここは広間の隣の部屋。鍵《かぎ》も開いています。誰が聞いているか分かりませんし、そのようなお話をされるのはお控えなさった方がよろしいのでは？」

冷静なシエナの指摘に、ついにドブソン侯爵は逆上して、怒鳴り散らし始める。

「この…小娘がッ……！　見た目も麗しくないお前なんか王子妃に相応しくないだろうがっ！　恥を知れ、恥を！」

ドブソン侯爵はもはや正気を失いつつあるように見える。これだけ騒げば、隣の広間にいる貴族たちに気づかれて大事になるのは間違いないのに、彼は自分の感情を一切抑えることが出来ていない。

「どうかお静かになさって」

「うるさい！　お前みたいな小娘には、私が年長者として世の中の道理というものを教えてやる！」

そう叫ぶとドブソン侯爵は、足音も荒くずかずかとシエナに歩み寄り、至近距離から見下ろしてくる。シエナの背後でイモージェンがびくりと身を竦《すく》ませ、息を呑《の》んだのが分かったが、彼女は一歩も引くつもりはなかった。瞳に確固たる意思を込めて、ドブソン侯爵を鋭く射抜く。

「貴方が私にされていることは、第二王子に対する不敬罪にあたります。これ以上罪を重ねられないほうが賢明かと存じます」

「そんなわけはない！　イモージェンが婚約者になるから不敬罪には当たらん！　王子だってイモージェンを婚約者にと望んでいる！」

そう言い募《つの》るドブソン侯爵に、シエナも一歩も引かない。

「イモージェンが婚約者になりたいと言ったわけではないでしょう？　貴方が彼女に強要したに違いありません――彼女は引っ込み思案で、優しい子でしたもの、他人を押しのけてまで何かを得ようとするわけがないんです」

シエナの脳裏には、最初に会った日の、おどおどしたイモージェンの姿があった。彼女はいつも所在なさげで、不安そうな眼差しをしていた。あの頃のイモージェンのために、先ほど自分に逃げるようにと伝えてくれた彼女のために、シエナは闘おうとしていた。

ドブソン侯爵は弱者にこうして威圧的な態度をとれば、自分の思い通りになると考えている。そんなことは到底許せなかった。

「なん……だと……」

歯を食いしばってぶるぶると怒りに震えるドブソン侯爵は軋むような声を押し出した。

「そんなに聞き分けがないのであれば、殴られても仕方ないな!?」

イモージェンが我慢《がまん》ならないというように悲鳴をあげ、父親の腕に縋《すが》りついてその動きを制止しようとする。

「お父様……！　殿下は……殿下は、シエナだけが大切で、魅了されていても私に一切触れようとしませんでした！　もう諦めましょう！」

「黙れ、この役立たずがっ！」

瞳をぎらぎらと光らせたドブソン侯爵は、イモージェンを容赦なく振り払った。彼女は思いきり後ろに転び、したたかに頭をぶつけると、痛みにうめき声をあげた。

「なんてことを……！」

シエナはさっとイモージェンの傍らに膝《ひざ》をつき、助け起こす。怒りに我を忘れているドブソン侯爵は今度はシエナではなく娘を睨《にら》みつけた。

「イモージェン！　お前は何度言っても自分の立場が分かっていないようだな!?　お前の母親がどうなってもいいのか!?　今夜こそ、王子にお前を抱かせろと言っただろう」

彼のあまりの醜悪さに、シエナの胸がつまった。

「イモージェンの母親を盾《たて》に……？　なんて卑劣《ひれつ》な手を……そうやってイモージェンを脅《おど》して、思うままに操ってきたのね。彼女は犠牲者《ぎせいしゃ》だわ」

次の瞬間ドブソン侯爵の顔色が変わった。

「なんだと？　もう一度言ってみろ」

シエナは立ち上がると、イモージェンの盾になるようにドブソン侯爵との間に立つ。

目の前にそびえ立つドブソン侯爵を見上げながら、シエナは言葉を区切りながらはっきりと告げた。

「イモージェンは、卑劣な貴方の、犠牲者だ、と申し上げました」

シエナの冷静な瞳を覗《のぞ》き込《こ》んだドブソン侯爵は――――ふっと笑った。

「メレディス嬢。お前みたいな女は簡単には殺さない。簡単に死ねれば良かったと思えるような殺し方をしてやるからな。まずは見ず知らずの男たちにめちゃくちゃに犯されるがいい。お前のその顔が苦痛に歪む瞬間を見るのが今から楽しみだ」

そう言って、ドブソン侯爵がその上げた手を振り下ろそうとした時――。

バチン！

まるで静電気のようなものがシエナを守るかのように発生した。

「痛っ！　なんだこれはっ！」

火傷《やけど》をしたかのように真っ赤になった手をドブソン侯爵がシエナから離した瞬間、扉ががちゃりと開いて、怒りに満ちた低い声が部屋中に響いた。

「私の婚約者からその汚らしい手を離せ、ドブソン侯爵」

そこには、ライリーと、ネイサン、そして――。

「アーセム……！」

シエナの後ろでイモージェンが従者の名前を呼んだ。ドブソン侯爵は呆然とその場に立ち尽くしている。アーセムの背後には近衛騎士たちの姿も見える。

ライリーが嘲《あざけ》るようにドブソン侯爵に告げる。

「シエナには、貴様は触ることすらできない」

「な、なんだ……まさかメレディス嬢を守るように仕掛けたのは殿下だったのか!? し、しかし何故、どうやって……？ まるで、魔法のようだったじゃないか……!?」

ドブソン侯爵が呻《うめ》く。ライリーはちらりとシエナに視線を送り、すぐにドブソン侯爵に注意を戻した。それで先程の静電気のようなものは、彼が仕掛けたものだとシエナには分かった。

(ライリー様が私を守ってくださったんだわ……！)

「ドブソン侯爵、話は全て聞かせてもらった。貴様を捕らえて、罪に問う。貴様のしたことは、内乱罪に等しい。いいか、抵抗しても無駄だ」

ライリーがドブソン侯爵を冷たい瞳で睨みつけると、ドブソン侯爵はイモージェンを振り返った。

「イモージェン、指輪を見せろ。王子を魅了しろ、そして私を助けるように言え」

「お分かりになられませんか。殿下は正気でいらっしゃって、もう全てをご存じなのです……」

イモージェンの視線は、父ではなく、アーセムに向けられていた。アーセムは、背筋を伸ばして真《ま》っ直《す》ぐにイモージェンを見つめ返している。

「何を言ってる！ いいか、イモージェン、その指輪を、王子に見せろ！ 私の言うことが聞けないのか！」

まるで子供のようにドブソン侯爵は叫び続けている。イモージェンはゆっくりと、アーセムから父、そしてシエナに視線を移した。それから、はっきりとかぶりを振る。

「もう諦めましょう」

ぎゃんぎゃんとドブソン侯爵が何事か言葉にならないことを叫び始める。ネイサンとアーセムが走り寄ってきて、彼を両側から抑え込み、アーセムがそのままドブソン侯爵を羽交《はが》い締《じ》めにした。

圧倒的劣勢の体勢でも、ドブソン侯爵は顔を真っ赤にしながら、唾《つば》を飛ばして喚《わめ》いている。

「いいか、イモージェン！　指輪だ、その指輪がある限り、私たちが負けることはない――」

「お父様、勝ち負けではないのです――ああ、もうお分かりにはなられませんね」

そう言うとイモージェンは、父から視線を逸《そ》らし、シエナだけをひたと見つめた。

「シエナ、父と私のしたことは、許されないことは分かっている。……本当にごめんなさい。そして今日もずっとどうしたらいいのか決めかねて……私は弱かった。いつだって貴女の強さに憧れていたわ。せめてもの謝罪で私が出来ることをします」

そう言うなり、イモージェンは指輪を抜き取ろうと指を滑らせた。

「取るな、イモージェン！　指輪を王子に見せろ、見せるんだ！」

まだそう叫び続ける父親をかえり見ず、イモージェンはシエナだけを見つめて、ゆっくりと微笑んだ。次に彼女が何をするのかに気づいたシエナが、イモージェンの元に数歩近寄る。

「イモージェン、やめて……指輪を取ったら貴女は記憶を失うかも知れない！　下手をしたら、貴方の命だって危ないはず！」

思わず声をあげたシエナに向かって、イモージェンが微笑んだ。

「シエナだったらそうやってこの指輪について調べると思ってた。さすがね」

彼女はちらりとライリーを見た。

「でも殿下には影響はないはず……今夜のことで、確信したわ。魔法返しは、私にだけ戻ってくると思う」

シエナが気づいたように、イモージェンも気づいていたようだ。シエナは首を振りながらもう一歩前に進む。

「だったら！　イモージェン、私は貴女も失いたくはないのよ！　絶対に貴女を救う方法があるはずだから、一緒に探しましょう、どうか早まらないで――」

イモージェンがにっこりと笑う――まるで子供の頃のような、無邪気そうな笑みを浮かべた。

「優しいシエナ……私を失いたくないと言ってくれてありがとう。大好きよ――さようなら」

しかしシエナの願いは届かず、皆の前で、イモージェンは《魔導具》の指輪を抜き取り、それをごくりと飲み込んだ。すると彼女はみるみる意識を失い、その場に力なく崩れ落ちた。

「いや！　いや――イモージェン!!」

シエナは走り寄って膝をつき、イモージェンの半身を抱き起こした。かつての幼馴染は、指輪が存在し続けたままだと父親が固執することを理解していて、そして自らの身に何が起こるかも分かった上で、自分で飲み込むことにしたのだ。固く目を瞑《つむ》ったイモージェンの顔は、今まで見たことがないくらい、穏やかなものだった。

（ライリー様は……!?）

シエナは慌ててライリーに視線を送った。

《魔導具》が外されたら、魅了していた側だけではなく、魅了されていた側にも、反動があるはずだ――。

（本当に魅了の状態になっていたらライリー様にも魔法返しがあるはず。だけどもし、魅了の魔法がかかっていなかったら――お願い、きっと、かかっていないはず――）

そして、彼女の予想通り、凜《りん》とした眼差しのライリーがしっかりと自分の足で立っているのを確認する。

「何故だ……どうして王子は……？」

呆然としたドブソン侯爵が、力なく呻いた。ライリーの後ろから近衛騎士たちが入室してきて、アーセムからドブソン侯爵を引き渡されると、後ろ手に頑丈な縄で縛《しば》り上げる。自由になったアーセムが一目散にイモージェンの側にやってきたので、彼女を任せることにした。アーセムは至極大切そうにイモージェンの頭を自分の膝の上に載せて、優しい手つきで頭を撫《な》で、彼女の耳元で何事かを囁いている。

ライリーが、ふっと口元を歪めた。

「ドブソン侯爵――貴様は凄《すさ》まじく愚《おろ》かだ。王族が簡単に魅了の魔法にかかるような下手を打つとでも？」

それを聞いたドブソン侯爵が地団駄を踏み始めた。

「どうしてだ、どうしてだぁッ！　娘によこしたネックレスは、なんだったのだっ！　約束の証拠ではなかったのか!?」

「愚かな。私がシエナ以外の女性に惹《ひ》かれるわけがない。ネックレスは、何の価値もないガラス玉だ。試しに投げつけてみたらいい、簡単に割れるだろう。——そもそも私の署名も何もなしに届いたのではないか？　私が送ったという証拠もあるまいに」

ドブソン侯爵を冷たい眼差しで見据えながらも、ライリーがシエナの隣にやってくると彼女の腕をそっと摑んだ。

「大事ないか？　怖かったろう」

シエナの耳にだけ届くように、尋ねられる。シエナは頷き、自分は大丈夫だと伝える。そこでライリーの視線が、再びドブソン侯爵を射抜く。

「《魔導具》を作った魔法使いも既に確保済みだ。彼は陛下の前でもお前の罪を告白するそうだ。この従者も昨夜、貴様の計画を包み隠さず告白してくれていたから、シエナを襲わせる予定だった男たちも先程拘束《こうそく》した。全員が、全ては貴様の差し金だと証言してくれるそうだ」

ライリーが一度言葉を切る。

「そして今日のこの騒ぎももちろん、陛下のお耳には全て入っている——ドブソン侯爵、言い逃《のが》れはできないぞ」

そこまで聞いて初めて、ドブソン侯爵の顔色が失われ、がくりと膝をついた。ライリーは虫けらを見るように侯爵を見やると、近衛騎士に命じる。

「牢《ろう》へ連れて行け。何の気遣いもいらん。一番暗くて汚い牢にぶちこめ」

近衛騎士にこづかれつつ、のろのろとドブソン侯爵が部屋を出ようとしたその時、ライリーの隣でシエナは声をあげた。

「人でなし」

「……ッ」

振り向いたドブソン侯爵がぎろりとシエナを睨みつけたが、彼女は怯《ひる》まなかった。

「貴方は暴力で人を支配しようとした人でなしです。イモージェンがどれほど辛《つら》かったか……私は貴方を絶対に許しません」

感情的になっているという自覚はあった。王子妃になる身としては、いささか軽率な発言だということも理解していた。けれどもシエナはどうしてもかつての友人のために、この男を断罪したかった。

シエナに対する罵《のの》りの言葉をなおも叫びながらもドブソン侯爵が部屋を出ていくと、誰かがため息をついた——ネイサンだったような気がしたが、それを確認する間もなく、次の瞬間シエナはライリーの腕の中に抱き寄せられていた。

「シエナ！」

「ライリー様……!!」

全て、終わったのだ。

ぎゅうぎゅうと抱きしめてくる彼の強い腕の力に、シエナは一瞬瞳を閉じた。瞳を開けた瞬間、聞きたかったことを思い出して彼を見上げた。

「ライリー様、イモージェンはどうなりますか？」

ライリーはネイサンに医者を呼ぶように告げ、彼が部屋を出ていくとシエナに向き合った。

「本来であれば王族を謀《たばか》ろうとしたことで、彼女も罪に問われるべきだ」

「……はい」

シエナは視線をわずかに落とす。

「だが、そこにいる従者が昨日、全ての計画を俺たちに話すのと引き換えに、ドブソン嬢の減刑を嘆願《たんがん》した」

「……!!」

横たわっているイモージェンを護《まも》っているかのように見える従者とシエナの視線が交錯《こうさく》する。そしてシエナはこの従者に見覚えがあった。いつでもイモージェンの側に控えていて、彼女のことだけをじっと見つめていた男だ。

「話を聞く限り、ドブソン侯爵に強制されていた面も多々あったようだし、それにドブソン嬢は父親に逆らってでもなんとか君を助けようとしていた。だから情状《じょうじょう》酌量《しゃくりょう》の余地はある」

「……っ!!」

「そしておそらく、次に彼女が目覚めた時にはほとんどの記憶が失われているだろうと思っている。記憶のない彼女に重い処罰を与えるつもりはない」

ライリーは全ての事実を掌握《しょうあく》している。

そう気づいて、はっと見上げると、ライリーが静かに頷いた。

「シエナ――、君もある程度気づいていたのだろう？　後で話そうか」

呼ばれた医者が診察をして、イモージェンは眠っているのと同じ状態だと告げた。ぴくりとも動

かない彼女は王宮の一室に運ばれ、監視の下そのまま看病されることとなった。彼女の側にはアーセムが影のように付き従っている。イモージェンの処遇は彼女が目を覚ましてから正式に決定することになるという。

ライリーは凄まじく落ち込んでいた。ライリーはドブソン侯爵が決定的な言葉を吐くまでじっと我慢して、部屋のドアの前に立っていたそうだ。何度もドアノブに手がかかりそうになるのを、なんとか理性で堪《こら》えていたのだと言った。

「君が髪につけていた白薔薇に、魔法使いに渡された防御の魔法粉を振りかけていなかったら、俺は我慢できていなかった」

「まあ……」

シエナは目を見開く。

だが確かにドブソン侯爵は何か目に見えない力に弾《はじ》かれていた。

「害しようとする者に反応する一時的措置だったが……きちんと働いてくれたようでよかった」

いつの間に、とシエナは驚いたが、そういえばライリーが髪飾りを直してくれたことを思い出した。聞けば、イモージェンがつけていた魔導具を作った魔法使いに依頼して作ってもらったのだという。

ライリーはシエナを守ってくれていたのだ。

ようやく演技をする必要がなくなったライリーは、これまでの反動であるかのようにシエナの側から動かなくなり、ネイサンを苦笑させた。

「おい、ライリー、そんなにくっついていたら、さすがのシエナも息苦しいぞ」

そんなネイサンの忠告をライリーは無視しつつ、シエナに懇願《こんがん》する。

「今夜から王宮の君の部屋に戻ってきてくれるよね？　もう一時も離れていたくない」

シエナとしても、ライリーが望んでくれるなら、応えたい。それにシエナ自身も、彼と一緒にいたかった。

「是非、そうさせていただきたいのですが、サリーを迎えに行かなくてはなりません」

このまま王宮に留まっても、顔見知りのメイドたちが何人もいるので手伝ってはもらえる。だが心配してくれているであろうサリーを放ってはおけない。

「ネイサンがどうにかしてくれる」

ライリーの言葉に、ネイサンがますます苦笑する。

「わかった。明日の朝にはサリーとシエナの荷物を送り届けるよ――よかったな、ライリー、それからシエナも」

「ああ、お前には本当に感謝しているよ」

そう言いつつもライリーの視線はシエナから外れないままだ。

「お邪魔虫《じゃまむし》は退散するとするかな。じゃあ、また明日ね」

「本当に色々とありがとうございました……！」

声をかけたシエナにウインクをすると、ネイサンは夜会へと戻っていった。

さすがにシエナは心身共にくたくたに疲れていたので、もう華やかな夜会に戻るような気力は残っていなかった。それでも今夜は陛下の誕生日祝いという特別な夜会であるため、ライリーには自分のことは気にせず広間に戻るように勧めたが、王には話を通していると言って、彼女を抱きしめる手を緩めることはなかった。

「……でも……」

躊躇《ためら》うシエナに、ライリーが優しい口調で応じる。

「いいんだ。どちらにせよ明日になってから父上に判断を仰ぐ必要のあることばかりで、今夜はもう何の話も進まない。それよりシエナは休まなくては——おいで、君の部屋に行こう」

そう言われて、シエナはようやく頷いた。ドブソン侯爵は牢に入れられたのだ。他の関係者も全て捕らえられている。——やっと、終わったのだ。

ライリーに連れられ、一ヶ月半ぶりに婚約者としての私室に入ってシエナは目を瞠《みは》った。何もかもが出ていった日のまま、きちんと整えられていた。ライリーから贈られたドレスや、日用品も全て残されている。まるで、シエナがここに戻ってくることが当然の未来であることが分かっていたかのように。

(本当に、最初から……ライリー様は操られてなんていなかったんだわ)

シエナも散らばっているヒントを必死でかき集めて、もしかしたらライリーは魅了の状態ではないかもしれないと考えてはいたが、こうやって整えられた自分の部屋を目の前にして、ようやく実感した。

ライリーが優しくシエナの髪を撫でている。

「メイドを呼ぼう。俺も部屋で寝支度を整えてから、後でまた来る――それから話そう、シエナ」

メイドたちは手際よく、シエナのイブニングドレスを脱がせてくれ、お湯を運んできて身体を清めてくれた。シエナにナイトウェアを着せ終わったメイドたちが部屋を出ていくと、彼女はソファに腰かけた。背もたれにもたれて、ぼんやりと部屋の中を眺めていると、ふとテーブルに置いてある花瓶に目が止まる。

（これは――）

飾られていたのは、白い薔薇の花である。サイズや色から、先程まで自分が身につけていたものと同じだと分かる。

（やはり、私に花を送ってくださっていたのは、ライリー様だったのね）

そうして瞳を閉じて、婚約破棄をライリーに告げられてから起こった様々なことを思い浮かべているうちに――あまりにも疲労していたシエナはいつしかそのまま眠りの世界に入ってしまっていた。

◇◇◇

優しく頭を撫でられているのをぼんやりとした意識の中で感じる。
この骨ばった大きな手は――ライリーだ。はっと覚醒《かくせい》すると、既に室内の灯《あか》りは、ベッドのサイドテーブルに置かれたランプ以外は落とされていて、彼女はベッドに横たわっていた。ライリーがベッドの端に腰かけて、シエナの頭を撫でている。ソファで眠ってしまったので、ライリーがここまで運んでくれたのに違いない。

「ライリーさ、ま」

目を瞬いて、彼の名前を呼ぶと王子のエメラルドのように輝く瞳が柔らかく細められた。

「悪い。起こしてしまったかい？」

「私こそ眠ってしまって、ごめんなさい」

「いいんだ。話すのは明日にしようか？」

シエナはかぶりを振りながらベッドに起き上がった。

「水でも飲む？」

ライリーはテーブルに載っている、メイドが置いていってくれた水差しとコップを見ながらそう聞いてくれた。王子だというのに、ライリーは昔からこうやってシエナの身の回りの世話を細々と焼きたがる。そのことを知っているので、シエナは遠慮なく頷いた。ライリーがベッドから立ち上がり、手慣れた様子でコップに水を注《つ》ぎ始める。

「――いつ頃から気づいていた？」

彼の背中ごしに尋ねられ、シエナは素直に答えた。

「ほぼ確信できたのは、今朝《けさ》ですが……」

シエナは静かに続ける。

「ライリー様の部屋で婚約破棄を告げられた時に、イモージェンの指輪に気づきました。彼女が指輪をライリー様に見せつけるような動作をしていたので、もしかしたら魅了の魔法をかけているのではないかと疑いました」

一旦言葉を止め、シエナは唇を湿らせた。

「けれど確信はありませんでした。私は魅了の魔法をかけられる《魔導具》について中途半端な知識しか持っていなかったので、すぐにネイサン様に頼んで、王立図書館の特別室への許可をいただけるようにと——」

それまで黙って話を聞いていたライリーがくるりとこちらを振り返る。

「ネイサン様って呼ぶのはやめてくれないか」

水の入ったコップを持ってこちらにやってきたライリーの眉間《みけん》に皺《しわ》が寄っている。

「仕方ないとはいえ、俺は君に殿下って呼ばれて、ネイサンのことは名前で呼ぶから、何度となく嫉妬《しっと》のあまり全てをぶち壊しそうになったよ。相当辛い経験になったたな」

ライリーが自嘲《じちょう》しながら、はい、とコップをシエナに渡す。

「ありがとうございます」

シエナが礼を言うと、彼は口元を緩めた。

「まぁ彼には本当に世話になったから、それくらいは許してやるか。——それで？」

しかし、話を続けるより何より気になることができたシエナはライリーの右手を見つめていた。

「ライリー様、その手……」

手のひらに、くっきりと真っ赤な傷痕のようなものが見えたのだ。彼は何事もなかったかのように、ああ、と自分の腰の後ろに隠してしまう。

「たいしたことはない。……こうしてないと、すぐにでも扉を開けてしまいそうだった」

「え……？」

「痛みでもないと、理性を保っていられなかったから……あいつが少しでも手を出したらすぐに入ってやろうと思っていたが、我慢の限界だった」

彼女はその言葉で気づく――ライリーはシエナがドブソン侯爵と対峙している間、扉の外でじっと立って話を聞いていたときのことを言っているのだ、と。彼は王子としての果たすべき責任と、シエナを愛する一人の男としての境目でとてつもなく苦しんでいたのだ。

「でもその傷……ここからでも分かるってことは……かなり深い傷では……？」

「本当にたいしたことはない、君が受けた痛みに比べたらこんなもの……」

「そのままにしては駄目です。手を見せてください」

しかしシエナがきっぱりと彼の言葉を退《しりぞ》けると、ライリーは困ったように目を泳がせていたが、やがて渋々彼女の前に手を差し出す。その途端、シエナは驚きで息を止めた。

くっきりと一本の傷痕が残っていて、傷はそこまでは深くなさそうだが、出血の確かな痕がある。どうして気づかなかったのか、先程医者に診《み》てもらえば塗り薬は貰えただろうに。しかもその傷の周りには明らかに爪が食い込んだあとも何個も残されていた。あまりの痛々しさにシエナは言葉を失った。

「どうして、こんなになるまで……私は魔法で守られていましたのに」

「だから、たいしたことはないと言っているだろ。ただ単にこうしないと俺が我慢できなかったというだけだ。医者に診せるほどの傷でもないし、気にしないでくれ……さあ、話を続けよう」

シエナは彼が握って傷痕を隠してしまった右手の甲を、コップを持っていない方の手で優しく撫でた。こうなると、ライリーは絶対にひかない。

「では、お医者様には診せないとしても、薬だけ塗らせてもらっていいですか？」

優しく懇願すると、ライリーは嫌そうに顔を顰《しか》めたが、シエナの望み通りこの部屋にある救急用具が入っている木箱を持ってきてくれた。シエナが傷薬をライリーの傷に塗ってやり、包帯を巻く。

（この傷痕が……ライリー様が私のことを思ってくださっていることのあらわれかもしれない）

気持ちを込めて、丁寧に処置をする。

「ありがとうシエナ」

「もし明日ひどくなるようでしたら絶対にお医者様に診ていただきますからね」

そう言うと、ライリーの眉間の皺は更に深まったが、大人しく頷いた。

「わかった。——では、話を続けてもいいかな？」

ライリーが自分の手をシエナから離しながらそう促《うなが》す。

確かに今は全てを話さなくてはならない時だ。

シエナは、落ち着こうと一口水を含んだ。

「……婚約破棄を宣言されて、その翌朝に届いたお花が、白いマーガレットでした。贈り物で届けられる花としては、珍しいなと印象に残りました。毎日花が届くようになり、改めて花の図鑑を手にしたら、花言葉が載っていて。それから、ライリー様が花言葉について仰っていたことを思い出しました」

ネイサンとも訪れた王都中央公園に、以前共に散歩に行った折、ライリーが何気なく呟いた言葉をシエナは思い出したのだ。

『シエナ、花言葉は今の貴族たちの流行りではないが——言葉がなくても意味が通じるなんて、ロマンティックだと思わないかい？』

……言葉がなくても。

ライリーがもし、シエナに直接声をかけられない状況だとしたら？

どうにかしてシエナにメッセージを伝えようとしていたら？

どうして毎日のように、違う花が彼女の元へ届けられるのだろう？

もしかしたら、花言葉を通じて、思いを伝えているのでは？

「もちろん、ただの仮説ですし、そう思いたかっただけかもしれません。ライリー様のお気持ちが変わってしまったことを受け入れられなかっただけとも言えます……そうやって何かに縋りつきたかったんだと思います」

シエナがそう言えば、ライリーの顔が苦しげに歪む。

「君を苦しめたことは悔やんでも悔やみきれない」

シエナはゆっくり首を横に振る。

「そうせざるを得ない状況だったんです。どうかもう謝らないでください」

そうして、改めて調べた白いマーガレットの花言葉は《真実の愛》と《信頼》であった。次に届いた赤いブーゲンビリアの花言葉は《あなたしか見えない》。

ネイサンに花を送ってくれているかと尋ねたのは、確認である。彼が返事を濁《にご》したので、シエナはこの花はライリーから届けられているのかもしれないと希望を持った。また、やはり全てネイサンも知っているかもしれない、とも考えた。

「その時はまだイモージェンのかけた魅了の魔法が一体どのように作用しているのかはわかり兼ねていましたが、言葉や表情から少なくてもライリー様が私のことを気にかけてくださっていることは信じておりました」

「ああ」

ライリーは静かに肯定した。

「そもそもネイ……ブラックモア様のような聡明《そうめい》な方が、イモージェンが《魅了の魔法》をかけたことに気づかないはずがないとも思っていました。私には言えないけれど、きっと彼は裏で動いているのだろうと……」

そうなのだ。ネイサンほど優秀な人物が、魅了の魔法について気づかないはずがない。しかも魔導具は、対象人物にしか魔法をかけることができないのだから、余計に。ネイサンのこともシエナはよく知っていた。

「とにかくドブソン侯爵たちを刺激しないよう、静観することにしました。私が動く必要があれば、ブラックモア様を通して何か言われるだろうと思っていました……でも、ライリー様の《魅了の状態》がどれくらいかは分かりかねました」

そこまで話すとシエナはぐっとコップを握った。

「私に中和剤をくださった夜会の翌日にピンクのカンパニュラが届いたので、ライリー様は私に対して《後悔》を告げたかったのではないかと気づき、もしかしたらそこまでの魅了の状態ではないのかもしれないと……。それから思い出したのです、ライリー様がずっと『俺』と言ってらっしゃったな、と」

王子であるライリーは、公《おおやけ》の場では『私』と言う。最初に、彼の私室に呼ばれてイモージェンの前で婚約破棄を告げられた時、ライリーはずっと『私』と言っていた。それはある意味距離を置かれた証明であったのだが、しかしそれ以降はライリーは《魅了の魔法》がかかっているはずなのに、シエナに向かって『俺』と言っていた。

それはあまりにも普段通りの彼だったのでシエナは疑問に思うことすらもなかったが、後々考えてみると、《魅了の魔法》にかかっている王子が、対象以外の女性に対しての距離としてはおかしいと気づいた。

「そうだな。まぁ……最初はちゃんと『私』と言おうと思っていたんだが……どうせドブソン嬢に分からないだろうと思っていたというのはある。何しろ君とネイサンがとても親しそうに王都中央公園に行ったりお茶をしたりと聞いたから嫉妬していた」

「嫉妬……？」

シエナは首を傾《かし》げる。ネイサンのことは確かに頼りにしていたが、彼との距離感はライリーの婚約者だったときと何も変わりない。そもそも公園にはシエナではなくサリーが行きたがったから足を向けたというのに。

「その後王宮で会った時にはもう我慢出来なかった……俺は本当にシエナのこととなると、勝手に身体が動いてしまう。ドブソン嬢のことなど頭から飛んでしまって、ただただ君を追いかけてしまった」

シエナはじっと彼の顔を見つめる。

「ネイサンにも後で叱られた――廊下で君を抱きしめているなんて、誰に見られているかわからないと」

(ああでもそうやって……ライリー様が衝動《しょうどう》に負けるほど……私を愛してくださっていた、ということだわ)

第二王子ライリーにとってそれは何よりも熱烈な愛の告白に他ならない。

王子であるライリーが全ての事柄を、たとえ婚約者であっても自分に話す必要はないとシエナは考えている。今回のことも、自分ではなく、公爵《こうしゃく》家の嫡男《ちゃくなん》であり、血縁関係もあるネイサンに話すことをライリーが選択したのであればそれでいいとシエナは思う。何しろ彼はこの国の第二王子なのだ――当然である。

「でも私は、ライリー様が追いかけてきてくださって嬉しかった」

思いを告げれば、ライリーが怪我《けが》をしていない左手を伸ばして、彼女の膝に置かれている手を握ってくる。シエナは生真面目《きまじめ》な表情のライリーを見上げた。

「やはりブラックモア様は最初からご存じでしたのね」

「ああ。ドブソン嬢があの魔導具を持ち出してきた後、ネイサンに頼んだ。俺は表立って動けなくなってしまったから、裏で動いてもらう必要があった。ある程度証拠を集めてから、父上に話そうと思っていたし、父上に話を通してから、君にも話すつもりだった」

シエナは頷く。ライリーのことだから抜かりなく全てを計算して動いていたことを彼女は確信していた。それこそこの部屋の前でライリーに抱きしめられた翌朝に届いた花も、意味があった。

「そういえば……白いアスターを頂きました」

「君からは青いアスターが届いたよ、ありがとう。君がちゃんと気づいているとわかって、すごく嬉しかった。さすが俺のシエナだと思ったよ」

白いアスターの花言葉は《私を信じてください》。

青いアスターの花言葉は《I will think of you――貴方を信じているけれど、貴方が心配です》。

花の送り主に、青いアスターを贈るようにとサリーに言付けたときには、ライリーが受け取ることになるとシエナは疑っていなかった。だからこそ青いアスターを選んだのだ。

「その時点では、まだ《魅了の魔法》について詳しいことを知りませんでした。その後にすぐ王立図書館の特別室での閲覧《えつらん》許可が下りたのは、ライリー様が裏で手を回したからでしょう？」

本来ならば、いくらブラックモア公爵家の嫡男であるネイサンの申請だったとしてもあんなに早く許可は下りないだろう。それくらいあの部屋には国の中枢の秘密が隠されていた。

「ああ。シエナが気づいていると確信したから、俺が許可をした。君ならばちゃんと答えに辿《たど》り着くと思って」

「それで《魅了の魔法》について調べて……でも正直その時点ではまだ半信半疑でした。ライリー様が……私のことを思って下さって、《魅了の魔法》を受けてもなんとか耐えてくださっている可能性も捨てきれませんでしたので、夜会ではとにかく慎重に動こうと心に決めました」

今朝《けさ》届いた白い薔薇の意味は《純潔》や《深い尊敬》を意味していて、ライリーの愛は信じることが出来た。シエナがそう言うと、ライリーが表情をやや暗くした。

「そうだな……。本当はその時点で君に全てを話せれば良かったんだが、王族というものは厄介《やっかい》だな。あの従者がやってくるのがもう少しだけ早ければなんとかなったが。結局君にドブソン侯爵と対峙させる羽目になった……」

シエナは軽くかぶりを振る。

「ライリー様は出来る範囲で私にヒントをくださっていましたから……油断するな、助けに来る、とも仰ってくださってました。それから瞬きの合図も、防御の魔法もかけてくださって……。それに私、とても淑女《しゅくじょ》らしくなく怒っていて、ドブソン侯爵をわざと挑発したところもありましたもの」

ライリーが扉の向こうで話を聞いていると確信していたからこそ、シエナはああやってドブソン侯爵を煽《あお》ったのだ。明晰《めいせき》な頭脳を持つ彼が、必要だと思ったらいつでも踏み込んでくるだろうと信頼して。シエナはドブソン侯爵を追いつめ、とにかく証拠になるようなことを言わせたかった。

「シエナらしいよ。君はドブソン嬢のために闘った。それでこそ俺のシエナだ」

ライリーは優しく微笑んだ。シエナはイモージェンのことを思い、瞳を潤ませる。

「イモージェンがその前に私を助けようとしてくれて……本当は優しい彼女を苦しめ続けていたドブソン侯爵のことがどうしても許せなかったのです」

分かるよ、とライリーが彼女の目尻に溜《た》まった涙を優しく親指で拭《ふ》き取った。

「俺が《魅了の魔法》をかけられながらもシエナへの愛を秘めていて、という形の方が深い愛を示せて良かったな。でも……俺には魔法の類は一切かからないようになっているからそれが証明出来ない。君への愛はこれからの人生で少しずつきちんと示していくから待っていてくれ」

彼女の気分が晴れるようにと思ったのか、少しだけ冗談めいた言葉を言うと、ライリーは自分の両の耳につけられているピアスを示した。

「王族たるもの、魔法なんかで翻弄《ほんろう》されてはならないから、俺は生まれた時からこれをつけられて、一切魔法が効かないようになっているのだよ」

魅了の魔法だけではなく、どんな魔法もかからないような特別な魔導具なのだという。かつて王宮のお抱えであった膨大な魔力のある魔法使いが遺《のこ》した、魔法返しの力があるいくつもの宝石を王宮は密かに保管しているのだとか。

魔導具というものが実際に存在していると知った今、王族がそのように対処しているのも当然だと思えた。ライリーはそれからシエナがつけている、婚約が成立した後に彼が贈ったネックレスを指し示した。

「それからこれにも同じ効果がある」

こちらは予想もつかないことだったので、さすがにシエナは驚く。

「そうだったのですか？」

「ああ。本当は俺と結婚してから明かされるはずだったんだ。とにかくシエナがすぐにドブソン嬢の魔導具に気づいたのは、君のネックレスのお陰もあるのかもしれない」

「そうでしたか……」

「だから、君ではなく白薔薇に魔法の粉をかけたんだ。あと、ドレスにも少し。君には魔法がかからないからね。一日で効果が切れるということだったが、役に立って良かった」

ライリーはシエナの手からコップを受け取ると、ベッドサイドのテーブルに置いた。それからシエナをぎゅっと抱きしめると、安堵《あんど》のため息をつく。

「ようやくシエナが腕の中に戻ってきた……俺は君に会ってから、君しか見ていないというのに、この一ヶ月半は本当に拷問《ごうもん》のようだった」

ライリーらしい素直な言葉だが、シエナは顔を真っ赤にして俯《うつむ》いた。元々から彼に愛されているという実感があったし、こうやって言われることが決して嫌なわけではないのだが、しばらくライリーと離れて暮らしていた身としては、慣れるまでまた時間がかかりそうだ。それでもライリーにそっと縋りつく。彼の普段つけている柑橘《かんきつけい》系の爽《さわ》やかな香りが濃くなる。

「俺が黙っていたことで、君を傷つけた？」

ライリーが静かに問うた。

これは王子としての質問ではない。

今回、王子としてライリーは国のために最善だと思われる方法を取っている。もし時が巻き戻ったとしても、彼にそれ以外の選択肢を選ぶつもりはないはずだ。

だからこれは、ライリー個人としての問いかけなのだ。何よりも国を優先するライリーの行動が、シエナ＝メレディスという一人の女性の心を傷つけたかどうか。

「まさか」

シエナはゆっくりと首を横に振り、自分の腰に回されている彼の右手の甲を撫でる。

「もし、ライリー様が他のことを顧《かえり》みずに私のためだけに動かれていたら――私のことを信じてくださっていないと思って、むしろ許せなかったかも知れません」

「…シエナ……」

「それに、私が傷つかぬように護ってくださいました。ブラックモア様に頼んでくださったり、白薔薇に防御の魔法の粉をかけてくださったり」

「しかし……十分ではない。僕は君の心までは守ることが出来なかった」

シエナはかぶりを振る。

「いいえ。私は、ライリー様にずっと護られていました」

彼は言えないことは決して口にはしなかったが、できる限りの対策と、それから思いやりを見せてシエナを護ってくれていた。

それでもなお、ライリーがこう言うのは、彼自身が自分自身に憤《いきどお》りを感じているからだ。

扉の向こうでドブソン侯爵に詰《なじ》られているシエナを助けたいと思いながらも、右手を傷つけてでも耐えていたライリーは、ドアを開けることが出来ないのではない、しないのだ。その『しない』という選択肢を選んでしまう自分に彼が絶望しているのが分かるから。

（だから、私がそんなライリー様の選択を肯定する）

彼が普通の貴族や平民だったら、もしかしたらシエナは、自分に話してくれなかったことや、すぐに助けてくれなかったことに傷ついていたかも知れない。けれど、彼は王子である。王子であるライリーにシエナは恋をした。そんなライリーを信じて、支えると決めているのだ。

それからしばらく二人は沈黙を共有していた。ライリーが優しく彼女の背中を撫でてくれて、そうしているうちにまたとろりと眠気がやってくるのを感じる。

「あの侯爵が言っていた通り……君からエキナセアの香りがする。ポプリにしてくれたんだね」

ライリーがまるで子犬のように、くんくんと匂《にお》いを嗅《か》ぐので、シエナは思わず笑ってしまった。

ポプリの袋は、肌着の内ポケットにしまっているので香りは近寄れば近寄るほど強い。ライリーが贈ってくれたということだけでなく、エキナセアの自然な香りが気に入って、ここのところ毎日香水の代わりに肌着のポケットに忍ばせている。

「ええ。とても良い香りでしたから、サリーに頼んでポプリにしてもらったんです」

「そうか……喜んでもらえて、良かった」

シエナは口元を緩めているライリーの顔を見上げる。

「イモージェンは……やはり記憶を失ってしまうのでしょうか？」

王子の瞳に陰りが生じた。

「正直、分からない。あの《魔導具》を作った魔法使いの老人によれば、俺に魔法がかかっていない上に、ドブソン嬢の《魔導具》は発動していたから……彼女を通常の二倍の魔法返しが襲う可能性もある。そうだとしたら、もしかしたら目覚めないかもしれないとのことだ。命を落とさなければ良いと言っていた」

まさか昏睡《こんすい》状態のままの可能性もあるとは。シエナの傷ついた顔を見たライリーが少しだけ表情を和《やわ》らげる。

「画策《かくさく》したのは彼女の父親とはいえ、本来なら彼女も罪は免《まぬか》れられない。多少の減刑は考慮されるだろうが、重い罪になることは免れなかっただろう。そう思えば、もしかしたら眠っている方が幸せかもしれないよ」

聞き方によっては突き放したような内容だが、シエナはライリーが本当は優しい性格であることを知っている。事情を知った今は、彼もイモージェンを罰したくはないのだ。立場的に、そうは口にできないけれど。

シエナはふとあの従者のことを思う。彼の瞳に浮かんでいたのは、間違いなくイモージェンへの恋情であった。そしてイモージェンがあの従者を見つめる素振りから、彼女も同じ想いを抱いていることをシエナは気づいてもいた。だから聞いたのだ、ライリーのことを慕っているわけではないわよね？　と。実際イモージェンが、シエナに即答できずに怒り狂ったのは、あの従者が彼女の心に確かに棲《す》んでいたからだろう。

「あの方がイモージェンのお世話をすることになりますか？」

あの方、が誰かをすぐに察したライリーが頷いた。

「ああ。彼が側にいたら安心だろうな」

(やはりライリー様はお優しいわ)

ライリーは目が覚めた彼女の記憶がなくなっていることが分かれば、イモージェンのことは不問に付するつもりに違いない。監視下に置かれてどこかの屋敷で静かに暮らすことくらいの自由は許されるのではないか……あの従者と共に。そして、こういうことがなければ、ドブソン侯爵に絡め取られて、あの二人が一緒になれる可能性はなかっただろう。

(イモージェン……目が覚めてくれると……信じてる)

ライリーの腕の中で、シエナは瞳を閉じて、かつての友人の回復を願った。

◇◇◇

翌朝、ネイサンが約束通りサリーを連れ、またブラックモア公爵邸に残されたシエナの荷物も運んできてくれた。サリーは道中でネイサンから簡単な説明を受けていたらしく、シエナの私室にやってきて顔を合わせた途端、安堵のあまり号泣していた。

「お嬢様……、本当に、よかった……！　本当に、本当によかった……!!」

「ありがとう、サリー。貴女が支えてくれたおかげよ」

「私は何も、していません、ほんとおおによかったッ!!　ううっ……」

しばらく泣き止まないサリーをシエナが必死で慰めたのだった。

そんな様子を微笑ましく見守ってくれていたネイサンにシエナが改めて感謝の思いを述べる。

「ブラックモア様、何もかも本当にありがとうございました。ブラックモア様のおかげで、なんとか乗り切ることが出来ました」

「礼などいらない。辛いときもあっただろうが、よく耐えたね。君は立派に第二王子の婚約者としての役目を果たした。改めて、君の立ち振る舞いに感嘆したよ」

相変わらず兄のように優しい笑顔を見せてくれるネイサンに、シエナは微笑みかける。と、隣からライリーにぐいっと腰を抱き寄せられた。

「ライリー……お前な」

とりたてて二人が親しげな様子を見せたわけでもないのに子供じみた行動をするライリーに、ネイサンが呆《あき》れたように親友を見つめた。

「ネイサンに心を許してはいけない、シエナ。こいつは必要とあれば笑顔で人を刺せる男だからな」

「うわ、男の嫉妬ほど見苦しいものはないぞ。そしてそもそもお前もそういう類の人間ではないか」

二人とも策士タイプであるのは間違いなく、シエナは苦笑するしかない。

「うるさい。一ヶ月以上もシエナを独占していたんだから十分だろ。もう帰れ」

ふふんとネイサンがわざとらしく、腕を組む。

「まぁ、シエナがお前を諦めるようだったら、あわよくば手に入れたいなと思わないでもなかったが」

普段は第二王子として完璧に振る舞うライリーが、その言葉を聞いて眉間にありえないほどの皺を寄せるのを見てネイサンは苦笑した。

「想像だけでそんな顔をするんだもんなぁ……。結局ドレスだってライリーが選んだのをちゃんと着せてやったろう？」

サリーが『殿下とブラックモア様の趣味って全く同じですよね』と驚いたのも当然で、ネイサンが準備したと思っていたドレスは裏でライリーが用意したものだった。

「当たり前だ。お前が選んだドレスなどシエナに着せるものか」

「お前は本当に独占欲の塊《かたまり》だな……。心配しなくても、シエナはお前しか見ていないよ、安心したまえ」

シエナはふとネイサンが最初に、自分を口説《くど》こうかな、などと冗談めかして言っていたのを思い出した。いつでもずっと良い兄のように接してくれていたから、あくまでも場を明るくするための冗談だと思っていたのだけれど――もしかして、本心が隠されていた？

そう思って、ネイサンを見上げると、彼は思いのほか穏やかな表情で彼女を見つめていた。その眼差しに切なさが過《よぎ》ったような気がしたのは、自分の思い上がりだろうと忘れることにした。

「そうだろう？　シエナ」

「ええ」

隣でライリーがふんと鼻を鳴らした。もちろんライリーは他の家臣も含めて、誰よりもネイサンを親しく思い、信頼している。だからこそ今回もシエナの滞在先にブラックモア公爵邸が選ばれ、ネイサンは最初から全てを相談され、ライリーの期待通りの行動をすることによってその信頼に見事に応えた。シエナの様子を見守り、必要があれば彼女を励まし、ライリーには彼女の様子を毎日伝えた。これからも彼は、ライリーとシエナにとって腹心の家臣であり、友であり続けるだろう。

◆◆◆

ライリーとシエナが隣合わせに座り、お互い一緒にいられることだけで嬉しそうな様子をネイサンは微笑ましく眺めていた。自分は、ライリーのことを見ているシエナだけでなく、シエナのことを見ているライリーも好きなのだと再確認した。

（これからも側で二人を見続けていけたら――俺はそれで満足だ）

ネイサンはようやく長かった自身の初恋に終止符《しゅうしふ》を打てる気がしている。帰宅したら、父親に然《しか》るべき婚約者の選定をすすめることを相談してみよう、とどこか清々《すがすが》しい心持ちで思っていた。

四章

大好きだった婚約者と、その後のこと

それから数週間が経《た》った。

シエナは毎日のように時間を見つけては、王宮の一階に位置する診察室の隣にある小さな部屋を訪れていた。廊下に配置された騎士たちに監視されながら、ここでイモージェンが眠っているのだ。

こんこんと眠り続けているイモージェンには未《いま》だに目覚める兆《きざ》しは一切見られない。

シエナが部屋に入ると、今ではすっかり顔見知りになったアーセムが、椅子から立ち上がって彼女に礼をする。そのまま壁際に下がり、直立不動になったアーセムにシエナは話しかける。

「イモージェンの具合はどうですか？」

「昨日と変わりありません」

「そう……」

シエナはイモージェンが横たわっているベッドの傍らに立ち、眠る友人を見下ろした。眠っているイモージェンは、とても美しい顔立ちをしていた。ドブソン侯爵《こうしやく》に強《し》いられていたのであろう、最近のけばけばしい衣装や濃い化粧《けしよう》は彼女の美貌《びぼう》を損ねるばかりだった。化粧などせずとも、彼女はとても可愛らしく、寝顔のあどけなさは子供の頃を彷彿《ほうふつ》とさせる。

「明日から、ドブソン侯爵の審議が始まるそうです」

シエナがそう呟《つぶや》くと、後ろで従者が微《かす》かに身じろぐ。

「きっと貴方《あなた》にも、ドブソン侯爵の企《たくら》みについての証言の要請《ようせい》があると思います」

「承知いたしました。私は、いつでもどんなことでも、知る限り全てを答える所存です」

アーセムは静かに宣言する。この従者が約束を違《たが》えることはないだろう、とシエナは思った。そうして彼女はそっとイモージェンの右手を握る。

「イモージェン……私を助けようとしてくれて、ありがとう……。早く目を覚まして……貴女《あなた》が幸せになるところを私に見せてくれなくては駄目よ」

しばらくそうしていて、シエナはイモージェンの手を優しくシーツの中に戻してやる。それから立ち上がり、部屋を出ようとアーセムに目礼すると、従者は一瞬躊躇《ためら》った後に口を開いた。

「少しだけお時間をいただいても？」

丁寧に尋ねられ、シエナは彼に向き直った。

「もちろん」

「お嬢様は……メレディス様のことをとても好いていました。憧《あこが》れも持っておられたと……思っています。昔は、貴女と会った後は、貴女がどれだけ素敵で優しかったか、そんな話ばかり夢中になってしていましたから」

シエナは黙って、従者を見つめる。

「貴女と疎遠《そえん》になっている間に、彼女はどんどん壊れてしまっていた。けれど今回のことで、また貴女と話すことが出来て……どこかで我に返って、それで歯止めがかかったんだと思います。ドブソン侯爵に盾突《たてつ》いているのを見たのは、貴女に関することだけでしたから」

「……」

「あの日、王宮に向かう馬車の中で、俺をクビにすると言い出したんです。多分、あの時から指輪を外そうと決めていたんだと思います、貴女に本当に申し訳ないと思っていたんでしょう」

シエナは胸がつまり、すぐに言葉が出なかった。従者は優しい眼差《まなざ》しでイモージェンを見下ろしている。

「貴女のお陰で彼女は勇気を持てたのではないかと考えます。俺はそんな彼女を心から誇りに思います。――今、こうやって貴女がお嬢様のことを許してくださって、お見舞いに来てくださっていたのを後で知ったら、とても喜ぶはずです」

シエナは頷《うなず》いた。今や彼女の瞳にはいっぱいの涙が溜《た》まっている。

「教えてくださってありがとう。貴方が側《そば》にいてくれるなら、イモージェンは……きっと幸せになれるわね」


ドブソン侯爵の審議は異例の速さで判決が出た。

何しろ未遂で解決されたとはいえ、ともすれば国家転覆罪《てんぷくざい》につながりかねない、第二王子を《魅了の魔法》で操ろうとしたなどという卑劣《ひれつ》な手段だったため、国王が早くの審判を望んだ。だが、罪の重さの割に全てが杜撰《ずさん》で証拠も証人も山程出てくるような犯行で、審議はまったく難航することがなかった。《魔導具》を使って《魅了の魔法》さえ使えば、簡単に王子を操れるなどと短絡的《たんらくてき》に考えていたドブソン侯爵の浅はかさと人望のなさが露呈《ろてい》しただけだった。

審議前には弁護士を雇うと息巻いていたドブソン侯爵だったが、負け戦であることが最初から分かっていたからか誰も弁護を名乗り出てくれるものがおらず、途端に勢いがそがれた。その後は少しでも自分の罪が軽くなるように、ああだこうだと見苦しく言い訳をし始めたが、何を言おうが全てしっかりと裏を取られていることを知り、審議の途中から青白い顔で黙り込むしかなかった。

数回開かれた審議には、当事者でもある第二王子のライリーは最初から最後まで全て出席した。ドブソン侯爵が、王族が魔法にかからないということを言い出さないか監視するためでもある。無論、言われたとしても論破するつもりだったが、ドブソン侯爵は保身に必死で、そんなことは何一つ口にすることはなかった。

——口にしたところで、もはや誰も信用しなかっただろうが。ドブソン侯爵の信用は、地の底に落ちている。

シエナが証言のために審議の場に現れるとドブソン侯爵が口汚く罵《ののし》ることが予想されたため、国王の計らいで彼女の証言は別室でとられることとなった。

ライリー、ネイサン、アーセムも王の誕生日祝いの夜会の日に、ドブソン侯爵が喚《わめ》き散らした悪《あっ》口雑言《こうぞうごん》や罵りを事細かに証言した。また、イモージェンへの虐待《ぎゃくたい》も、アーセムや他の使用人たちの口から明るみになり、彼の卑劣さは十分伝わった。この国では女性に一方的に暴力をふるう男性は軽蔑《けいべつ》される。

ドブソン侯爵は爵位《しゃくい》を取り上げられた後、辺境の地への追放、及び監視付きの中、十年の山中での労働が科せられた。鉱山での採掘がメインの労働は凄《すさ》まじく過酷《かこく》で、鍛《きた》え上げられた身体《からだ》を持つ平民の男たちでも命を落とすものがいるともっぱらの噂《うわさ》だ。肉体労働など生まれてこの方一度も従事したことのないドブソン侯爵がどれだけ耐えられるかどうかは神のみぞ知る。

ドブソン侯爵家は爵位剝奪《はくだつ》、断絶となった。ドブソン侯爵夫人と息子《むすこ》たちには国家離反の意思はないとされ罪には問われなかったため、離縁が認められることとなった。彼らはドブソン侯爵夫人の生家である子爵家《ししゃくけ》に逃げ帰り、身を寄せた。

イモージェン＝ドブソン嬢は未だ目を覚ましていないが、特例で減刑が認められることとなった。既にドブソン侯爵家は断絶されており、彼女はカイリーという生まれた時の名前に戻された。

一生監視付きに置かれることは決まったものの、判決が出た後には、ドブソン侯爵家の領地にある屋敷に監禁されていたのを助け出された母親がカイリーの元にやってくることが許された。彼女の母親は、眠っているカイリーを抱きしめてしばらく離さなかったらしい。アーセムとも顔見知りで、彼からここ最近のカイリーの様子を聞いて涙ぐんでいたのだとか。

ほどなくしてカイリーは王宮から、城下町にアーセムが準備した家へと移されることが認められた。もちろん監視下に置かれるのは変わらないので、四六時中騎士が配置されることにはなっている。

アーセムが貯めたお金で借りた小さい家だが、ここにいれば平民であるカイリーの母親も気兼ねなく訪れることが出来る。アーセムは王宮を出る日に、シエナにカイリーが目を覚ましたら必ず一番に連絡しますと約束して出ていった。

◇◇◇

判決が出たその夜——ライリーがシエナの部屋を訪れてきた。既に何事もなかったかのように第二王子妃になるための花嫁修業が再開されており、ライリーはライリーで相変わらず忙しい公務に励んでいるから、王宮に住んでいるといってもそこまで頻繁《ひんぱん》に会えるわけではない。しかもここしばらく、ドブソン侯爵の審議があり、それにかかりっきりのライリーとは昼間に短時間しか会えていなかったのだ。

それでもシエナにとって、ライリーと再び近しい距離で暮らせることは喜びに他ならなかった。

今夜、久々にシエナの部屋を訪れたライリーは珍《めずら》しく人払いを望んだ。サリーが出ていき、二人きりになると、彼は少し不安そうな様子でシエナの顔を覗《のぞ》き込《こ》む。

「シエナ、今日は君に話したいことがある」

いつもは超然とした態度を崩さないライリーも、シエナと二人のときにはこうやって素の表情を見せてくれる。そしてその姿こそが、シエナの好きなライリーという男性だ。そして今の彼はどうしてか少しだけ自信がなさそうに感じられる。ソファに並んで座り、シエナは微かに首を傾けて、ライリーを見つめた。

「俺がドブソン嬢と王宮の庭園で会っていたのは知っているだろう？　君も一度、遭遇《そうぐう》した」

「はい」

カイリーに会うときには常にネイサンが駆り出されて、相手の出方次第では彼が動くようにしていたと聞いて、シエナは納得した。ライリーは、後からドブソン侯爵に足元をすくわれないように、彼のテリトリー内でしかカイリーに会っていないという。

「君と王宮の中庭で遭遇してからしばらくして、父上に呼ばれて、確認されたのだ。俺が他の令嬢と会っていると知り、シエナを捨てたりしないよな？　って。父上はシエナのことをすごく可愛がっているから」

確かに国王からはシエナは特別に目をかけてもらっているという実感がある。もちろんそれは、ライリーがシエナを大切にしてくれているからこそのことなのだが。シエナは余計な口を挟まず、頷くことで先を促《うなが》した。

「俺はもちろん、シエナを手放すようなことはしない、と答えた。そこで初めて、《魅了の魔法》をかけようと彼らが画策《かくさく》していることを父上に話したんだ」

婚約破棄《はき》を告げられたあの日の数日前に、カイリーが偶然を装って、王宮の庭園でライリーに接触してきたのだという。

そもそもその日は、ライリーはとある貴族と庭園で会う予定があり、どうやらその貴族の手引きであったようだ。その貴族は賭博癖《とばくへき》があり、ドブソン侯爵に多額の借金をしていて、弱みを握られていたらしい。その貴族は、先日ドブソン侯爵が捕まったと聞いて顔色を変えてすぐに王宮に飛んでくると、自分の罪を認め、ドブソン侯爵との関係を洗いざらい喋《しゃべ》ったのだという。

とにかくその時、カイリーが魔導具である指輪をわざとらしいくらいに見せつけながら、彼の様子を窺《うかが》ってくるので、ライリーはすぐに彼女が魅了の魔法をかけようとしているということに気づき、演技を始めたというわけだ。翌朝にはネイサンを呼びつけ、彼と共に全ての計画を練った。全てを準備してから、シエナとカイリーを呼び寄せて、婚約破棄の芝居を打った。

「はい」

「父上にその時点で分かっている事実を申し上げたら、とりあえずドブソン侯爵を泳がせろ、と言ってきてね。その時父上に、もし今回の件を俺ひとりで収めることができたら、婚姻《こんいん》について多少の変更を認めてもらうことを承知してもらった」

ぱちぱち、とシエナは目を瞬《しばたた》いた。

「私たちの婚姻に……多少の……変更ですか？　その、婚約、ではなく？」

さすがに話の向かっていく先が読めずに、困惑する。

「ああ。俺たちはもういつ式を挙げるのかまで決定している。慣例に従うなら、君はこれから数年の花嫁修業があって、それから結婚することになるだろう？　それまでは部屋も別々で、一緒には暮らせない。婚約者としての立場では、認められていることも多くはない」

「ええ」

確かに今回の件でもシエナが婚約者ではなく、王子妃であれば、ライリーはもちろん、国王も違った対応を取ろうとしただろう。王家ではそれくらい婚約者というものの立場は絶対的ではない。

それでも王宮にお互いの部屋があり、少しの時間でもこうやって逢瀬《おうせ》を楽しむことが出来る。人払いも必要であれば出来るし、それに周囲の人々は彼らが仲睦《なかむつ》まじく寄り添っていても暖かく見守ってくれているから、シエナには取り立てて不満に思うことはなかった。

「王族が魔法にかからないっていうのは公《おおやけ》には出来ないから、今後も似たようなことが起こるかもしれない」

王族が魔法に対して完璧な対策を取っている、というのを知っているのは王族に近い、ごく一部の貴族だけらしい。今回の裁判でも、その点は伏せられていた。あくまでもライリーがシエナを深く愛しているが故に、魅了の魔法にかかりきらなかった、と繰り返された。もちろんライリーは、王族として魅了の魔法についても詳しく学んでいて知識があり、どうやって演技をしたらいいのかを考え抜いていたから、後から魅了の魔法にかかった上でと証言しても問題がなかったのだ。

とにかく今回は、ドブソン侯爵が短慮《たんりょ》で、あまりにも杜撰な犯行だったが、今後も似たような犯行をしかけてくる貴族がないとも限らない。反逆者をあぶり出すという意味でも、王族が魔法がからぬよう特別な魔導具を既に着用しているという事実は広まらないほうがいい。

「ええ」

シエナにはまだライリーの言おうとしていることが分からなかった。魔法がかからないということを広めないのは、理解できる。国王であるライリーの父親が、ドブソン侯爵を泳がせた方がいい、といったのも理解できる。そこにシエナはまったく何の不満もない。

しかし一体この話が、婚姻の《変更》ということに関して、どういう風に関係してくるのか？

ここでライリーが、不安そうな表情のまま、ぎこちない微笑《ほほえ》みを浮かべた。

「王族の結婚式は準備もあるし、国民への公布という意味もあるからこのままの形で残るだろう。

だが、シエナに関してはもう花嫁修業は十分だと思うんだ。実際、君を教えている家庭教師たちも皆口を揃《そろ》えてそう言っている。彼らも、父上に証言してくれた」

「……!?」

「俺としては今回のことで王族の婚姻も変えていっていいと感じている。だから式の前に、シエナと事実上の婚姻を結びたいと父上に申し出た」

「なんですって……?」

驚きのあまり、シエナの口がぽかんと開いてしまう。そんな彼女を、ライリーがどこまでも優しい眼差しで見つめる。

「君をただの婚約者ではなく、実質上の妻という立場にすることに同意してもらった。だから、これからは一緒の部屋に住む。夜、同じ部屋で眠ることが出来たら、内密な話もしやすい」

ライリーがそっとシエナの手を握る。

「俺たちが事実上の婚姻を結んだことは隠すつもりはない。そうすれば《魅了の魔法》をかけてくるような愚かな人間はいなくなるはずだ」

「えっ!?」

ますます呆気《あっけ》にとられて、シエナはライリーを見やるばかりだ。しかしライリーはどこまでも真剣だ。

「この騒ぎが解決したら、シエナと一緒に住めるかもしれないって思って、耐えていた。これさえ終わればってそれだけを励みにしていた。それで今日ようやく父上から、正式な許可をいただいたんだ」

「ライリー様……」

まだ呆然《ぼうぜん》としているシエナをライリーがぎゅっと抱きしめた。恐々《こわごわ》と耳元で尋ねられる。

「嫌かい？　君の意見を聞かせてくれ」

そうか、それで彼は恐れるような表情をしていたのだ、とシエナは思った。シエナが本当はライリーの行動に傷ついていて、断るかもしれないと彼は恐れている。

そんな心配など杞憂《きゆう》なのに。

ふるふるとシエナは首を横に振った。

「嫌では、ありません」

「本当？」

「はい、本当にです。……でも」

「でも？」

ライリーはおそるおそるといった風に尋ね返してくる。

シエナはしかしまだ夢の中にいるようだった。

「私たちが事実上の婚姻を結ぶことを、本当に、陛下《へいか》が許可してくださったんですか……？」

どこか信じられなくて、ぼんやりと尋ね返すシエナの顔を覗き込んで、ライリーがふっと笑う。

「もちろんそれはシエナが優秀だからだ。家庭教師の誰もが、シエナのことを褒《ほ》めちぎっていたよ……父上もそうやって必要な承認を得たら王族の配偶者と認めていいと思われたようだ。それに、慣習を守って、結婚式を挙げなければ夫婦になれないのはさすがに時代遅れだと父上も思っていたみたいで……。――ああ、泣かないで、シエナ」

確かに最近の若い貴族たちの間では、婚約をしたら一緒に住むことは珍しくなくなっている。貴族の結婚はどうしても家同士の思惑が絡《から》み合うので、事情によってはすぐに式を挙げられないケースも出てくるからだ。さすがに式を挙げる前に子供が出来ているのは、はしたないと思う年配者も多そうだが、若い世代ではそこまで抵抗がなくなってきているのも事実だ。

とはいえ、ライリーはこの国の第二王子だ。

王宮のしきたりに従うつもりのシエナはありえないことだと最初から思ってもいなかったが、もちろん彼女にとっても、大好きなライリーとずっと一緒にいられるのはすごく嬉しい。少なくとも夜は同じ部屋に戻り、彼の顔を見ることが出来るというのは、シエナにとってこれ以上ない幸福なことである。思わず涙が零《こぼ》れてしまい、ライリーがそっと手を伸ばして拭《ふ》き取ってくれる。

「シエナは我慢《がまん》やさんなんだけど、本当は涙もろいんだよね……可愛いな」

「……すみません、嬉しいのに。ごめんなさい」

「謝らないで」

彼が優しくシエナの頬《ほお》にキスを落としたので彼女は瞳を閉じた。

「明日、新しい部屋に移動しよう……俺たち二人の部屋だ。父上からも許可が降りたし、明日には、メレディス侯爵家にもその旨の使いを出す。事実上の婚姻を結ぶのに際して、新たに作成した証明書にサインしなくてはならない。それは君のご家族にも見届けて貰《もら》いたい――そうだ」

そこでライリーが明るい声を出した。

「証明書にサインするのに、身内だけで式を挙げる形にしようか。急だからあくまでも、簡略化したものだが……どうだろう？」

「素敵なアイディアだと思いますが……よろしいのでしょうか？」

「もちろん。俺がそうしたい」

シエナがゆるゆると微笑むと、ライリーも満面の笑みを浮かべた。

「じゃあ、そうしよう」

「はい」

「楽しみがまた増えたな。さあ、今夜はここまでだ。お互い部屋に戻らなければ」

ぎゅっとシエナを抱きしめたまま、残念そうにライリーが呟く。

「ふふっ」

思わずシエナは笑ってしまう。二人共気持ちが盛り上がっていて、身体を離すことが出来ないくらいなのに、こうして今夜は部屋に戻ろうと呟くライリーはつくづく、自分の知っているライリーだ。ライリーがここで理性を手放してしまうような人だったら、彼女はこれほどまで彼を尊敬していない。シエナは笑みを浮かべて、大好きな婚約者に抱きついた。

「はい、ライリー様……大好きです」

彼女を危なげなく受け止めたライリーがちっと舌打ちする。彼が、存外舌打ちなどするような男であることはシエナや家族、ネイサンしか知らないだろう。

「シエナ、そういうことを言って俺を煽《あお》っては駄目だ……爆発しないように、なんとか我慢してるんだからな」

「そう言って結局我慢されるライリー様が好きです、大好きです」

シエナとしては至極真面目《まじめ》に言ったのだが、最終的にライリーは笑い出した。そうやって笑うと、彼の顔は若々しくなり、第二王子から、素のライリーへと変わる。彼女だけに見せてくれる、彼のこうした表情がシエナは何よりも大好きだ。

「もう可愛いな！　俺もシエナが好きだ、大好きだ！　ちょっとした修行みたいになっているけど、シエナが可愛いからもう何でもいいや」

彼の力強い腕がシエナをぎゅっと抱きしめてくれる。この腕の中にこれからもずっといられるのだ……とシエナは夢見心地でそう考え、微笑みを浮かべて彼に抱きついた。


その夜、シエナはライリーと出会った日のことを思い返していた。

最初に出会った日――十二歳のライリーの横顔は誰よりも寂しそうに見えた。

後から思えば、そんな彼にシエナは一目惚《ひとめぼ》れしたのだ。王子としての彼ではなく、聡明《そうめい》な少年であるがゆえに、孤独を感じている彼に。

シエナは、貴族としては珍しく愛のある両親のもとに生まれ、とても可愛がられて育てられた。

父は堅実な人で、経済的にも安定していて、それなりに裕福な家庭であった。父は愛人を持つなんて考えたこともないだろう、両親の夫婦仲は常に良好だった。メレディス侯爵家に関しては、どんなに叩《たた》いても埃《ほこり》ひとつも出ないような家で、それもあってそこまで有力な貴族ではないものの、第二王子の婚約者候補として選出されたのだと思う。

お茶会は、ブラックモア公爵邸《こうしやくてい》の広い庭園で開かれた。

三十名ほどの、シエナと同じ年頃の貴族令嬢と貴族子息たちが招かれていて、ネイサンやカイリーもその中に含まれていた。他にもそれまでにお茶会などで知り合った、名だたる貴族令嬢たちが何人も招待されていた。

彼女たちの親の中では娘が王子の目にとまることばかりを考えている人たちも多かったように感じられた。ドブソン侯爵はもちろんのことだが正直彼だけの話ではない。それくらい王子妃という地位は貴族にとっては魅力的だった。第一王子が同じく数年前に開かれたお茶会で婚約者を選んだことから、貴族たちは目の色を変えていた。

しかしシエナの両親はとりたてて王子妃という立場に魅力を感じるような人たちではなかった。幸いなことに彼らはシエナに何も求めなかったから彼女はいつものように自然体でお茶会に参加していたのである。

ライリーは途中からお茶会に参加してきた。

冷たい美貌の王子は、自身の婚約者選びの茶会であるというのに遠目からでも、何の興味も持っていないかのようにつまらなそうな表情をしていた。だが、その横顔はどこか寂しそうにも見え、シエナは彼からしばらく視線を外すことが出来なかった。

ライリーはそれが義務とばかりに次々と令嬢たちに話しかけていた。彼の態度は誰に対しても同じく公平であり、特別扱いをするようなことは決してなかった。我こそは、と美しさを自慢にしている令嬢が話しかけ、そっけない対応をされて撃沈《げきちん》してしまうことが続いていた。王子は間違いなく、自分の価値と自分が今何をしているのかを完璧に把握していたのだろう。

しばらくしてシエナの近くにやってきた時、彼女は純粋にライリーの厳しい表情に目を惹《ひ》かれ、そうして思った――彼の心からの笑顔が見たい、と。彼女の視線に気づいたライリーがシエナに向かって尋ねてきた。

『君、名前は？』

声変わりをする前で――記憶にある彼の声は今よりも幾分甲高く、細かった。それでも随分大人びた印象を与える少年であった。シエナはにっこり笑い、カーテシーをした。

『シエナ＝メレディスと申します』

『ああ、メレディス侯爵のところの……。君の好きなものは？』

無表情で問うてくるライリーにシエナは目を瞬いた。好きなもの？　それはもちろん――。

『家族で過ごす時間です――今の時期は庭園でのお茶会が何よりも楽しいです』

春の頃であった。つい先日も家族で、家の庭園でお茶会を開いたところだったシエナはすぐにそう答える。

『は？』

あっけに取られたライリーを見て、シエナは自分がちぐはぐな返事をしたことに気づいた。彼は好きな『物』を聞いたのだ、と慌《あわ》てる。

『す、すみません、そういう意味ではなかったのですね……失礼いたしました。好きな物は――自分で作ったストロベリージャムを入れた紅茶です』

顔を真っ赤にしてシエナは俯《うつむ》いてしまったが、すぐに頭上から、ふ、と笑い声が落ちてきて、誘われるように顔をあげた。

冷たい美貌の王子が、口元を緩めて微笑みを浮かべていたのである。

『好きなものを問われて、金で買えるものではないものを答えたのは君だけだ――興味深いな』

王子様が笑った、とシエナは嬉《うれ》しくなり、そのまま彼女もにっこり笑った。シエナの笑顔を見て、ますますライリーの目元が緩んだのが、とてつもなく嬉しかった。

『ストロベリージャムを自分で作るのか？　貴族令嬢らしからぬ行動だな』

不思議そうに首を傾けたシエナは思わず、貴族令嬢らしいってなんでしょう、と呟く。シエナはしかし明るい声ですぐに続けた。

『家族で遠出をした時に苺《いちご》がたくさん生《な》っていたんです。それをめいっぱい摘《つ》んで、持って帰ったのを、料理長に頼んで、ジャムを作るのを手伝ってもらったんです。煮るだけで出来るので、思っていたより簡単でした！』

えへんと胸を張ったシエナは今よりも幼く、また兄と話すことが多かったせいで、異性相手でも物怖《ものお》じすることが一切なかった。それは相手が王子でも変わらず、その答えを聞いて、ライリーがついに笑いをこらえきれなくなり吹き出してしまう。

『へえ、凄《すご》いな。今度その特製ジャムが入った紅茶とやらを飲んでみたいものだ』

シエナはにっこりと微笑んだ。

『簡単に作れますわ。殿下《でんか》のお気に入りの紅茶にジャムを入れるだけですから、明日にでも試してみてください。私のおすすめはストロベリーですけど、ブルーベリーもいいかもしれません』

『わかった』

シエナの微笑みにつられたように、ライリーが笑ってくれたのが、彼女は何よりも嬉しかった。そしてその次のお茶会にもまた呼ばれたとき、また王子の笑顔が見られたらいいな、と胸を弾ませたものだった。

二回目のお茶会もブラックモア公爵邸の庭園であったが、呼ばれている貴族令嬢の数が半分に減らされているのにシエナは心底驚いた。カイリーの姿はもうなかったが、ネイサンがいたのは覚えている。

後から聞けば、さすがに初回だけで婚約者が選定されるわけはなく、いろいろな力関係を鑑《かんが》みて、少しずつ貴族令嬢たちがふるい落とされていくことになっていたのだという。

『シエナ！　君のおすすめの紅茶の飲み方はなかなかよかった。俺はマーマレードが好きだ』

今回は最初からお茶会に参加したライリーが、シエナが庭園に姿を見せるやいなや真っ直《ます》ぐにやってきてそう言ってくれたので、彼女はとても嬉しく思った。その時点でシエナは気づいてはいないが、ライリーは既に彼女に心を許し始めていて、一人称は『俺』に変化していた。

『マーマレードもいいですよね！　兄はそれが一番好きだと申していました』

『他にもまた試してみるつもりだ。今日はもしよかったら、君の好きなお茶菓子を教えてくれないか』

『お茶菓子ですか！　もちろんです。私が一番好きなのは甘いガレットと……』

お菓子のことなら任せてとばかりに、次々に名前を挙げるシエナをライリーが優しく見つめた。ライリーがシエナばかりを構うのでいいのかなと思わないでもなかったが、他でもないライリーが楽しそうにしてくれるのがとても嬉しくて、その心配はすぐに忘れてしまった。

そうして会う度に、シエナはライリーの王子として振る舞う姿に尊敬を抱くようになる。彼女は自分が有力な貴族の出ではないので、まさか婚約者に選ばれるとは思っていなかったが、この稀有《けう》な王子の友人でいられたらいいなと願い始めていた。彼の孤独感は側にいればいるほど、ひたひたと伝わってきたから、それが少しでも和《やわ》らげばとそればかり考えていた。

『また会おう、シエナ』

お茶会の最後に、ライリーが必ずそう言ってくれる。その時の彼の表情がシエナには表現しがたいくらいの孤独と諦観《ていかん》に彩られているのだ。そんな彼の眼差しが、自分といるときに少しだけ和らぐのが彼女は何よりも嬉しかった。

それから何回かのお茶会を経て、都度都度招待される貴族令嬢たちの数は減っていき、最終的に王宮の庭園に呼ばれたのはシエナだけだった。

時間通りに、両親とともに庭園にやってきたシエナは、少し待たされることとなった。特に行動を制限されることもなかったので、辺りの花々を見ることにした。さすがに王宮の庭園、見たこともない美しい花々が花壇《かだん》に咲き誇っていたのである。

『お母様、このお花、とても綺麗ね』

しかしシエナが指差したのは、花壇に咲いていた花ではなく、花壇の外で健気《けなげ》に咲いていた紫色の小さな野花であった。雑草の一種かもしれないが、花壇の外にたくさん咲いたままになっていた。あまりの可愛さに庭師も刈るのを躊躇ったのだろうか。

『まぁ本当ね、よく気づいたわね。なんて可愛らしいお花なのでしょう』

おっとりした性格の母親は、そうやっていつものんびりと賛同してくれる。こういう母だからこそ、シエナは真っ直ぐに育ったともいえる。シエナはうっとりと花を眺めていた。

『本当に――こうやって一生懸命咲いているのを見ていると、幸せな気持ちになれるわ。私もこんな花みたいになりたいな。とりたてて目立たなくていいけど、気づいてくれる人が気づいてくれるような、そんな可憐《かれん》な花みたいに』

そこへ、ライリーが国王夫妻と共にやってきて、婚約者として打診したいと告げられたので、シエナは仰天した。

『わ、私がですか？』

『君、今日ここに一人だけ呼ばれて、何だと思ったの』

その頃には既にライリーはシエナに親しげに話しかけるようになっていたし、笑顔も度々見せてくれるようになっていた。

『いや……なんだろうな、って思ってました。殿下おすすめの美味《おい》しいジャムを入れた紅茶を飲むのかなって』

シエナが素直にそう答えると、ライリーはまたしても声をあげて笑う。国王夫妻がシエナと会うのはそれが初めてのことだったが、久しく聞いていなかった次男の笑い声を聞いて、彼らはこの婚約を心から祝福してくれたのであった。

◇◇◇

シエナがライリーと共に暮らす部屋に移る日の朝、彼から届けられたのは、丁寧に棘《とげ》を抜かれた赤い薔薇であった。

赤い薔薇の花言葉は――『貴女を愛しています』。

シエナは一輪だけ抜き取ると、芳《かぐわ》しい香りを楽しむ。

シエナの気持ちは、初めての出会いから気持ちは変わっていない――ライリーが笑顔でいてくれること、彼女の願いはそれだけである。

日中は忙しく過ごした。

ライリーは今日は特に来客が多く、シエナの顔を見に戻ってくることすら出来なかった。シエナには最後の王子妃教育が待っていた。どの家庭教師たちも、シエナの今までの頑張りをたたえてくれたのである。そんなわけで昼食も夕食もそれぞれ別なのは普段通りだ。それでも明日からはよほどのことがない限り、朝食は一緒に私室で取れるようになる。それだけでもシエナにとっては贅沢《ぜいたく》な時間となるのは間違いない。

夕食後、私室で休んでいたシエナにとって、嬉しい訪れがあった。

「シエナ！」

「お父様、お母様……！」

シエナはソファから立ち上がると一目散に両親の元へと急ぐ。

「いらしてくださってありがとう！」

お礼を言えば、両親ともに笑顔になる。

「当たり前だろう？　シエナがついに大好きな殿下の伴侶《はんりょ》になるんだぞ」

「貴方ったら。ずっと伴侶だったのよ、シエナは」

母がおっとりと口を挟む。

「でも、今までは婚約者だったろう？　これからは事実上の妻というわけだ。身内だけの式だろうがなんだろうが、殿下の元へエスコートする仕事は私に任せておけ」

のんびりした母に比べ、父は少しお調子者である。けれど誰よりも家族を思う気持ちは強い。

「エスコート、ねえ。きっと貴方、泣いちゃうんじゃない？」

「今日はまだ大丈夫なはずだ……本当の式ではないからな」

「でも、事実上の妻になるのよ？　感極まっちゃうのでは？」

母の言葉に父がぐっとつまる。おっとりしているように見えて、母の方がずっと肝《きも》が据《す》わっているのはメレディス家ではいつものことである。

「泣いたら君が慰《なぐさ》めてくれたらいい」

「またそんな子供みたいなことを」

母が窘《たしな》めるように言うが、顔は笑っている。

(相変わらずね)

いつまでも仲の良い両親に、シエナは幸福な気持ちで微笑む。

「しかし婚姻証明書にサインをする式を挙げると殿下から連絡が来たときは驚いたよ。しかも今回のために制度も変えたなんて」

父が表情を改める。

この国では、貴族が婚姻を結ぶとなると王の承認と、それから二人の貴族の証人が必要だが、両家の親であることがほとんどだ。ライリーは、メレディス侯爵にサインをしてもらおうと朝すぐに連絡をしてくれていたのである。

「最初は結婚式の前に事実上の婚姻を？　って驚いたけどね。若者の手本になりたいと書き添えられていて、納得したよ。古い慣習を王族から変えていこうとされるなんて、殿下らしい」

「そう言ってくれて嬉しい」

にこにこしているシエナを見守る両親の顔はどこまでも優しかった。

シエナはいつものようにライリーが準備してくれたドレスを着用した。手の込んだ繊細なレースが美しい白い色の、マーメイドラインのドレスだ。さすがにベールは被《かぶ》らないが、白いレースとパールで可憐な花を模した、華やかな髪飾りを合わせる。

「とってもお綺麗《きれい》です……！」

ドレスアップするのを手伝ってくれたサリーの瞳がうるうるしている。

「ありがとう、サリー」

(まるでウエディングドレスみたいね)

鏡を見て、シエナはそんなことを思った。

そして両親と共に、王宮の礼拝堂へと向かう。ライリーの言っていた通り、身内だけの簡略化された式なので、牧師はいない。礼拝堂に入ると、王と王妃、サインをしてくれることになっているブラックモア公爵、その息子であるネイサンと、シエナの兄アンドリューの姿もあった。突然の招待だったというのに、皆、きちんとした装いをしていた。そしてバージンロードの先では、ライリーが立ってシエナを待ってくれている。

(あ、ライリー様……、お顔がちょっと緊張している)

白いジャケットに白いシャツ、それから細身の白いパンツを合わせたライリーはいつものように超然とした様子だが、シエナには分かる。だって彼女も同じように緊張しているからだ。

差し出された父の腕につかまり、ゆっくりとバージンロードを歩く。一歩一歩ライリーに近づきながら、出会った日からのことが走馬灯《そうまとう》のように脳裏を過《よぎ》る。

無表情だった彼が、シエナの言葉で笑った瞬間。

ネックレスを差し出してくれた日のこと。

二人で積み上げてきた確かな時間。

そして――どんなことがあってもシエナを護《まも》ろうとしてくれる彼のことを。

父の手から離れて、ライリーに託される。ちらりと父を見上げると、目が真っ赤になっていた。

（お父様ったら……あんなに泣かないって言っていたのに）

敬礼をした父は、席についている母の隣に向かい、慰めて貰っているようだ。隣でそんな両親の様子を見て、兄が苦笑している。いつものように仲の良い自身の家族を横目で見ているシエナに、ライリーがこっそり囁《ささや》く。

「シエナ、ようやくここまできたね」

「ええ、本当に」

あまりにも彼が晴れ晴れとした笑顔を浮かべているので、シエナもつられて笑みを浮かべてしまう。

「では、署名をしよう」

二人の前に立った王が取り仕切ってくれる。そうして必要な署名が無事に終わると、皆からおめでとうと声をかけられた。

「うん、ライリー。これはいいものだな。結婚式はどうしても気ぜわしいし、堅苦しくなりがちだから、先にこうやって身内だけで署名をするってのも、悪くないな」

王が何度も頷いている。

「そうですね。制度として強制するつもりはなくても、必要に応じて、柔軟に対応していくことが広まっていけばいいと思います」

ライリーがそう応じた。王はしばらくライリーと会話を続けた後、シエナに向き直った。

「シエナ」

「はい」

「ライリーのことを頼む――これは王としての言葉ではない。父としての頼みだ。ライリーは王子としては優秀だが、それもシエナが隣にいてくれるからこそ。末永く、彼を導いてやって欲しい」

「導くだなんて……もったいないお言葉でございます……！」

恐縮するシエナだったが、すぐに当の本人が王に追随《ついずい》する。

「そうだよシエナ。君が側にいてくれないと、俺は生きていけないからね」

「ラ、ライリー様……その、恥ずかしいです」

「恥ずかしがる必要なんてない。事実だからな」

それを聞いたネイサンは遠い目になり、王は王妃と視線を合わせて声を上げて笑ったのだった。

◇◇◇

夜になって通された新しい部屋は、思っていた以上にこぢんまりとしていたので、シエナはほっと胸を撫《な》で下ろした。もちろんシエナの私室よりは広い――何しろ二人で過ごすのだからそれは当然なのだが、あまりにも豪華すぎたら気後れしてしまいそうだったので、いかにもライリーが好みそうなシンプルな内装で安堵《あんど》したのである。

広めの部屋に、長椅子、ソファセット、本棚、アルコーブ。暖炉の前には毛足の長い、ふかふかの絨毯《じゅうたん》が敷かれていて、クッションまで置いてあった。今の季節はまだ暖炉に火をいれることはないものの、冬になったら活躍しそうである。それから、二人で眠る寝室は部屋の奥にある扉の向こうにあった。天蓋《てんがい》付きの大きなベッドには白い紗幕《しゃまく》がかかっている。

寝室には、浴室と、それからクローゼットもついている。もちろん、王子であるライリーは別途に衣装部屋も持っているが、ここに日常着などが仕舞われている。シエナのデイドレスやナイトウエアもここに運ばれていた。

「お嬢様、寝支度を手伝います」

「ありがとう、サリー」

シエナの髪をゆるく編み込みにして、シルク素材の着心地のよいナイトウェアを着せてくれた。ナイトウェアからは今夜もエキナセアの香りが漂っている。

「ふふっ、いい香りね」

シエナが喜ぶと、サリーは心底嬉しそうな顔で頷いてくれた。

サリーが部屋を出ていくと、一人になったシエナは本棚の前に歩いていき、じっくりライリーの蔵書を眺めてみることにした。彼がよく目を通している難しい経済書や歴史書、帝王学の本に紛《まぎ》れて――。

「やっぱり『スタンリーの冒険』はここにあったのね！」

既にぼろぼろになりつつある皮表紙の本をそっと抜き取る。ソファに座ると、シエナはゆっくりとページを繰って懐かしいその本を読み返すことにした。

ライリーが足早に部屋に入ってきた時、シエナは微笑みながら『スタンリーの冒険』を読んでいるところだった。王子は彼女が手に持っている本に気づくと、照れたように苦笑する。それから、シエナの隣に座ると、手に持っていたものを彼女の目の前にうやうやしく差し出した。

「シエナ、俺の気持ちを受け取って」

差し出されたのは、あの日、母に綺麗ね、と呟いた紫色の健気な野花だった。

「ライリー様、この花……!!」

あの後ライリーがこの野花について言及したことは一度もない。

「王宮の庭園で初めてお茶をしたとき、メレディス侯爵夫人にこの花が可愛いなって言っていただろう？」

「あの会話、聞いていたんですか？」

『スタンリーの冒険』を膝《ひざ》に置き、シエナが震える手でその花を受け取ると、ライリーが彼女の手をそのまま包み込むように握った。

「もちろん。花壇に咲いている花じゃなくて、小さな花にも目をとめるのがシエナらしくて、大好きだ。だから、もし俺が大人になって、シエナと一緒になれる日がきたら、この花を捧げようって心に決めていた——花言葉は、ないけどね？」

最後は冗談めかして付け加えられたが、シエナは潤《うる》んだ瞳でライリーを見上げて、首を横にふる。

「花言葉なんてなくても十分お気持ちは伝わっています、ライリー様」

彼はふと顔を歪《ゆが》めた。

「シエナ。父上も心配していたけれど、俺は君に苦労をかけるだろうね。本当はネイサンあたりと結婚したほうが、平穏な生活を送れるだろう。——だけど、俺は君にそれでも側にいてもらいたい」

「ライリー様……」

「君は他の誰とでもうまくやっていけると思うが——俺みたいな男を理解してくれるのは、シエナしかいない」

彼の瞳に傷ついたような色合いが浮かんでいるのを見て、シエナの心は締め付けられた。

「こうして事実上の婚姻をしても、国のことを優先するのは変わらない、俺は王族だからだ——結局そこは変わらない、……変えられない。なんと誹《そし》られようと変えるつもりもないんだ……でも、シエナともう離れるのは絶対に嫌だ。俺はどちらも手に入れたいと願う、本当に我儘《わがまま》な男だ」

彼の心からの言葉を聞いて、シエナは微笑む。

「私はそんなライリー様をお慕《した》いしています。そうやって国を護るために奮闘なさる貴方が……大好きです」

彼女は自分の手元にある『スタンリーの冒険』と彼が摘んできてくれた紫の小花を見下ろした。

王族であり続けることで、これからどんなことが起こるのかは、正直予想がつかない。もしかしたら、シエナの心を引き裂くような事件が待っているのかもしれない。けれど、シエナはこうやって国を背負っているという確固たる意識を持って、王子としての責務を真正面から引き受けようとしているライリーが愛《いと》おしい。

願わくば、子供の頃に大好きだった本をいつまでも本棚に忍ばせておいてくれる人でいてくれたら。そうして、シエナだけが知っている思い出を大切にしてくれる人でいてくれたら、彼女はそれだけで彼の隣で生きていける。

「こうやって私のことを考えて、自ら花を摘んできてくださる貴方が大好きです——先に行かれても、時々振り返って私のことを見てください、それだけで十分です。ライリー様はライリー様のままでいてくださったらそれでいい。私は最初に出会った日から、貴方の支えになりたかった」

「シエナ……」

ライリーの瞳がきらきらと輝き、シエナの頬に、微かに震える彼の手が添えられた。そのままライリーの顔が近づいてきたので、シエナは瞳を閉じる。

「シエナ、君だけを愛してる……」

◆◆◆

第二王子のライリーは幼少期から大人しく、手のかからない子だった。

聞き分けがよく、口答えもしない。何かをやらせれば、すぐに要領を摑《つか》み、人並み以上の結果を出す。物心がつく頃になると、自分が王子であるという意識をもち、周囲の大人たちが望むことを完璧にしてみせた。

（今思うと、可愛くないどころか、憎たらしい子供だな）

ようやくシエナと事実上の夫婦になれた晩、ライリーは幸せな気持ちでシエナの寝顔を眺めつつ、子供時代の自分を思い返して苦笑していた。

が、自分が《王子》らしい《王子》であることを周囲が何よりも喜ぶことを分かっていて、彼はそうやってずっと自分を殺して生きていたのである。日々は無機質で、彼は何のために生きているのか見失っていた。

（全部、モノクロに見えていたんだよな）

国王夫妻である両親は子どもたちとも節度ある関係を望んだので、彼は乳母《うば》や従者たちの手によって育てられた。そのことに不満はない。けれどそうやってはっきりとした距離があったため、特に幼少期は彼らが両親であるという意識は希薄であった。

自分はこのまま国のために生き、国のために死ぬのだろう。

『お前、そんな人生でいいのかよ？』

そう問いかけてきたのは他ならぬネイサンだった。

彼の父であるブラックモア公爵はありえないくらい進歩的な考えの持ち主で、その影響か子供の頃からネイサンは自分は恋愛結婚をするのだ、と夢を見ていた。

『仕方ないさ。だってそれが王子として生まれた宿命じゃないか』

『でも本当のお前って優等生じゃないだろうが。どこに一人称が《俺》っていう王子がいるんだよ』

ネイサンの指摘通り、十二歳になる頃には、ライリーはすっかり表と裏の顔を使い分けるようになっていた。表は誰もが夢見る完璧な第二王子として振る舞い、裏では――といっても、一人でいる時とせいぜいネイサンがいる時だけだが――それなりに感情の起伏が激しい少年であった。

『ここにいる。でも公の場では使うことはないよ。ちゃんとわきまえているさ』

『お前の二面性がつくづく俺は怖いよ』

ネイサンがじとっと目を細める。

『お前ほどじゃないよ、ネイサン』

『どこがだ！　俺はちゃんと自分に素直だ』

生まれながらの幼馴染《おさななじみ》である彼には、ライリーの本性はばれている。けれど、ネイサンだけだ。

――と、思っていた。

あの日までは。

庭園でお茶会を開き、婚約者を選ぶ――表向きはそう発表されている。他の貴族の手前、そのような体裁をとってはいるが、本当は数年前の兄の時と同じく、裏では誰を選ぶのかはほぼ決められていた。ライリーの相手として、公爵家の一人娘で、内輪で開かれたお茶会で数回会っていた令嬢が選出されていた。名はアンジェリカといった。アンジェリカは金色の髪と碧色《みどりいろ》の美しい瞳を持っていたが、いつもつんと顎《あご》をあげているような娘だった。何を話しかけても、答えは一言、二言しか戻ってこない。だから全くと言っていいほど親しみを感じていなかったし、彼女も自分に親しみを感じていないのは間違いなかった。

（味気ないな、とは思っていたけど……、でもそんなものか、と考えていたんだよな。やっぱりほんっと憎たらしい子供だった）

自分の両親である国王夫妻も、決して仲が悪いわけではなかったが、それぞれ愛人がいたから、そのようなものだろうと諦《あきら》めがついていた。幼い頃から王宮で開かれる夜会に出席していたライリーは、本来の夫婦ではない同伴者を堂々と連れて出席している貴族を見てきたし、それを見て、愛情と肉欲は別だ、と臆面もなく話している貴族たちの存在も知っていたから、彼は最早何の夢も希望も持っていなかった。

『だけどさあ、アンジェリカはないだろ、アンジェリカは。お前と合うとは思えない。あんなに冷淡な令嬢が伴侶でいいのかよ？』

ネイサンが、王家のもくろみを知って、心底嫌そうな顔でそう言う。

『だが、家柄は合うんだ』

『そうやって婚約したお前の兄上みたいになるのか？　いかにも話の合わない相手と婚約して、辛《つら》そうだが』

ネイサンの指摘はもっともなことだ。数年前王家の推《お》した令嬢と婚約した第一王子である兄は、あまり幸せそうには見えない。

『王族に生まれた者の運命だ』

ネイサンは哀れな生き物を見るような目で、ライリーを見る。

『もちろん相手は誰でもいいわけじゃないだろうけど、それにしてもアンジェリカは中身があまりにも残念すぎる。ちょっとこみいった話をしたら、間違いなく不機嫌になるぞ』

『彼女が嫌がる話はしなければいいだろう』

ネイサンがますます顔を顰《しか》める。

『そしたら天気の話しかできないんじゃないか？』

『それで構わない』

『構わないって、ライリー。お前、そんな相手じゃ満足できないだろ？』

『俺は自分がしなくてはならないことをするだけさ』

そう答えると、ネイサンは何か大きな塊《かたまり》を無理矢理呑《の》み込《こ》んだような顔になって、押し黙った。

だがライリーにとって貴族令嬢というものは誰であっても同じにしか思えなかったから、正直アンジェリカで構わなかった……はずだった。


（あの令嬢は、誰だろう？）

自分の婚約者選びのお茶会では、一通り集められた令嬢たち全員と話した後、アンジェリカと過ごせと内密に指示されていた。それに従うつもりだったライリーだが、どうしても遠目でちらりと見た時から、亜麻色《あまいろ》の髪の令嬢が気になって仕方がなかった。

（今まで、会ったことはないよな、会ったら覚えているはず）

王子という立場ゆえ、同じ年頃の貴族令嬢にも多数会ったことがある。だが彼女に見覚えはなかったし、それだけでなく一目見ただけでこんなにも心が揺れてしまうことが初めてで、戸惑《とまど》ってしまう。

人好きのする可愛らしい顔立ちをしているが、集められた令嬢たちの中で飛び抜けて美人というわけではない。容姿だけでいったら間違いなく、アンジェリカの方が整っている。けれども、彼女が見知らぬ貴族子息——後で分かったが、彼女の兄だった——と話しているのを見ただけで胸の奥がちりっと焦《こ》げるような気がする。

(なんだろう、これは……?)

馴染みない痛みを覚える自分の胸を押さえて、ライリーは首を傾《かし》げた。

王子として、他の貴族令嬢たちにも話しかけなければならない。そもそも表向きは自分の婚約者選びである。

まずはもちろん、アンジェリカだ。彼女は美しいライトブルーの、とてつもない豪華なドレスを着用している。きらきらと輝く大ぶりな宝石が目立つネックレスが、彼女の実家の財力の凄さを物語っている。

『久しぶりだな』

ライリーが声をかけると、つんと顎をあげたアンジェリカが澄ました声で答える。

『ええ、お久しぶりでございます』

『……』

『……』

挨拶《あいさつ》を済ませてしまうと、会話が続かなくなってしまった。

『少し歩こうか』

そう言えば、アンジェリカはしなやかな仕草で手を伸ばしてくる。エスコートをしてもらうのは当然といった様子で、それは彼女が高貴な生まれであることの証明でもある。

しかし、ただひたすらに沈黙が続くのみ。何しろ彼女と話したいことがなに一つ思いつかないのだ。

『最近はどうしているんだ？』

当たり障《さわ》りなく近況を聞かせて欲しいと振ってみると、アンジェリカはつまらなそうに答えた。

『いつもと同じですわ』

（いつもと同じって……君のいつもなんて知らないけど）

だがアンジェリカはそれ以上話さず、ライリーも特に興味はない。彼女からライリーに話を振ってくることもなく、それきりだ。ネイサンの指摘通り、アンジェリカとは天気の話しかできないだろう。それも一言二言で終わってしまうはずだ。

拷問《ごうもん》のような退屈な時間が過ぎた後、アンジェリカの次の令嬢との時間になり、いささかほっとしたくらいだった。

（アンジェリカとの結婚が義務……か）

そこでふと亜麻色の髪の令嬢に意識が向く。彼女は美味しそうにお菓子を頬張っていた。

（待て……令嬢が、あんなに口を開けて？）

だがとても美味しそうだ。

ライリーはそうやって責務を果たしながら、意識ではずっと彼女を追い続けていた。他の令嬢たちの会話も、アンジェリカとさして変わらない。

ようやく順番が巡り、彼女の目の前に立つと、ありえないくらいに胸が高鳴る。

「……っ!!」

間近で顔を覗き込んで思わず息を呑む。澄んだ瞳に聡明そうな光が宿り、微笑みを浮かべた口元は彼の心を捉《とら》えて離さない。にっこり笑ってカーテシーをした姿に目を奪われてしまう。今にも駆け出しそうな明るい雰囲気なのに、彼女の挙措《きょそ》は落ち着いていて、どこまでも優雅に見える。

(いけない、質問しなくては……っ)

しかし自分は王子である。心の中の動揺《どうよう》を隠して、何気なさを装って話しかけた。

『君の名前は?』

『シエナ＝メレディスと申します』

彼女は見る人をくつろがせるような笑顔を浮かべて答えてくれる。

(シエナ……、ようやく名前を知ることが出来た)

弾むような胸の高鳴りをやり過ごしつつ、淡々とした口調で尋ねる。

『君の好きなものは?』

『家族で過ごす時間です——今の時期は庭園でのお茶会が何より楽しいです』

『は?』

第二王子としての仮面が一瞬で剝《は》がれてしまった。

実はこの質問は、彼が他の令嬢にもずっとしていたものである。ちなみにアンジェリカの答えは『一番最近、手に入れたドレスかしら』だった。他の令嬢たちも似たり寄ったりで分かりやすかったが、あざとい令嬢などは、『ライリー殿下』とまで答えたというのに。

(こんな子は……今まで会ったことがない)

しかも自分の答えが質問にそぐわないことに気づいた彼女は一瞬で顔が真っ赤になったのがまた可愛かった。可愛かった、あの日のシエナは——今でも可愛いけれど。

『す、すみません、そういう意味ではなかったのですね……失礼いたしました。好きな物は——自分で作ったストロベリージャムを入れた紅茶です』

(は？　言い直して、今度は飲み物を答えるの？)

もう我慢が出来ずに思わず口元を緩めて吹き出してしまう。

(あっ……いけない、気分を悪くするかな)

慌てて彼女に視線を送る。彼が今までに知っていたような貴族令嬢ならば間違いなく不機嫌になるだろう。シエナも自分が笑われたことに傷つくかと思ったら、全くもってそうではなかった。彼女は、ライリーが微笑んだことを喜ぶかのように、更ににっこりと微笑んでくれたのだ。その笑顔を見て、こちらも思わず笑みになるような、そんな可愛い顔で。

(駄目だ、俺はもう可愛いとしか思えない……)

しかもその後、ストロベリージャムを作るなんて貴族令嬢らしくない、というと、『貴族令嬢らしいってなんでしょう』と不思議そうに呟く。今まで王子として生きて、王子として死なねばならないとばかり考えていたライリーに、がつんと頭を殴《なぐ》られたような衝撃が走った。優雅な挙措と、上品な物腰は確かに貴族令嬢のものなのに、彼女はそこに囚《とら》われずに、明らかに自由だった。

一緒に生きていけたら、もしかしたら自分も自由になれるかもしれない、とそう思うほどに。

(この子がいい……！)

その紅茶を飲みたいな、と言ってもシエナは明日ご自分でお試しくださいね、などと言う。一目惚れをした自分にとっては至極物足りない反応だった。次回持ってくるのでまた私を選んでくださいね、などとまったく匂《にお》わせすらしない。

(でも、これが彼女の素なんだろうな)

彼女からは王子妃に選ばれたい、というような気負いは何一つ感じられず、それがまたライリーにとって心地よかった。シエナはライリーのことを、第二王子ではなく、ライリーとして捉えているということだったから。

ライリーは、全ての令嬢たちとの時間が終わると、アンジェリカではなくネイサンと過ごした。それが意味することを理解した上で、そうした。

そしてお茶会が散会して、王宮に戻るとその足で国王夫妻に面会を求めた。国王の私室に通されるや否や、挨拶もそこそこにライリーは用件を切り出す。普段は必ず礼儀作法をきっちり守るライリーとしては異例中の異例のことである。

『シエナ＝メレディス嬢を私の婚約者にしたいです』

『えッ……？』

国王と王妃は顔を見合わせて困惑していたが構わず続ける。

『お願いです、絶対にそうしてください』

『ま、待てライリー……。お前の相手はアンジェリカ嬢ではないのか？　そういうことになっていたと思うんだが……』

『そうかもしれませんが、私はシエナ＝メレディス嬢がいいのです』

国王はいったん口を開け、また閉じた。それから首を傾げながら、ライリーに尋ねる。

『まぁ、いったん話を聞こうか。メレディスというと、メレディス侯爵家の令嬢だな？』

『そうです』

国王はそうか、と言ったきり黙り込んでしまう。

『父上、彼女は今日のお茶会に招待されていた令嬢です。だから、問題はありませんよね？』

かつてないほど性急なライリーに、国王はなだめるように声をあげた。

『今日はまだ初回だぞ、ライリー。とりあえず、お前の希望は承知した。メレディス侯爵家といえば悪い噂は聞かないが、とりあえず私の方でも改めて調べてみよう』

『絶対ですよ、父上！　絶対ですからね!!』

『あ、ああ……』

国王は最後まで呆気に取られているようだったが、約束は守ってくれた。次のお茶会にもシエナの姿があった時はとてつもなく嬉しかった。

その日から、ライリーはシエナのことしか見ていない。

他の令嬢なんて一切目に入らない。とにかくシエナのことを知りたくて必死だった。話せば話すほど、彼女に夢中になっていく。聡明で、明るくて、素直なシエナ。家族との関係が信じられないほど円満で親密であることも知った。内面が輝いているだけではなく、外見だって誰よりも自分好みだ。どうして自分にとってシエナだけが違うのか、ライリーには分からない。けれど、シエナという本物を知ってしまった自分は、偽物で我慢できるとは到底思えない。彼女と過ごしていると、モノクロだったはずの世界に色を感じられるくらいだ。

ネイサンが知ったら、ほらみたことか、というだろう。

シエナを婚約者にする、という意思が凄まじく固いということを知った国王は、アンジェリカではなくシエナを婚約者に据えるということが一体どういう問題を孕《はら》む可能性があるかを懇々《こんこん》と話して聞かせた。幸いアンジェリカを選んでいたのはまだ内輪での話であって当の公爵家までは話は通っていなかったが、アンジェリカと結婚すれば王家の地盤がもっと強固になるという明らかな理由がそこにはあった。

それでも、父の話をライリーは黙って聞いた後に、父に約束した。後にも先にも、第二王子が国王にこんなに自分の意見を強固に押し通したことはなかった。

『分かりました。私は第二王子として恥ずべきことのない人間になります。いつでも国を優先すると誓います。そうすることでシエナを護ります。王子として、父上たちが誇りに思えるように邁進《まいしん》します。でも、私には絶対にシエナが必要なんです。それだけは譲れません』

国王はライリーを、何かを判断するようにじっと見つめていた。ようやくひとつため息をついて、王妃を見た。

『まぁ、ライリーは第二王子だし、公爵家の娘でなくてもいいか……。シエナ＝メレディス嬢は評判の良いメレディス侯爵家の娘であるし……ただし、今言ったことが守れなかったら、その時は分かっているな？』

『はい、分かっています』

ライリーの心は決まっていても、メレディス侯爵家から断られる可能性は残っていた。

だがシエナが自分との婚約を受け入れてくれたから、ライリーは天にも昇る気持ちになった。

それを親友であり幼馴染であるネイサンに伝える。

『そうか、よかったな』

ふっと笑ったネイサンの顔に過った陰を見て、ふとライリーは彼もシエナのことを憎からず思っているのではないか、と気づく。

『ネイサンは、メレディス嬢のことを知っていたか？』

試すつもりで尋ねてみると、ネイサンは歯を見せて笑った。

『いや、あのお茶会に招待されるまでは知らなかったよ。でも……いい子だよな、笑顔が素敵だった。あんな子は……見たことがなかったな』

賢明なネイサンはもちろんそれ以上何も言わなかった。ぐっとライリーは手を握り、絶対にシエナを手放すものか、と心に誓う。自分が国王にした約束を違えれば、シエナではない婚約者をあてがわれてしまう可能性が残っているし、もしそうなればシエナは他の令息に奪われてしまう——ネイサンのような。

だからそれからのライリーは第二王子として恥ずべき行動をしないようにと邁進することとなる。シエナも一生懸命に第二王子妃となるべく、彼を理解しようと努めてくれた。彼が王子として出来ること、出来ないこと、優先すること、優先出来ないこと——を理解した聡明なシエナが、ライリーを煩《わずら》わせることなど一度もなかったのである。

そしてシエナさえいれば、ライリーは他に何もいらなかった。


だが、そこにあの日突然の横槍《よこやり》が入ることとなったのだ。

ドブソン嬢が、魅了の魔法を自分にかけようとしていることに気づいた時、本当はすぐにシエナに打ち明けたかった。けれど魔法がかからないという王家の秘密の話をすることが出来ない上、ドブソン嬢が元々シエナの友人であったことが話を複雑にした。ブラックモア公爵家は、数少ない王家の秘密を知る一族で、だからライリーはすぐにネイサンに相談したのである。

『今はまだ話さない方がいい。俺も同じ意見だな、ライリー』

『だよな……。それにドブソン侯爵とドブソン嬢は、もともとシエナに執着している気がするんだ』

『そっか、それは怖いな』

ネイサンの顔が曇る。自分も似たような顔色だろう。

『彼らがシエナに危害を加えないかが心配だ。王宮よりももっとシエナを安全な場所に移したい』

それにシエナならば、きっと何かが起こっていると気づいてくれる。自分を……信じてくれる、はずだと。そして、ライリーが話さない選択をしたことをシエナなら理解してくれるはずだ、と必死で自分に言い聞かせた。

これが最善の策だ。彼女に何かあったら自分は生きていけないのだから。ライリーは理性を総動員してその決断を下した。シエナのブラックモア公爵家への滞在を決めたのもライリー自身である。ネイサンがシエナのことを女性として想っていることには気づいていたが、彼の忠誠心も疑ってはいなかった。事情を知っている、切れ者のネイサンがいるブラックモア公爵邸以上の安全な滞在先はない。かくして、ドブソン侯爵を駆逐《くちく》するための作戦の火蓋《ひぶた》が切って落とされた。

(だが本当に辛い日々だったな……)

ライリーは今でも思い出すと暗澹《あんたん》たる気持ちになる。

そもそも、ドブソン嬢に《魅了の魔法》に彼がかかっていると思わせるために、シエナに婚約破棄を言い渡すときも辛すぎて、彼女の顔を見ることが出来なかった。あんな風に青ざめた彼女の顔は二度と見たくない。その夜から、彼女の痛々しい顔が脳裏から離れなくてろくに眠れなくなった。

それからシエナとの記憶を辿《たど》っていると——そこで、王都中央公園を訪れたときの会話を思い出したのだ。

言葉を交わせない、手紙も送れないのだから、花を贈ろう。

婚約破棄を伝えた翌朝から、自分で手配した花をブラックモア公爵邸に届けることにした。ささやかな会話であるが、シエナであれば、きっとあの庭園での何気ない会話を覚えていてくれるはず。

きっと気づいてくれるはず。一縷《いちる》の望みをかけて、花を贈り続けた。

青いアスターがシエナから届いた日、それまで暗闇に沈んでいたライリーの心は彼女によって救われた。


国王に私室に呼ばれ、イモージェンと密会していることを問いただされたとき。

ライリーはその時点で分かっていることと共に、シエナについて話した。

『シエナにお前が話さなかったことは評価しよう。確かに婚約者である彼女が知ってはならない内容も含まれている。王族たるもの、配偶者にですら、なんでも話せばいいというものではないからな。まぁシエナは理解してくれるだろうよ』

王の労《ねぎら》いなど、今のライリーにとっては何の価値もない。

『ですが、私は次に同じようなことがあったら耐えられる自信がありません。だからシエナと一緒に暮らす許可をください。王子としての責務はおろそかにしません。とにかく、このままでは頭がおかしくなります』

二の句の継げない国王に、ライリーは更に続けた。

『そもそも正式な式をするまで婚約者だなんて、長すぎます。シエナはもう十分に王子妃の教育を学んでいて、資格は十分にある。王家の慣習を変え、一刻も早く婚姻することを許していただきたい。どうしても無理だと仰《おっしゃ》るならば、王位継承権を放棄したっていい』

◆◆◆

国王は冷静にだが驚きを持ちながら、突拍子もないことを言い出した次男を見つめていた。

ライリーは確かに子供の頃から聞き分けがよかった。その彼が唯一我が儘を通したのが婚約者選定の時である。しかもその後、国王自身がシエナ＝メレディスという娘を知るにつれ、ライリーの慧眼《けいがん》には密《ひそ》かに感服していたのだ。シエナがとても聡明で周囲に気配りの出来る、王子妃としてふさわしい娘だったからだ。

その上、ライリーはシエナを婚約者として得てから、彼自身が宣言した通り、王子としての責務を果たすべく、血のにじむような努力をしていたのも見守ってきた。今回も、本当ならばシエナに全てを話して、側から離したくなかっただろうに、王国のことを第一に考えて、彼女を一旦手放すという決断を下した。もちろん彼女の安全面のこともあっただろうが。

『一人の女に夢中になりすぎるのは、王族としてあまり好ましいとは言えないぞ。その女のために判断が狂わされるような事があってはならないからな』

ぐ、とライリーが息を呑む。彼がこうしてありのままの感情をのぞかせるのはシエナのことに限り、そしてあまりにも悲痛そうな彼に、至極珍しいことではあるが、国王に父親としての顔が覗く。

『確かにシエナがそのことを盾にお前を操ろうとするとは到底思えないが……。要するにシエナさえ側にいれば、今後もお前は王子としてきちんと立場をわきまえていくということだな？』

『はい。一緒に住んだとしても、必要がないと思われることはシエナには話しません。王族になっても彼女が全てを知ることができるわけではない。――でも、毎日彼女の顔が見たいんです』

ライリーの視線と答えにはかけらも迷いがない。

国王は息をついた。国王は王妃とは政略結婚で、相手のことを思いやり尊重してはいるが、ただそれだけの関係だ。王妃が王子を二人産み落とした後は、自然と距離が生まれた。今までに愛人は何人か持ったが、どの女性も取り立てて彼にとっては意味があるわけではない。婚約者の顔を少しでもいいから毎日見たいと希《こいねが》うライリーのことが、息子ながら羨《うらや》ましく思ったのも事実だ。

『分かった。だが、具体的にどうしたいのだ？　正式な結婚式の日程はどうしても動かせないぞ』

『はい。可能でしたら、事実上の婚姻を結びたいと思っています』

それからライリーが、最近の貴族の若者が正式な結婚式の前に、事実上の婚姻を結んでいることを語った。

『ふむ、それは確かに聞いたことがある』

『父上のお力を借りなければなりませんが、制度を整えさえしたら、可能かと思います』

国王はじっくりその提案について考えてみた。

『なるほど……そういう意味か』

ライリーは黙って国王の決断を待っている。しばらくして、国王は頷いた。

『では、シエナにつけている王子妃教育の家庭教師たち全員に、彼女が王子妃としてふさわしいかどうかを尋ねて、彼らが了承してくれれば事実上の婚姻を結ぶことにしよう』

『俺のシエナがふさわしくないわけがありません』

当たり前のようにライリーがそう言うので、真面目な話をしているというのに国王は少し苦笑してしまう。

『確かにシエナは優秀だからな。彼らの承認を持って、婚姻証明書にサインをする時間を持とう。国王である私と、それから二人の貴族の署名が必要なのは普通の婚姻と同じにしよう。それからならばシエナと同じ部屋で暮らしても誰も何も言わないだろう』

ぱっとライリーの顔が輝く。

『感謝致します、父上!』

『だが、きちんとお前が今回の事態を収束して、ドブソン侯爵を処罰するまでに至ることが条件だぞ? 果たした時にはシエナと事実上の婚姻を結ぶことを許可しよう』

『承知しています』

そこで国王はふと思いついたことを彼に尋ねる。

『しかし今回のことで、シエナが婚約破棄をしたいと言ったらどうする?』

出来心で聞いてみた。しかし、息子の顔を見て、王は軽口を叩いたことを少々後悔する。

『そうではないことを願うだけです——もしそうなったら私はどんな手段を使っても彼女に縋《すが》るつもりですがね』

『……!?』

次男の人としてはあり得ない悪い表情に国王が驚いているうちに、礼をしたライリーは振り返らずに王の私室を出ていった。

◆◆◆

ドブソン嬢の従者が一人でやってきたのは、王の誕生祝いの夜会が開かれるその前夜のことだった。

既に手を回して、《魅了の魔法》をかけることが出来る魔導具を作った魔法使いは確保していた。魔法使いは脅されていたとはいえ、ドブソン侯爵の言いなりになっていたことを心から悔いていると涙を流した。聞けば、彼の妹家族は魔法が使えない普通の人間として生きているのだが、ドブソン侯爵は妹家族をいつでも殺せるぞ、と脅してきたらしい。

『さすがに妹家族を永遠に護り続ける魔導具を作ることは私には出来なく……致し方なく彼に従っていました』

魔導具はどんな小さな魔法であっても、解けたときに返りがあるからだ。

『……どこまでも醜悪《しゅうあく》な男だな』

ネイサンがそう吐き捨て、ライリーも冷たい目をしたまま頷く。

ただ単に魔導具を作り、提供しただけだった魔法使いは、ドブソン侯爵の企てている計画の詳細までは知らなかった。これではドブソン侯爵を捕縛するには、まだ証拠は不十分である。

(どちらにせよ、注目を浴びることのできる父上の誕生祝いの夜会で何かは仕掛けてくるだろう。

騎士たちの配置を通常とは変えなくては）

それだけではシエナを護り切れないかもしれない。

『私の婚約者を護るような魔導具はないか。悪意ある者から彼女を護れるような……。効果は一日保てばいい。魔法返りがないものを所望する』

『短時間でしたら、可能かと』

拘束《こうそく》した魔法使いにそう尋ねると、彼が魔法の粉を作り出した。それは銀色だが振りかければ透明になり、またほんの少量でも効果が期待できると言う。

『彼女が身につけているものに振りかけても問題ないな？　相手が魔法にかからなくても』

『もちろんでございます。その方の所有物に、できれば数ヶ所に分けていただいた方が効果は期待できるでしょう』

念の為自分で試すにしても、誰かに試してもらうにしても、心から害するものからの攻撃がないと発動しないので難しい。それでも魔法使いは、ドブソン侯爵に騙《だま》され、脅されて自分はあの魔導具を作ったのだといい、贖罪《しょくざい》の気持ちを込めたと述べていたから、信じるしかない。術者は嘘《うそ》をつけないことをライリーは知っている。

シエナの安全のため自分の側にいてもらうと決めてはいたが、夜会の間なんとかしてドブソン侯爵の尻尾《しっぽ》を掴まないと、彼女とはまた離れ離れで暮らさないといけない。これ以上の別離は、正直ライリーには耐えられない。明日こそ決定的な証拠を掴むのだと逸《はや》る心に言い聞かせていた矢先のアーセムの来訪だった。

王都中央公園でネイサンが彼と接触したことは聞いていたため、ドブソン嬢の暴走を止める楔《くさび》になってくれるのではないかと考え、会うことにした。

『お目通りくださり、ありがとうございます』

浅黒い肌を持つ従者は膝をつき、感謝を述べる。

『時間が惜しいから、顔をあげて要件を早く言え』

そう言うとようやく顔を上げた従者は、どこまでも思い詰めた表情を浮かべている。

『私は……イモージェン＝ドブソン侯爵令嬢の従者でアーセムと申します。従者ですが……彼女が平民だった時の、幼馴染です。私たちは貧民街で育ちました——私は、彼女を助けたい。このままでは彼女は破滅してしまう』

きっぱりと言い切ったアーセムの瞳には必死さが窺えた。確かに、ドブソン嬢を待つのは「死」のみだ。

アーセムがドブソン侯爵邸で繰り広げられていた《ドブソン侯爵の第二王子妃への執着》に関する出来事を洗いざらい話し、また明日の夜会での計画も全て詳細に証言してくれたため、ようやくドブソン侯爵を捕まえる手はずが整うこととなった。しかし、ドブソン侯爵の計画を聞いている間、ライリーはぎりぎりと自分の手を握りしめていた。

（シエナを——この世からなくす、だって？）

嗜虐癖《しぎやくへき》のあるドブソン侯爵の計画としては、下賤《げせん》な男どもにシエナを散々嬲《なぶ》らせるつもりなのだと聞いて、腹わたが煮えくり返るほどの怒りを覚えた。しかもドブソン嬢には、王子との既成事実を作るようにと命じていたそうだ。

アーセムの告白により男どもの素性は割れた。ドブソン侯爵が不審を抱かないように彼らが王宮にやってきてから拘束する手はずを整えた。

ドブソン侯爵に関しては、現行犯で捕まえることになった。

『俺は、最後までカイリーを説得してみます。カイリーを食い止めることができれば、感情を抑えることのできない侯爵はきっと暴れて、自滅すると思いますから』

悲壮《ひそう》な顔つきのアーセムは相当な覚悟を持っていただろう。行き場がなく虐待されていたドブソン嬢には哀れみを覚えるものの、怒りが勝っていて今はまともな判断は出来そうになかった。

『わかった――では明日の夜に』

『温情をいただけましたことを感謝いたします』

ぎり、と爪がますます手に食い込んだが、素知らぬ顔をして頷く。アーセムは最後に深々と頭を下げて帰宅した。アーセムの働きに少しは期待するしかない。

こんなに感情が揺れているときでも王子としての仮面を被っていられることに、自分でも呆れてしまう。内心怒り狂っているし、叫び出したかったが、ライリーはずっと超然とした態度でい続けた。おそらくアーセムは彼の心の荒れ様には気づいていないだろう。

『王との約束に反するが、必要とあれば明日シエナに話す』

我慢ならずネイサンにそう宣言した。もちろんネイサンも反対はしない――シエナの身に危険が迫っているのだから。

『分かった。とりあえずシエナには何事も起こらないように気を配ろう。ライリーはとにかくシエナの側を離れないように……でもドブソン嬢がシエナを誘い出しに来たら、行かせてやらないといけないな』

『くそっ……俺はその時我慢できるか分からない』

ライリーが思わず片手で自分の顔を覆《おお》うと、ネイサンが励ますようにライリーの肩に手を置く。

『打てる手はすべて抜かりなく打っているだろう？　それにシエナはちゃんともう自分の頭で判断して状況を理解している……。間違いなくほぼ正解に辿り着いているだろう。彼女なら大丈夫』

シエナなら理解してくれるはず。

皆が口を揃えて言うが、ライリーは気づいていた。

《王子である貴方ならこうであるはず》

《王子なら理解できるはず》

周囲の人々の決めつけが苦しかったのは他でもない、かつての自分である。

だからこそ自由なシエナに憧れ、彼女を望んだのに、結局自分はシエナに甘えて、かつての彼らと同じことを彼女に期待している。

(これが終わったら……二度と同じ轍《てつ》を踏まないように、シエナの立場を絶対に俺から切り離せないようにする——絶対にだ)

シエナがドブソン侯爵と対峙《たいじ》している間の、数分。

彼の人生であれ程長く感じられる、辛い時間はなかった。

万が一の場合に必要があるかもしれないとポケットに忍ばせていた小型ナイフを握りしめたまま、ライリーは耐えた。痛みがなかったら、ライリーは目の前の扉を開けて、そのナイフを躊躇《ちゅうちょ》なくドブソン侯爵に突き立てたであろう。

◇◇◇

翌日、シエナが目覚めると、隣にライリーが眠っていた。昨日皆に祝福されながら事実上の婚姻を結んだこと、それから昨夜二人の間に起こった出来事を思い返しながら、シエナは一人で真っ赤になってしまう。

そこでライリーが微かに呻《うめ》き、寝ぼけながらもシエナを引き寄せたので、ふわりと彼の香水の香りが漂った。彼の寝顔を見るのは初めてだが、出会った頃を思い出させるあどけなさがあった。

胸がきゅうっとしてそのまま天井《てんじょう》を見上げる。すっかり部屋の中は明るい。昼近いはずだが、さすがのライリーも今日は公務は休みにする、と言っていたから起こす必要はないだろう。

小さい頃から彼の側にいて、ずっと支えたいと、頼られていたいと思っていた。それは純粋な思いで、王子としてのライリーに捧げられていた。ライリーから王子という立場を切り離して考えるのは難しい。

けれど今、シエナは初めて強く願った。彼という男性に愛される唯一の女性になりたいと。シエナは王子としても異性としてもライリーのことが愛おしい。

彼が《魅了の魔法》にかかってしまわなくてよかった。彼を失っていたら、シエナの心は砕け散ってしまっていただろう。それくらい、シエナはライリーのことを深く愛している。大丈夫。全ては間に合った。ライリーが気づいて、未然に防いだ。何も起こらなかった。今、シエナの隣にはライリーがいてくれる。

そこまで考えたところで、ライリーの力強い手がぐっと彼女を引き寄せた。そこでライリーが目覚めていることを知った。

「おはよう、シエナ」

寝起きだからか、いつもよりも気怠《けだる》げな彼の声が響く。

「おはようございます……、ライリー様」

あまりの気恥ずかしさに消え入るような声でシエナは答えた。

「ああ、朝目覚めたらシエナが隣にいる。幸せだ……それにこんなに眠れたのは久しぶりだな」

うーんとライリーが満足そうに呟き、彼女の髪に自分の顔を押しつける。

「眠れなかった？　そうですよね、色々あったから……ようやく終わった、という感じがしますね」

シエナの返事に、ライリーはすぐには答えなかった。

ナイトウェア姿のシエナとは違い、彼は寝間着のズボンだけを穿《は》いて上半身は裸で、そして二人の間には一切の距離がなくなり、新しい関係になったことを感じさせてくれる。

「君のことを何回も夢に見た」

シエナの髪をゆっくりと撫でながらライリーがぽつりと呟いた。

「離れている間に、君が俺に愛想をつかせて、ネイサンと去っていく夢も見た。王子である貴方にはついていけない、とも言われたな。王子でしかいられない貴方と歩む自信がない、とも」

(えっ……!?)

シエナはぱっとライリーを見る。

「まさか、私がそんなことをするわけがありません」

うん、分かっている、とライリーが今度は彼女の肩を優しく撫で、そのまま背筋を滑らせて、腰に触れてから止まった。布越しではあるが、彼の手が熱くなっているのを感じる。

「ただの夢だ。どうしても眠ると悪夢しか見ないから、なるべく寝ないようにしてたんだが……普段、無意識に思っているんだろうな……。自分が王子という立場にがんじがらめになっているのを、誰よりも俺が歯がゆく思っているんだ。勘違いしないでくれ、シエナが理解した上で側にいてくれているのも知っているし信じている」

「はい」

ただ……辛すぎた、と静かにライリーが囁く。

「シエナと会えないことが辛すぎて……、それでも王子としての責務から逃れることの出来ない自分に絶望しながら、思ったんだ。次に似たようなことがあったら、誰がなんと言おうと、俺はもうシエナには全てを話すと決めた。離れるのはもう嫌だ——本当に本当に辛かった。シエナが王子らしくないって幻滅したとしてもそうすると決めて、父上にもそう言った」

「陛下に？」

「ああ。もう二度とこんなことは御免だと。今回はなんとか踏ん張って頑張るけど、次回は王位継承権を棄ててでも、俺はシエナとはもう絶対に離れないと、父上に——ごねた」

ドブソン侯爵の件でそうすると決めたのはライリー自身だったというのに、八つ当たりをする子供のようだ。シエナは思わず苦笑を漏《も》らす——幼い頃はまったく子供らしいところなんて見せもしない人だったのに、これだけ大きくなってからごねられたら……。

「陛下は相当驚かれていたでしょう？」

「それはもう、凄まじく」

彼は軽い口調で肯定するが、普段聞き分けがよく、大人びた行動をする第二王子を前に、国王がどんな顔をしていたかを想像するのは難しくない。まるで遅れてきた反抗期としか言いようがない。

「でもまぁ、納得はしてくれた。俺がシエナに関してだけはいつも我が儘を通すからね。もちろん、父上は君のことが好きだから、こうやって事実上の婚姻を結ぶことを許してくれたんだけどね？意外に進歩的な考えだったな」

「まぁ……！」

ライリーがちょっとだけいたずらっ子のように、口角を上げる。

「なんだったらさっさと子供だって作ったらいいと言ってたんだ」

（えっ、まさか陛下がそんなことを……!?）

シエナはびっくりしてライリーを見た。

同時に彼女はみるみるうちに真っ赤になってしまう。

「ライリー様、さ、さすがに、恥ずかしいです」

快活な笑い声をライリーがあげる。

「ごめんごめん。でも、進歩的だろ？　ただ……子供に関しては、俺がシエナと二人で過ごしたいから、しばらくは考えなくていいかな」

そこで彼がそっとシエナのお腹《なか》の上に手を滑《すべ》らせた。

「まぁ子供がすぐに出来たら外野がうるさいかもしれないな──俺が護るけど」

王位継承の順序問題から、王族にとって子供を作る行為は慎重に行われるべきだという考えはシエナにも理解出来る。本来なら婚約者であるシエナとも、数年後の結婚式まで部屋を共に出来ない慣習からしても明らかだ。

「でも、兄上のこともあるから、そんなに言われないかもしれないな」

ライリーより四歳年長の第一王子は結婚したものの、まだ子供はいない。

「兄上のところは、もう不仲だろう？　兄上は父上たちに言われるがままの令嬢を娶《めと》ったからね。義姉上《あねうえ》は美人だけど、気位だけが高くて、優しい兄上には全然相応《ふさわ》しくない……。もう数年経って子供が出来なければ側妃《そくひ》を娶らないといけないかも知れない。そうしたら義姉上はプライドを傷つけられてますます冷淡に振る舞うだろうな。悪循環だ」

第一王子妃は公爵家の出であり、とても美しいが、典型的な高位な貴族令嬢で、彼女の関心はドレスや宝石、友人とのお茶会にしかない。残念ながら学者肌の第一王子とはあまり気が合うようには見受けられない。おそらくライリーの憂慮《ゆうりよ》通りの未来になるだろう。第一王子は、将来国王として即位することになるので、ライリー以上に世継ぎの問題がのしかかってくるのは間違いない。

「俺はそんな心配はいらない。君以外いらない。あの日、君を見つけられて本当に幸せ者だ」

ぐりぐり、と自分の頭をシエナの頭の上にくっつけてくるライリーは、普段よりも数段甘えん坊だ。そして、今の彼は饒舌《じようぜつ》でもある。もともとシエナにはよく話してくれるし、笑ってくれるけれど。

「私も、幸せなんですよ？」

シエナはこの親密な空気の中で、改めて彼に伝えたくなった。彼女がそう言えば、回されている彼の腕にぐっと力が入った。

「最初に会った時に、ライリー様に一目惚れしましたから」

「まさか。君は感じは良かったけれど、そういう意味では俺にまったく興味がなさそうだった」

「その時は気づいていませんでしたけど、後から思えばそうだったんです。だからライリー様の婚約者に選んでいただいて、私はずっと幸せなんです」

ふうっとライリーはため息をつく。

「そんな話聞いたことなかったが……これからもずっとそうやって言ってもらえるように努力する。ああ、でも懐《なつ》かしいな。君の紅茶の話、昨日聞いたことのように思い出すよ」

「ふふ、懐かしいですね」

婚約者として決まった後に、実際にシエナが拵《こしら》えたストロベリージャムを紅茶に入れて彼に出した。意外に甘党だった彼は、喜んで全部飲んでくれた。マーマレードより、シエナのストロベリージャムのほうがいいとまで言った。

やがて将来の王子妃としての自覚を持つようにと教育を受け始めたシエナは、貴婦人が厨房《ちゅうぼう》に立つのははしたないということを学び、自家製のジャムを入れた紅茶はそれきりになってしまったが。それでも時々、二人でお茶をする時にはジャム入り紅茶を飲むことがある。そんなときにはライリーの顔は過ぎた過去を思い出して、懐かしげになる。そういう二人だけのささやかな記憶をこれからも大切にしていきたい。

「俺がジャムを作るなんて貴族令嬢らしくないと言ったら、あの日君が言ったんだ――『貴族令嬢らしいって何でしょう?』って。頭を殴られたかと思った。俺は、あの時までずっと『王子らしい』ことだけを選んで暮らしていたから。まあ、結局今もそうなのだが」

シエナは思わず顔を赤らめた。こんなに王子として真っ当に生きようとしている彼に何ということを。

「私、今から思えば……なんて失礼なことを申し上げたんでしょう。不敬罪に当たりますね」

ライリーが優しく彼女の背中を撫でた。

「俺にとって、あれが決め手だった。君のその自由さに憧れた……王宮という狭苦しい檻《おり》に閉じ込めてしまって悪い。でも、離してはあげられない」

シエナの心に、ある一言が浮かぶ。

彼女は半身だけ起き上がると、ライリーの耳元まで自分の唇を寄せた。

「離さないで」

そう、囁く。

「シエナ……？」

ライリーが驚いたように目を丸くする。

そうしてシエナは自分からライリーに抱きついた。シエナがライリーにこうやってはっきりと側にいたいという意思を表すのは初めてのことだ。ライリーが柔らかい彼女の身体を抱きとめながら、その囁きに身体を震わせる。

「ライリー様、私を離さないで……。どうか、ずっと……。それだけ分かっていれば、私は――」

シエナは目が覚めたときに考えていた自分の気持ちを素直に吐露《とろ》した。

「私は一人の女性として、一人の男性としてのライリー様を愛していきたいんです」

黙って聞いていたライリーは何も言わずに彼女の額に自分の額をつけて、目を閉じた。やがて、彼の眦《まなじり》からつうっと涙の滴《しずく》が零れる。

「ライリー様、泣いて……？」

「うん。君が……俺のものになったから……。もしかしたら、今回、失うかも知れないとずっと怖かった……本当の俺は、弱い人間だ……だけど、それは君だけが知っていればいい」

彼は目を開けると、シエナを見つめる。その眼差しは愛しい者にだけ向けられる暖かい光を宿している。

それ以上もう言葉は必要ではなく、二人はそれからずっと黙って体温を分け合っていたのであった。

エピローグ

ぼんやりと意識が覚醒《かくせい》した。

信じられないくらい身体《からだ》が気怠《けだる》く感じられ、指一本も自由に動かすことが出来ない。しかし、どこかで誰かが自分に話しかけている声が聞こえる――低くて、柔らかくて、自分の大好きな、この人は――。

「ア、アーセム？」

ざらつき、掠《かす》れた声しか出なかった。喉《のど》の奥に何かがつまっているかのように感じられ、瞼《まぶた》は重すぎて開かないけれど、誰かが力強く手を摑《つか》んでくれたのが分かる。

「カイリー、目を覚ましたのか？　俺のことが分かるか？」

カイリーはほっと安堵《あんど》した。ごつごつした大きな手とこの声、この話し方――間違いない。そうして、ようやく目が開いて焦点が合って――――啞然《あぜん》としてしまう。

「アーセム、おとな……？」

ベッドサイドには確かに彼女の大好きな黒髪の幼馴染《おさななじみ》がいた。けれど、確か自分たちは十歳過ぎのはずで……しかし彼はどう見ても二十歳《はたち》は超えていそうな堂々とした成熟した体軀《たいく》を持っていた。

「カイリー、もしかして……記憶がないのか？」

◇◇◇

アーセムからシエナに一報が入った時、彼女はカイリーに会うべきかどうか迷ってしまった。聞いたところによると、当初から予想されていた通り、イモージェン＝ドブソンになってからの記憶がごっそりと抜け落ちているとのこと。アーセムからは、是非会いに来てほしい、とのことだったが、自分が会うことでもしかして刺激してしまって、不愉快《ふゆかい》な記憶を思い出すことになったらと考えたからである。カイリーには会いたいが、彼女の未来を変えてしまうことになったら、取り返しがつかない。

「ライリー様、どうしましょう？」

困って彼に相談すると、ライリーは穏やかな笑みを浮かべた。

「シエナの好きなようにしてくれて構わないよ……ただ、魔法使いによれば、彼女がもし記憶を失っているとしたら、それが戻る可能性はほとんどないとのことだったよ」

それほど《魅了の魔法》を使って、心を捩《ね》じ曲げることの代償《だいしょう》は大きかったのである。

「……そうですよね。では、一度彼女の顔を見に行ってみたいと思います」

シエナは逡巡《しゅんじゅん》の末、結局アーセムの招待を受けることにした。

王都の外れにある彼らの家はこぢんまりしていて、住み心地はとても良さそうだった。

「ようこそいらっしゃいました」

出迎えてくれたアーセムは、穏やかな表情を浮かべていた。

「こちらこそお誘いくださってありがとう。それにしても素敵な家ね」

「全ては殿下《でんか》のお陰です」

実はライリーが、国に没収されたドブソン侯爵家《こうしやくけ》の財産の一部をカイリーが受け取れるように秘密裏に手を回してくれたので、アーセムは看病に専念することが出来ているのだが、表立っては誰も知らないこととなっている。だからシエナは微笑《ほほえ》むだけに留めた。

「カイリー、お客さんだぞ」

居間に入った途端、シエナは息を呑《の》んだ。

カイリーは、今までに見たことのないくらい質素なドレスを着ていたが、見違えるようになって目の前のソファに座っていた。化粧《けしよう》はほとんどしていないが、必要がないくらい可愛らしい。カイリーはしかしシエナを眺めて、眉に皺《しわ》を寄せる。

「すごく綺麗《きれい》な方ね……でも、ごめんなさい、何も思い出せない」

カイリーがそうやって申し訳なさそうに謝るが、シエナは微笑んだ。

「ううん、いいの。私はシエナ＝メレディスと申します。……大変だったわね、記憶がなくなって」

なるべく軽い調子で話しかけた。

「はい……貴女《あなた》は私のお友達だった方なんですよね？」

そうやってこちらを見つめるカイリーは、最初に会った日のようにおどおどした表情ではなく、真《ま》っ直《す》ぐな視線を向けてくる。

（ああ、これが本当のイモージェン……、カイリーなのね）

「そうよ。最近はあまり会えていなかったけれど、私たちは友達だったわ」

それを聞いて、カイリーがぱあっと表情を明るくする。

「やっぱり！　貴女に会っていても、全然嫌な気持ちがしないの。私、記憶を失う前、貴女のことが好きだったのね。お友達って聞いて納得したわ」

「……っ」

シエナは言葉を失った。カイリーからは貴族令嬢として受けた記憶が全て抜け落ちているからか喋《しゃべ》り方が幼い。けれど、愛されて育ったことが分かる、素直な物言いだ。

「目が覚めたら突然大人になってたから最初はびっくりしちゃって。でも前住んでいた家より全然綺麗だし、安全なところだし。温かいご飯も食べられて！　それに、ずっと大好きだったアーセムが恋人になっていて驚いたけど、すごく嬉《うれ》しかった。ママもたまに会いに来てくれるし、貴女みたいな素敵なお友達もいたなんて、私は幸せだったのね」

「そうね……」

シエナがなんとか肯定すると、カイリーは部屋の隅で彼女らを見守っているアーセムに向かって、にっこりと笑いかけた。シエナが視線を向けると、彼も優しくカイリーを見つめて微笑みを浮かべている。その姿はいかにも相思相愛の恋人同士そのものだ。

（これで良かった、なんて誰にも言えないけれど……）

それでもこのままカイリーの記憶が戻らないで、アーセムとどうか心穏やかに暮らしてほしい。

「また来てね、シエナ！」

少しだけ会話をした後、帰ろうとしたシエナを、玄関までアーセムと共に見送ってくれたカイリーがにこやかに笑った。カイリーは数ヶ月寝たきりであったため、極端に体力が落ちていて、彼に支えられないと少しだけ危なっかしい。しかし二人で寄り添っている姿は番《つがい》の鳥のようにしっくりしている。

「ええ、よければまた伺わせて」

「絶対来て！　次に来てくれたときには、もうちょっとお茶とか自分で淹《い》れられるようにしておくから！」

バイバイ、と最後まで楽しそうなカイリーの声に見送られて、シエナは馬車に乗り込んだ。アーセムがカイリーの後ろで深く礼をしているのが見えた。カイリーの笑顔は、底抜けに明るく、太陽のように輝いていた。

流れ行く王都の景色を馬車の窓から眺めながら、シエナは一人で静かに涙を零《こぼ》した。

王宮の私室に戻ると、ライリーが待っていた。今日は忙しいと言っていたのに、シエナがカイリーたちの家から戻ってくる時間に合わせて、顔を見に来てくれたのだろう。まさか彼が待っていてくれると思わず、そして穏やかな彼の顔を見て、再びシエナの眦《まなじり》から涙が溢《あふ》れる。ライリーが彼女を抱き寄せ、気持ちを宥《なだ》めるように背中をさすってくれる。

「どうか、ずっと幸せでいてほしい……」

「うん、そうだな」

ライリーの優しい声に促《うなが》されるように、シエナはそれからしばらく泣き続けた。

◇◇◇

――数年後。

かたん、と音がして、シエナはふと読んでいた本から視線をあげた。

今夜も公務を終えたライリーが自分たちの私室に戻ってきたのだ。彼女が座っていたソファから立ち上がろうとすると、数年前よりずっと精悍《せいかん》な顔立ちになった夫が制する。

「座っていてくれ」

彼女のことになると心配性になる夫の言葉に、シエナは自分の大きなお腹《なか》を見下ろして、微笑んだ。

去年、ついにシエナはライリーと結婚式を挙げた。

周囲の大方の予想に反して――ライリーの計画通りだったので――式を挙げるまで、シエナが妊娠することはなかった。部屋を共にするようになって既に三年過ぎていて、国王夫妻はそれはそれで子供が出来るのかどうかを案じていたらしい。ライリーが、自分が気をつけているだけなので、と言うと、息子《むすこ》の閨《ねや》事情など知りたくなかったのだろう、二人共黙ってしまったそうだ。

ただ、第一王子夫妻のことがあったから心配してしまうのも仕方ないのかも知れない。

結局ライリーの兄夫妻には子供が生まれることがなかった。三年前、シエナがライリーと事実上の婚姻《こんいん》を結んだ頃、第一王子は夜会である伯爵《はくしゃく》令嬢に出会った。ハンナというこの年若い伯爵令嬢がとても聡明《そうめい》で、また明朗であったため王子はすぐに夢中になってしまった。

間違いなく、第一王子の初恋であった。

その時点で、第一王子は結婚して四年ほどが経《た》っており、周囲からはそろそろ側妃《そくひ》をとの声もあがりつつあった。またハンナが悪女であれば皆が反対するところだったが、むしろ彼女は、自分はたかが伯爵家の出であると、王子の側妃になることを固辞《こじ》したため、逆に周囲が気を回す事態となった。

それと同時に判明したのが、第一王子妃の長年の不貞《ふてい》行為であった。

今でも時々ライリーは、あの頃の凄《すさ》まじい苦労を思い出してため息をつくことがある。

第一王子妃が、一人の男とずっと想い合ってくれていたらある意味同情を集めたかもしれないが、残念ながら彼女の相手は次々と変わっていたのだ。しかも、秘密裏に妊娠をし、堕胎《だたい》したのを何度か繰り返していたことも発覚してしまった。問題になったのはこの点で、この頃には閨を共にする機会がほとんどなかったとはいえ、第一王子の子かもしれない赤子を何の躊躇《ちゅうちょ》もなく堕胎していたことが分かり、離縁されることとなった。

公爵家《こうしゃくけ》に帰された彼女は、公爵の手によってすぐに臣下の男と結婚したらしいが、今でも浮気三昧なのだとか。多分、彼女は心の病なのだ。

かくして晴れて第一王子はハンナに求婚したが、王子への個人的感情とは別に、自分には荷が重いとはっきりと断られた。そもそも子供の頃にライリーの婚約者として選ばれたシエナが受けた妃教育をこれからハンナが短期間で学ぶことは不可能である。ハンナはそうして王子の求婚を辞退した。

だが今まで国王の言うとおりにして流されるように生きてきたライリーの兄が、ついに開眼し、熱烈な求愛を続け、彼女の心を勝ち取った——かくしてハンナはこれから妃教育を受けるということを決意した。それからしばらくして、婚約者として内定した。王子妃教育もすこぶる順調で、家庭教師たちも王子妃としての素質は十分だと太鼓判《たいこばん》を押した。

ライリーが正式な式を挙げる前であっても、事実上の婚姻を結ぶという前例を作ったおかげで、王子妃教育が順調であることを前提に、第一王子はハンナと同じ部屋で暮らし始めた。そしてハンナはすぐに妊娠をして、第一王子とハンナの間には去年息子が生まれたのである。ライリーの兄は以前とは比べ物にならないくらい、今ではとても幸せそうである。

再婚であったことと、ハンナ自身が望まなかったので大きな式は挙げず、国民には号外にて知らしめることとなったが、相手が身分違いの伯爵令嬢ということもあり、堅物王子のロマンスとして概《おおむ》ね前向きに受け入れられているようだ。

明るくて闊達《かったつ》なハンナとシエナはとても気が合ったので、前よりもライリーと兄の間の風通しも良くなり、国王夫妻はそれを何より喜んでいる。

しかし国王がしみじみとライリーに告げた言葉が全てを現している——結局、お前だけが《本物》を分かっていたのだな、と。

結婚といえば、ネイサンもあれから婚約者を選ぶつもりだと言っていたのに、数年経っても未《いま》だに見つかっていないどころか、浮名を流すこともなくなった。彼は彼で思うところがあるのかも知れない。ライリーとは相変わらず毎日のように会っているし、シエナにも会えばいつでも優しく話しかけてくれる兄のような存在なのは変わらない。

「ライリー様、おかえりなさい」

隣に座りながら、ただいまと言ってライリーが彼女の頬《ほお》にキスを落としたので、シエナはにっこりと微笑んだ。

「俺たちの子供は、いい子にしてたかな？」

「ええ、今日もいい子でしたよ。たくさん動いていて、元気でした」

妊娠七ヶ月に入り、赤ん坊はすっかりシエナのお腹を中から蹴《け》るから、既に可愛くてたまらない。ライリーは立場的に、本来は息子が欲しいはずだが、娘でもいいとのたまう。とにかくシエナがいればそれでいいと、他には見せない甘い顔で囁くのだ。

「ライリー様、今日はカイリーから届け物がありました」

カイリーとアーセムも結婚して、あの家にそのまま住んでいる。カイリーの記憶は戻らないままだが、もし突然戻ったとしてもアーセムが隣にいるからきっと乗り越えられるだろう。必要とあればシエナも、ライリーも裏で、手を貸すつもりだ。

カイリーはあれからめきめきと家事の腕をあげて、今では何でも自分でこなすことが出来る。カイリーが特に今、夢中になっているのが、キルト作りなのだそうだ。シエナの生まれてくる子供の

ためにキルトをつなぎ合わせたベビーブランケットを作ってくれたのが届いたのだった。

「元気そうで何よりだ。ああ、これは気持ちのこもった素晴らしい品だな」

ライリーは、彼らを監視している騎士から話を聞いているのだろうが、シエナが膝《ひざ》に広げていたカイリーの縫《ぬ》い上げた見事なベビーブランケットを見下ろして、微笑む。それから彼はさりげなさを装って、こう付け加える。

「そういえば、ドブソン侯爵《こうしゃく》が亡くなったぞ。やはり数年しかもたなかったな。数年もった、というべきか」

シエナは少しだけ首を傾《かし》げたが、何も言わなかったし、ライリーも特にそれ以上は取り立てて付け加えなかった。ドブソン侯爵が企てた《魅了の魔法》を悪用した陰謀《いんぼう》のせいで、引き離された一ヶ月半はお互いにかつてないほど辛《つら》い時期だったという認識はあるものの、二人で力を合わせて乗り越えたという思いがある。

シエナとしてはあの出来事があったからこそ、自分たちの関係は強固になったとも思う。また、その後に二人で積み重ねてきた日々が素晴らしかったので、今ではほとんど話題にのぼることはなかった。

ライリーはあれからシエナとは絶対に離れないと心に決め、王子として邁進《まいしん》する傍《かたわ》ら、シエナと離れることのないように実績を積み上げた。もちろん、今でも彼はシエナに話していないことはたくさんあるだろう。王子としてシエナより優先する出来事もたくさんある。彼が王子である限り、それはこれからも変わらない。けれど、ライリーが絶対にシエナと離れないと決めている、という思いだけは揺らぐことはないから、シエナはそれでいいのだ。

そうしてシエナは、彼にちょっとした我儘《わがまま》なら囁くことが出来るようになった。以前は彼から誘われるのを待つばかりだった、王宮の中庭への散歩への誘いや、お茶を一緒にしようなどという、シエナのささやかな願いをライリーは嬉しそうな顔で叶《かな》えてくれる。

そして夜は、何があっても必ず隣で眠る。

彼女は夫にそっと寄り添うと、彼の胸に耳をあてて、鼓動《こどう》の音を聞く。いつものようにライリーのたくましい腕が彼女を引き寄せてくれた。そうして、シエナの視線の先に、テーブルの上に載っている花瓶《かびん》がある。その花瓶には、ライリーが摘《つ》んできてくれた紫の小花が健気《けなげ》に咲いている。母に話したように、あの花のようになりたい。大輪の花ではないが、あの花のように、ずっと彼に寄り添って咲いていたい。

「シエナ、明日は午後から自由な時間が取れそうだ。君の体調が良さそうだったら、一緒に中庭に散歩にでもいかないか」

夫の弾んだ声を聞いて、シエナは微笑み、頷《うなず》いた。

「はい。ライリー様、私……今日も幸せです」

◆◆◆

今日は久しぶりに公務がない、そんな休日。ライリーは愛する家族と共に過ごしていた。

「ライリー様、見てください！　オリバーがついに立ちました！」

八ヶ月前に生まれたオリバーが、ローテーブルに摑まって両足で立ち上がっているのを、彼が後ろに転んだ時に支えようとしながら見守っていたシエナが声をあげた。オリバーは、綺麗な金髪と青色の瞳を持ち、いかにも王子というような顔で生まれてきたが、既にとても活発な赤ん坊である。

愛されて育ったシエナらしく、出来る限り乳母《うば》には預けないで育てたいと願ったため、第二王子妃としての公務に差し障りのない時間は彼女が面倒を見ている。夜は別室とはいえ、それでもかなり長い時間を母親と過ごして育っているオリバーは本当に幸せものだとライリーは思う。

「すごいな、オリバー。もう立てるようになったのか」

息子に声をかけると、彼はあーうーと満足そうである。そのまま、ローテーブルの真ん中に載っている彼の大好きな木の玩具《おもちゃ》を取ろうと一生懸命に手を伸ばしている姿が可愛らしい。しばらく身を伸ばして、なんとか玩具を取ると、彼は今度は座り込んでそれで遊び始めた。にこにことその姿を見守っているシエナと、ふくふくとした息子を見ているうちに、ライリーの顔に自然と微笑みが浮かぶ。

人に求められる第二王子として生きて、そのまま死ぬのだと思っていた。

個という視点を持てないままだったのだと思う。

個の自分の幸せは、なおざりになり、公《おおやけ》の自分に押しつぶされていったに違いない。

けれど今は違う。

愛する妻と息子がいて、彼らのためによりよく生きたいと願う。彼らが安心して暮らせる国であり続けるために身を挺《てい》して尽力したいと考えている。

あの時にシエナと出会っていなかったら。

そんなことを考えると胸が苦しくなる。自分の人生はどれだけ空虚《くうきょ》だっただろうと思い知るから。

彼はシエナという唯一無二の人に出会えた。そしてその腕を取ることが出来たし、彼女も応えてくれた。そのことの幸せを感謝せずにはいられない。ドブソン侯爵には今も怒りの感情しかないが、彼らの出来事があってから自分たちの絆《きずな》が強固になったのは事実だ。ライリーは何があっても絶対にシエナを離さないと誓ったし、それまでどこか遠慮気味だった彼女も離れたくないと彼に囁いてくれたから。

ひとしきり遊んだ息子が、はいはいをしながらシエナの膝元に乗り上げたので彼女が抱き上げる。しばらく抱っこしてゆらゆら揺れていたら、彼は満足したのか、そのまま眠ってしまった。息子の口が半開きになり、よだれが出ているのをシエナが笑って、綺麗な布で拭き取ってやっている。ライリーは立ち上がった。

「乳母を呼ぼう」

やがて呼ばれてやってきた乳母が、すやすや眠るオリバーを子供部屋へと連れて行くと、今度は自分の番だとライリーがシエナを抱き寄せた。相変わらずほっそりしていて、愛《いと》しい妻は自分の腕にしっくりと馴染《なじ》む。

「ライリー様、少しお疲れですね？」

確かにここしばらく公務が立て込んでいて、夜しか夫婦の部屋に戻ってこられていなかった。朝も早く起きて、挨拶《あいさつ》のキスをしたら部屋を飛び出すことがほとんどであった。彼女の頭に自分の頬を押し付けた。

「シエナとゆっくり過ごせば大丈夫——一緒に中庭に行かないか？」

「いいですね！　是非ご一緒させてください」

何年一緒に過ごしても、こうしたライリーの軽い誘いに、ぱっと顔色を明るくしてくれるシエナが愛しい。

『ライリー様に求められる唯一の女性でいたいんです』

だから離さないで、とかつて彼女が耳元で囁いた言葉。自分だって同じだ。シエナに求められる唯一の男性でい続けたい。

永遠に離しはしない。彼女しか知らないし、彼女しかいらないのだから。

「シエナ、愛している」

心を捧げれば、シエナがふわりと笑った。

番外編

ライリーの宝物

これはライリーがシエナと離れ離れで過ごさざるを得なかった時の話である。


寝支度を済ませたライリーは寝室に足を踏み入れた。

ため息をつきながら扉を閉めると同時に、それまで超然としていた顔に疲労の色が色濃く滲《にじ》む。

日々多忙を極める第二王子ライリーにとって、やっと訪れた周囲の目を気にせずに過ごせる、リラックスできる時間――のはずだった。

シエナがいてくれれば。


(シエナ……)

緩慢《かんまん》な動きでベッドに腰かけると、金色の髪を雑にかき混ぜる。

大好きな婚約者が花嫁修業と称して王宮に移り住んできてから、どれだけ忙しくても、どれだけ疲労していたとしても、たとえ短い時間だけだったとしてもシエナの顔を見られることを励みに、頑張ることができた。王族としての慣習は、前時代的だなと感じることも多いけれど、これだけは大歓迎だったのに。

ライリーにとっての生《い》き甲斐《がい》が奪われてしまった。

(許せるわけがない)

ライリーはぎりっと歯を食いしばる。

ドブソン侯爵《こうしゃく》令嬢が彼に魅了の魔法をかけようとしたことも、そのせいでシエナと離れ離れに暮らさなければならないことも、よりによってブラックモア邸《てい》の離れで過ごして貰《もら》うことになったことも。

夜会でのエスコートをネイサンがすることも。二人が仲良く顔を近づけているのを歯噛《はが》みしながら見ていなければならないことも。

夜会でシエナを陥《おとしい》れようと媚薬《びやく》を飲ませたことも。翠《みどり》の間に入れば、自分が来るなんて思ってもいなかったシエナに、「ネイサン様？」と呼ばれたことも。

全部全部、到底許せるわけがない。

（以前だったら俺だってシエナは疑いもしなかっただろうに……！　それになんだ、ネイサン様だって……？）

ぐぐっと力の限りに両手を握りしめてしまう。

シエナの介抱をすることをまず優先させたからなんとか乗り切れたが、そうでなければ嫉妬心《しっとしん》のあまり、何をしてしまうか自分でも分からなかった。

（それに中和剤を使うのも、シエナは躊躇《ためら》って……誰よりも大切な俺の婚約者なんだから、資格があるに決まっているだろう）

だが『魅了の魔法』にかかっている『はず』のライリーは、はっきりと彼女にそれを伝えてあげることができない――今はまだ。

どうして演技をしているのか、忘れたわけではない。だがライリーは我慢《がまん》できず、彼女を抱きしめてしまった。

(なんとかもう少しだけ辛抱しなければ……何のためにシエナを遠ざけたのかを忘れるな、ライリー＝グランゼル)

『ライリー様、行ってしまわれる前に、ぎゅっと抱きしめて……わたし、とっても寂しかった……』

気を失う前のシエナの言葉。あんなことを愛している女性に言われて、抱きしめないわけにはいかなかった。願わくば、抱きしめたまま、永遠に離したくなかった。

「くそっ……」

到底見せられない顔をしているのは自覚している。

沸騰《ふっとう》するかのような荒い感情をなんとか宥《なだ》めてから、ライリーは呼吸を落ち着けた。

(全部自分で決めたことなのにここまで嫉妬するなんてな……俺はシエナがいないと本当に駄目な男だな)

自嘲《じちよう》気味に口元を歪《ゆが》める。

ネイサンが、辛《つら》い時期を過ごしているシエナを慰《なぐさ》めていることは、ライリーの願いでもある。ネイサンがこの隙に乗じて、シエナを奪おうとするような男性ではないことも分かっているし、毎日きちんとシエナの様子を報告してくれることからも、疑いようもない。

(『ネイサン様』の破壊力が凄《すさ》まじかったな……。それにネイサンがいい奴《やつ》だって分かっているか

らこそ、焦《あせ》ってしまう）

四角四面の慣習に縛《しば》られた第二王子の婚約者として過ごすより、先進的で自由なブラックモア公《こう》爵《しゃく》を父に持つネイサンとの方が、のびのびと自由に、それこそシエナらしく暮らせるのではないか。それはネイサンもシエナに懸想《けそう》しているのでは、と気づいた瞬間から消すことのできない、ライリーの心に深く刺さった棘《とげ》である。

だが譲《ゆず》れない。シエナだけはどうしても。だからこそライリーは日々『正しい第二王子』として生きてきた。誰にも後ろ指をさされずに、シエナを娶《めと》れるように。

（それが……くそっ、あいつらを許せそうにない）

イモージェンはただの駒だと分かっている。黒幕であろうドブソン侯爵を早く断罪してしまいたい。許されるなら、ドブソン侯爵家に乗り込んで引きずり出し、力任せに殴《なぐ》りつけて自白させてしまいたい。そんな衝動に身を任せてしまえば、全てが台無しになるから我慢するしかないのだけれども。

（地獄の苦しみだ。全然、シエナが足りない……）

ライリーはベッドの横に置いてある棚に手を伸ばしかけて、ぎゅっと拳《こぶし》を握りしめる。

（……今は止《や》めておこう。この棚を開けたら、俺は我慢できなくなりそうだ）

ライリーは少しでも休息を取ろうとベッドに入ったが、結局浅い眠りしか訪れなかった。だが驚くことはない。シエナに婚約破棄《はき》を告げた夜から、ずっとまともに眠れていないからだ。

イモージェンの手引きにより、王宮の庭園でシエナと鉢合《はちあ》わせをした夜。

(今夜はもう棚を開ける)

寝室の扉を閉じたライリーは、つかつかと真《ま》っ直《す》ぐにベッドの横にある棚に向かった。

そこまで大きくはないが頑丈な作りで、扉の鍵《かぎ》はライリーが肌身離さずに保管している。その鍵を開けるとその中には、厳重にまた鍵のかかった扉がある。

ここだけは誰にも触らせていない。ネイサンであっても中に何が仕舞ってあるかは知らないはずだ。

そこまでして大切に保管しているのは、ライリーの宝物である。

扉を開けると、ライリーは中の品々を丁寧な手つきで、取り出し始めた。

乾燥した木の実、千切《ちぎ》れたピンク色のリボン、綺麗《きれい》に折り畳まれた包み紙、一輪のドライフラワー。

そういった細々した品々をライリーはゆっくりと撫《な》でながら、記憶を辿《たど》る。

(これはシエナと一緒に散歩した庭園に落ちていた木の実……、もうドングリの季節なんですねって君が言ってくれて……)

婚約者になってから初めて二人で迎えた秋に、中庭を散歩しているとシエナが落ちているドングリに目を輝かせたのだった。

『あっ、もうドングリの季節なんですね! ドングリを見ると、秋だなって思いませんか?』

ライリーは呆気《あっけ》に取られてしまった。目をきらきらさせながらライリーを見上げたシエナは、彼の表情を見て、上品に口元を手で覆《おお》う。

『私ったらまた……ごめんなさい。紅茶にジャムを入れることといい、今日のドングリといい……、本当にまだまだ口の利き方がなっていませんね』

失言したと思ったのか、シエナがしゅんとしてしまい、ライリーは慌《あわ》てて首を横に振る。

『まさか！　ごめん、俺がぼんやりしちゃったから勘違いさせたね』

ライリーはかがんで、ドングリを拾い上げた。親指と人差し指で挟んで、まじまじと見つめる。

『今まで知識としてはあったけど、実物をここまで近くで見たのは初めてだ――うん、確かに可愛いな。フォルムがなんともいえない』

『可愛いですよね!?　同じように見えて、実は色んな形があるのもまたたまらないんです』

ぱっと笑顔になったシエナが、何度も頷《うなず》く。

『私、気に入った形のドングリを見つけたら、保管しているんです。ドングリは中に虫がいることがあるので、熱湯で煮てからなんですが……って、私ったら、また……!!』

真っ赤になってしまったシエナに、ライリーは微笑《ほほえ》みかける。

『いいよ、もっと聞かせて？』

『構いませんか？』

『もちろん。君の話がつまらないことは今まで一度もないよ』

そう言うと花が咲いたような可憐《かれん》な笑顔をシエナが浮かべたのだった。

（あの日もシエナは可愛かったなぁ。これは君と俺が初めて一緒に過ごした秋の、思い出だ）

ぐっとドングリを握りしめる。シエナの教えの通り、ちゃんと熱湯で煮てから大事に保管している。

(ピンク色のリボンは……、お茶をしていたら、たまたま切れちゃって風に飛んで行ってしまったんだよな……数日後にメイドが見つけて、俺に渡してくれたんだった)

このリボンはあの頃シエナがよくつけていたものだった。切れてしまってもう使い物にならないので彼女には返さず、ライリーはそっと自身の宝箱にしまったのだ。このリボンを手にすれば、出会った当初のシエナの可憐さをすぐに思い出すことができる。

(この包み紙、シエナが俺に初めて贈ってくれたカフスボタンが入ってたんだよな。カフスボタンは今でも大事に使っているけど、包み紙もとっておきたくて……。それからドライフラワーは、中庭で、シエナが可愛いって言っていた野草で……)

そう、この宝箱に仕舞われているのは、ライリーがこつこつ貯めているシエナに関する品々なのだ。彼女が王宮に移り住んでくる前は、シエナに会えなくて寂しい夜に、こうして品々を取り出して眺めるのが常だった。自分でもシエナに執着しすぎていると自覚しており、他言しないように気をつけているし、他人の目に触れぬよう、ここまで厳重に鍵をかけているのだ。

(今日はもうこれを見ないと、乗り越えられない……)

今日シエナは、自分とイモージェンが一緒にいることに明らかに傷ついていた。誤解を解きたいという焦りと、傷ついてしまったシエナを慰めたいと思ったと同時に、彼女の心がまだ自分にあることを再確認して、どこかで仄暗《ほのぐら》く喜ぶ気持ちもあったのは確かだ。

理性で押さえつける前に、感情に任せて彼女を追いかけ、そして自分が傷ついてもなお、ただライリーを思いやってくれるシエナを力一杯に抱きしめた。一度抱きしめると、離せなかった。来てくれたのがネイサンでよかった。他の誰がやってきたとしても——それこそイモージェンだったとしても——ライリーはシエナを離せなかっただろう。

これ以上ないくらい自分の腕にしっくりくるシエナの感触がまだ色濃く残っているのに、眠れるわけがない。ライリーは宝物をひとつずつ優しく手に取りながら、シエナとの記憶を思い出しながら決意を新たにしていた。

(早急に片付けて、シエナを取り戻す——今までと同じではならない。この件が片付いたら、シエナと事実上の婚姻《こんいん》を結びたい……父上になんと言えば、叶《かな》うだろうか)

ぐっとピンク色のリボンを握りしめながら、ライリーは考え始めた。

(王位継承権を返上してもいい。とにかくもうシエナの側《そば》にいられないのは、俺が耐えられない)

その夜、第二王子の私室の明かりが消えることは、ついぞなかったのだった。

番外編

ネイサン＝ブラックモアと契約結婚

「ネイサン、そろそろ結婚を視野に入れなくてはならない。あまり年齢のことは言いたくないが、今年でもう二十六歳だろう」

父親であるブラックモア公爵《こうしゃく》の執務室に呼ばれるや否や、そう切り出されたのでネイサンはため息をついた。無作法であることは分かっていたが、ネイサンはぐしゃぐしゃと自分の前髪を右手で乱した。

「分かってはいます」

執務机に座った公爵は、ぎしっと音をたてながら椅子の背にもたれかかると、目の前に立っている息子《むすこ》を見上げた。

「本当に分かっているのか……？　お前は子供の頃から賢く、私の意志に反することはほとんどしなかったが、これだけはどうも信用がおけないな。何年経《た》っても婚約者候補すら決めないではないか」

ネイサンは再びため息をついた。

「どうしても、決めかねてしまうのです。こうなったら父上に選定をお願いするのも手かと考えています」

ネイサンが呟《つぶや》くと、父がぎょっとしたような顔になる。

「無理だ。シエナ妃《ひ》のような貴族令嬢はなかなかおらん。不幸になると分かっていて、私が婚約者候補を見つけるのも酷《こく》な話だ」

今まで一度もはっきりと指摘されたことのなかった、シエナへの気持ちを父親に断定されたネイサンは思わず笑ってしまった。

「父上はご存じでしたか、私の気持ちを」

「それはそうだろう。私はお前の父親だ。それにお前が恋人に選ぶ女性は、皆シエナ妃にどこか似ていたではないか……容姿がな」

そこまであからさまだったとは。

さすがにそんな自覚のなかったネイサンは苦笑した。シエナも去年ライリーと遂に正式な結婚式を挙げ、自分も参列した。しばらく前から事実上の婚姻《こんいん》を結んでいた幼馴染《おさななじみ》たちが、晴れて公式にも夫婦になったのをこの目で見届け、ネイサンはふっきったつもりだった。

しかしどうしてもその後、どんな令嬢とも付き合おうという気持ちにはなれずに、今までのような軽い付き合いすらなくなってしまった。確かにこれでは父親の目には原因は明らかだったろう。

「アンドリュースが先に結婚することになるな」

アンドリュースはネイサンの三歳下の弟である。家督《かとく》を継ぐのは嫡男《ちゃくなん》であるネイサンで、来年弟は十代の頃からの婚約者と結婚をして、その後はウェントワース侯爵《こうしゃく》となる。

しかしここで父親は、からからと笑った。

「必要とあれば、お前はアンドリュースの子供を養子に貰《もら》えばいい。アンドリュースが嫌がらなければな。仕方ない、シエナ妃のような女性はそうそういない。殿下《でんか》の慧眼《けいがん》はたいしたものだと彼が子供の頃から思っていたよ」

「父上……」

「無理に結婚をしても相手の女性を苦しめるだけだ。まぁお前が一生涯独り身でも私は構わぬよ」

この人は、昔から貴族らしくない自由で柔軟な考え方で有名で、むしろ風変わりと噂《うわさ》されているところすらある。それでも数年前に流行《はや》り風邪《かぜ》で亡くなったネイサンの母親である公爵夫人をとても大事にしていた父親のことをネイサンは尊敬している。シエナの実家であるメレディス侯爵家ほどではないにせよ、ブラックモア公爵家も夫婦仲が良かった。

「そのうちお前も出会える。爵位《しゃくい》にこだわるな。例えば、相手が平民の女性でも、周囲の目に晒《さら》されてしまうことになるがお前が護《まも》ってやれるのであれば、私は構わん」

父がまたしても思いがけないことを言い出したので、ネイサンは心底仰天した。

「父上！　さすがに平民の女性と言われましても、なかなか知り合うことがありませんし、公爵家の妻としてふさわしくないかと」

「なんだ、つまらんことを言うな。そもそも貴族の娘をもらわねばならないと私が考えていたら、もうとっくに婚約者をあてがっているぞ」

「つ、つまらんこと……」

常々先進的だと思ってはいたが、ここまでとは。

父はじっくりとネイサンを見上げて、軽く頷《うなず》いた。

「お前みたいな男は、あまり頭で考えずに感情で動くといいと思うな」

父親の先見の明はたしかなものだった、と後にネイサンは何度も思うことになる。

「それでお前の話はともかく、従姉妹《いとこ》のイレーヌについてなんだが」

唐突な話題変更に、ネイサンは目を瞬《しばたた》いた。

「イレーヌですか？」

「ああ。今年、デビュタントでな」

「えっ、もうそんな年齢ですか」

「そうだ。それで西の地方では、デビュタント前に領主の屋敷で盛大な夜会を開くらしくてな。婚約者がまだいないこともあって、イレーヌのエスコートをお前に頼みたいそうだ」

亡き母の生家であるスペンサー侯爵家の長女であるイレーヌは、ネイサンの八歳年下で、幼い頃から妹のような存在だ。ちなみにスペンサー侯爵は、亡き母の弟で、ネイサンのことを実の子供のように可愛がってくれてもいる。他でもない叔父《おじ》と従姉妹のためならばとネイサンはすぐに頷いた。

「そういうことならば、喜んで」

「うむ、頼んだぞ。では、話は以上だ」

こうして話を長引かさないのも父の美点のひとつだ。ネイサンは了承の意を示すため、さっとお辞儀をした。

「父上。今日は、隣国の大使との面会の約束が入っているので今から王宮に向かいます」

「そうか。殿下によろしく伝えてくれ」

「承知しました」

ネイサンは父の執務室を辞すると、王宮へと向かった。


「ネイサン、久しぶりに一杯、どうだ」

約束の面会が終わったあと、ライリーが執務室にネイサンを誘った。今日はここで公務は終わりである。すでに夕方で、ライリーは雑務の続きをするか、シエナの待つ私室に戻るかのどちらかと思っていたネイサンは驚いた。

「時間は大丈夫なのか？」

「ああ。残りはとりあえずそこまで急を要するものはないからな。シエナも今日は慈善《じぜん》事業があるから帰りは遅くなる」

シエナと事実上の婚姻を挙げてから、ライリーは目に見えて精力的になった。どれだけ忙しい日々が続いても、夜シエナが待っている部屋に戻ると、生き返るような気持ちになる、とある時ぽつりと呟いていた。

それまでは優秀だが、どこか冷たさを漂《ただよ》わせていたライリーから、少し温かみであったり、優しさが自然と滲《にじ》み出るようになった。また、男ぶりもますます上がっていくばかりだ。これらは間違いなくシエナのお陰だろう。ライリーとシエナが一緒にいるときの視線の交わし方や、微笑《ほほえ》みで、以前よりもずっと深くお互いを理解し、想い合っていることが伝わってくる。これだけ仲睦《なかむつ》まじければ、シエナの懐妊《かいにん》もきっともうすぐだろう。自分はそうして家族となっていく二人を、間近で見つめ続けていくのだ。

(どう考えても辛《つら》い……辛いが、それで自分がライリーの代わりになりたいとは思わないんだよなぁ)

自分でも処理しきれない複雑な思いである。どうしてか他の女性に気持ちが向かなくなったのは二人の結婚で、シエナがライリーの伴侶《はんりょ》になり、とてつもなく落胆《らくたん》したのと関係しているはずなのに、でもだからといってライリーに自分がすげ替わりたいという気持ちはないのだ。要はシエナがライリー以外の相手と幸せになるとは思えないからなのだろうが。

(だが次へ、という気持ちにもなれないんだよな)

まさか自分がこんなに拗《こじ》らせるとは思ってもいなかったネイサンは内心ため息をつく。

ライリーの執務室に入ると、ウイスキーでいいか、と尋ねられた。頷くと、ライリーがベルを鳴らしてメイドを呼んだ。ソファに向かい合って座り、手にとったグラスに入っている琥珀色《こはくいろ》の液体を眺めた。

「酒がうまいな」

ライリーがウイスキーのグラスをぐいっと傾けて一気に呷《あお》る。行儀が良いとはとても言えない。表での完璧な王子の姿しか知らない人間が見たら仰天するだろうが、ライリーは意外にこうした面がある。それでも普段の超然とした仮面を自分の前では外してくれることが、気を許してくれているることの現れで、信頼されているのだと嬉《うれ》しく思う。そうしてしばらく、二人で色々な話を交わした。

血の繋《つな》がりもあり、親友でもあり、幼馴染でもあるライリー。

彼と過ごす時間は、自分にとってかけがえのないものだ。

ぼんやりと彼を見ていたネイサンは、あることを思いついて苦笑した。

(これはもう仕方ないことだが、俺はシエナと同じくらいライリーを大切に思っているということなのだよな)

ふっと笑って、彼は残りのウイスキーを一気に呷った。それから席を立つと、ライリーに暇《いとま》を告げる。彼は快く了承したが、何かを思いついたらしく尋ねてくる。

「そういえば、来週公爵夫人のご実家を訪ねると言っていたな。従姉妹のエスコートをして夜会に参加するとか?」

先ほどの件だ。何しろ亡き母の実家までは、馬車で一日はかかるのだ。

「ああ。週の半ばで申し訳ないが、休みをもらいたい」

「もちろんだ。西の湖水地方だよな。たまにはゆっくり羽根を伸ばしてきたらいい」

ライリーが空になったグラスを掲げてみせた。


ネイサンが辞した部屋で、ライリーの独り言が響いた。

「夜会か。きっと色々な女性がいるんだろうが……、ネイサンは靡《なび》かないんだろうな。一体どんな女性を伴侶に選ぶのだろう」

◆◆◆

一週間後、ネイサンの姿は西の地方にあった。

領主邸に向かう馬車内にて。

従姉妹とはいえ、以前からネイサンの妹と言っても通りそうなくらいに似ているイレーヌは年頃となり、女性らしく、とても美しく成長していた。しばらくぶりに会ったためあまりの変化に驚いたが、けれどあっさりとした性格は以前と変わらず、すぐに以前通りに気安く会話をすることが出来た。

「わざわざご足労おかけして申し訳ありません、ネイサンお兄様」

「構わないさ。表向きはまだ正式な婚約者がいないからな」

「ええ」

聞けば想い合っている侯爵令息がいて、内々で婚約がすすめられているとか。王都での正式なデビュタントの時には婚約が成立しているはずだという。だからネイサンには今回限り、エスコートを頼みたいということだった。

「しかしイレーヌも婚約か。改めて、おめでとう」

「ふふ、ありがとうございます」

イレーヌはにっこりと笑った。それからいたずらっぽく瞳を細める。

「で、ネイサンお兄様はまだ自由を求めていらっしゃるの？　もうそろそろ年貢《ねんぐ》の納め時ではなくて？」

からかいも含んだ従姉妹の言葉に、ネイサンは苦笑した。

「俺の方はさっぱりだよ」

「あら、そんなの信じないわ。いくら私が王都に住んでいないとはいえ、ネイサンお兄様が色々な方と浮名《うきな》を流しているのは耳に入ってくるのよ」

「まぁ過去を否定はしないけどね……、ここ数年は本当に何もない」

静かにネイサンが続けると、イレーヌが首を傾《かし》げる。

「数年も……？　ネイサンお兄様って一体どんな方がお好きなの？　綺麗《きれい》な方？　それとも優しい方？」

「それは――」

脳裏をさっと一人の令嬢が過《よぎ》り、ネイサンは口をつぐんだ。このままでは余計なことを話してしまいそうだ。ネイサンは軽く咳払《せきばら》いをすると、流れる車窓の眺めへと目を向ける。

「一体どんな人がいいんだろうな。自分でも分からなくなってしまった」

自信のない響きは、いつも飄々《ひょうひょう》としているネイサン＝ブラックモアらしからぬものだろう。

「ネイサンお兄様……？」

（父上の言う通りだ。こんなにシエナのことを想っているのに、他の令嬢を娶《めと》るなんて失礼この上ない）

しばらくしてネイサンはぽつりと呟く。

「ここまできたら、契約結婚でもするしかないかな」

もちろん後腐《あとくさ》れのないように、『白い結婚』だ。

「やだわ、ネイサンお兄様」

「……いや?」

イレーヌに視線を移すと、従姉妹は思いのほか真面目《まじめ》な表情を浮かべていた。

「ネイサンお兄様がご婚約されるときは、お相手に感情が動いたときに違いないわ。契約結婚なんかで満足できるわけない――でしょう? だってネイサンお兄様は、意外に純情だもの」

『純情』――恋多きネイサン=ブラックモアには似つかわしくない。

「俺が純情だなんて、そんなわけ――……」

「ううん、そうよ。私はよく知ってるもの」

幼い頃からよく知る従姉妹の言葉に、数日前の父の言葉が被《かぶ》る。

『お前みたいな男は、あまり頭で考えずに感情で動くといいと思うな』

ネイサンは再び馬車の外に視線を戻し、しばし考え込んでいた。

「ネイサンお兄様、後はどうぞご自由に」

ファーストダンスこそネイサンと踊ったものの、イレーヌはそれ以上のエスコートは必要ないと言わんばかりだった。

「お目付役はいらないって？」

ネイサンは苦笑しつつ、イレーヌの望み通りにした。美しく着飾ったイレーヌは、友人と思《おぼ》しき令嬢たちの元へと行き、楽しげに話し始める。頃合いを見て、想い人の令息とも合流するのだろう。

早々にお役御免《やくごめん》となったネイサンは、夜会会場をさっと見渡した。

(それであればもう帰ろうか……、その前に叔父上に挨拶《あいさつ》だけはしなくてはならないな)

領主の屋敷はとても立派で、広々とした大広間には人がぎっしりで混み合っており、すぐには叔父の姿を見つけられない。

「ブラックモア様」

「ん？」

すぐに見知らぬ令嬢が、頬《ほお》を染めて話しかけてくる。

「突然話しかけた無礼をお許し下さい。ブラックモア様は、イレーヌの従兄弟殿《いとこ》とうかがいました。私、スミス侯爵家の次女で、イレーヌとは以前から知り合いで……」

令嬢の瞳に、馴染みある熱を見てとると、ネイサンはすっと機械的な笑みを浮かべた。

「こんなに綺麗な方に話しかけられて、嫌な気はしませんよ？」

こうした軽い会話を交わすのには慣れている。ネイサンは彼女が落胆《らくたん》しない程度にやり取りをした後、踵《きびす》を返す。彼女を皮切りに、様々な令嬢たちに話しかけられ、中には未亡人もいた。ワルツは丁寧にしかしきっぱりと断る。期待させるような真似《まね》はしない。

どんな令嬢が話しかけてきたとしても、ネイサンの心が動くことはない。

（しまったな、すっかり帰るタイミングを失ったな）

逃げ場を探すべく、夜会会場を見渡したネイサンは、壁際に立つ一人の令嬢に視線を吸い寄せられた。

ほっそりとした小柄な令嬢で、赤褐色《せきかっしょく》の髪と、可憐《かれん》な顔立ちが印象的だった。どこか哀しげな表情を浮かべていた彼女が、唇を噛《か》みしめて、ぐっと顔をあげる。

「……っ!?」

目を奪われ、無意識に一歩足が前に出る。だがそこでまた後ろから、見知らぬ令嬢に話しかけられたネイサンは我に返った。

（俺は一体何を……？）

こんな衝動にかられたのは、ライリーの婚約者候補を選ぶお茶会で、焼き菓子を食べているシエナに話しかけて以来のことだ。

「ブラックモア様？」

「なんだい？」

あくまでも今夜はイレーヌのエスコートをしにきたわけで、自分の行いでイレーヌとスペンサー侯爵の顔を潰《つぶ》すようなことがあってはならない。ネイサンは再び笑顔を作ると、振り返った。あの令嬢と少しでも話す機会を作りたい、と思いながら。

だがそれからも令嬢たちにひっきりなしに話しかけられ続けたネイサンがようやく一息ついたとき、彼女の姿は大広間のどこにも見当たらなかった。

（もう帰ってしまったか……⁉　いや、まだどこかにいるかも知れない）

どうしてこんなに彼女のことが気になるのか自分でも理由は分からない。ネイサンはしかし深く考える間もなく、彼女を探し始めた。


ネイサンはそれから令嬢たちの猛追を笑顔で躱《かわ》しながら夜会会場を歩き回り、最終的にバルコニーへと足を向けた。

（ここにいなかったら……もう帰ってしまったのかもしれない）

そっとバルコニーへの扉を開き、歩を進めると――。

バシッと何かを叩《たた》いたかのような音が響いた。

「どうして、お前はろくに誘惑ができないんだ」

「そうよ、今夜ほどたくさんの貴族が集まる夜会はないのは分かっているでしょう？」

「ああ。どんな令息でもいいから、ちょっとでもお金に余裕がありそうだったら、ひっかけろって言っただろうがっ！」

あまりの内容に、ネイサンは会話の主に視線を送る。そこではさすがに小声ではあるが鋭い口調で、中年の男女が一人の若い女性を問い詰めていた。

（あ、あの子だ……‼）

男女の前で俯《うつむ》き加減で佇《たたず》んでいるのは、先ほどからネイサンが探していた、あの壁の花の令嬢だった。

「別に後妻でもいいの。とにかく我が家の益になる相手を探しなさいって言っているの」

「そうだ。この穀潰《ごくつぶ》しが。お前がまともな縁談を結ばなければ、我が家は破滅だぞ」

それでも返事をしない令嬢に、いらだったかのように女性が声をあげる。

「黙っていないで何か言いなさいよ、ミルドレッド。ほんっとに陰気ね、貴女《あなた》は！」

「……っ！」

ネイサンの目の前で、ミルドレッドの頬を女性が叩いた。思わず彼らの前に出て、止《や》めろと言いたくなるがなんとか堪《こら》える。

（もしかして、さっきも……？）

先ほどの何かを叩くような音も、もしかしたら同じように母親に頬を叩かれた音だったのだろうか。

（か弱い若い女性になんてことを……っ）

無意識に一歩前に足が出かけるが、男性の声が響いて、はっとする。

「歩いて自宅まで戻ってこい。一晩かかるだろうが、それがお前に対する罰だ。それが嫌なら、今から男性を見つけてくるんだな」

「そうよ、もう戻ってこなくていいくらいね、こんな役立たずだったら。行き倒れたって構わないわ」

ひどい罵《ののし》りの言葉を投げつけながら、彼らがさっと踵を返し、ネイサンが立っているバルコニーの入り口へ向かってくる。ネイサンがさっと柱の物陰に隠れると、ミルドレッドと呼ばれた令嬢の両親たちはネイサンに気づくことなく、バルコニーを出て行った。彼らが通り過ぎた後には、酒の香りが色濃く漂っていた。

（なんてひどい……）

会話から察すると、おそらくあまり経済状況の良くない家なのだろう。それで娘に、少しでも『条件の良い』婚約相手を見つけろと圧をかけているのだと思われる。

近くで見てみれば年の頃は二十歳《はたち》をいくつかは過ぎていそうで、それもあり両親が焦《あせ》っているのかもしれない。

あの両親ではまともな縁談は探せまい。ネイサンは心の中で、令嬢に同情した。

するとそれまで一言も発していなかった彼女が、くるりとこちらに背中を向けたので、ネイサンは視線を送る。

「私……また何も言い返せなかった……、なんでこんな意気地なしなんだろう……っ。でも、でも……っ、あの人たちの言いなりになるわけにはいかない……っ」

（……!!）

ミルドレッドの背中が震えていて、おそらく泣いているのだろうと思われた。きっと両親の前では涙を流すことなど出来ないのだろう。その後ろ姿はあまりにも孤独だった。

（言いなりになるわけにはいかない、か。もしかして彼女は……、自分の置かれている状況を理解して……誰のことも巻き込まないようにしているのかな……）

そう思ったネイサンは、考える間もなく、足を踏み出していた。

「君」

声をかけると、ぱっとミルドレッドがこちらを振り向き、唇を噛みしめるのが見えた。

「突然声をかけてすまない」

そこでネイサンは彼女を間近で見下ろし、言葉を失った。

遠目から見た印象の通り、とてもほっそりとした娘だった。柔らかそうな赤褐色の髪は、後ろに一つにまとめられている。綺麗な碧《あお》の瞳は、王族でもここまでの持ち主はいないのではというくらいに澄みきっている。月明かりで彼女の肌は乳白色に輝いていて、まるで真珠《しんじゅ》のようだ。ドレスは地味な上、流行遅れのデザインで、お世辞にも華やかとは言えない。装飾品もまったくしていない。けれど、この落ち着いた佇《たたず》まいと彼女自身の美しさがあれば、ゴージャスな装いなんて必要ないだろう。

突然のネイサンの登場に、呆気に取られたようにも見えたミルドレッドは、一瞬で状況を理解したようだった。彼女はすぐに深く腰を折り曲げ、位の低い者が高い者に敬意を示す礼をとった。

「お見苦しいところをお見せして、申し訳ありません。今すぐに出て行きますので──」

間近で声を聞いて、どくんと鼓動が高鳴る。

彼女の冷静な眼差《まなざ》しと、淡々とした声の調子が──何故《なぜ》かシエナを彷彿《ほうふつ》とさせた。容姿はまったく似ていないのに、どれだけ苦境に陥っても、凜《りん》として背筋を伸ばすシエナに……どこか似ているような気がしたのだ。

「君が俺の邪魔《じゃま》をしたなんてことはないよ」

ネイサンがなんとかそう答えると、ミルドレッドは安堵《あんど》したようにほっと表情を緩める。

「では——」

彼女が去ろうとしているのを察知したネイサンは、考える前に声をあげた。

「実は俺は、スペンサー侯爵の甥《おい》でね。今夜はイレーヌのエスコートとして来たんだ」

「……、そうでいらっしゃいましたか」

一瞬の空白の後、ミルドレッドがそう返事をする。

「見知らぬ人ばかりでちょっと気疲れしてしまってね、夜風にあたりたくて外に出てきたんだ」

自分でもなんでこんな言い訳じみたことを話しているのだろう、と思いながら続けると、彼女がそつなく相槌《あいづち》を打ってくれる。

「僭越《せんえつ》ながら、お気持ちはお察し致します」

彼女の瞳には、ネイサンに話しかけてくる多くの令嬢が浮かべている熱など一切見当たらなかった。ネイサンが挨拶をすれば、彼女はそのままバルコニーを出て行き、自分たちは二度と会うことはないだろう。

(それは、嫌だ)

「君、ご両親に無理難題を押しつけられていたね」

はっと小さな息が、彼女のふっくらした唇から漏《も》れる。

「お耳汚しをしてしまい、申し訳ありません」

「いや、こちらこそ立ち聞きをしてしまって、悪かったな。だが……君みたいな可憐な令嬢に、一人で歩いて帰ってこいだなんて……許せない」

ネイサンが腕を組むと、彼女は諦《あきら》めたように苦笑する。

「私は可憐ではありませんし、それに……私が至らないせいなので、仕方ありません」

「君が至らない、だって？」

ネイサンは再びミルドレッドを見下ろした。先ほどまでの両親との会話はまるでなかったかのように凜としているように見える彼女の、ぎゅっと握りしめた手が微《かす》かに震えているのが視界に入り——。

自分でも思いがけないことに、ネイサンは彼女に問うていた。

「俺で良かったら、契約結婚をしないか？　もちろん白い結婚であることは約束しよう」

ミルドレッドの透き通った碧の瞳が驚きで丸くなり——そのあまりの美しさにネイサンは溺《おぼ》れるかと思ったのだった。

そしてその後、「白い結婚」どころか彼女を「溺愛《できあい》」するようになってしまったのは、また別のお話——。

あとがき

皆様はじめまして、もしくはこんにちは。椎名《しいな》さえらです。数多ある小説の中から「大好きだった婚約者に魅了の魔法のせいで婚約破棄《はき》されました。」を手に取っていただき誠にありがとうございます。

「魅了の魔法」が存在したら怖いですよね。怖いけれど、王家の人間がそういう魔法に簡単にかかるような国に住みたくないな、という思いから書き始めました。

シエナはひたむきに婚約者を信じ続けますが、彼女はそういう強さを秘めている人です。ライリーは王子であることを自覚し、役目を果たそうとしていますが、シエナに関してだけは譲《ゆず》れないし譲るつもりもない、という人です。同時にライリーは王家の改革もしていこうという強い意志を持っていて、そんな彼を支えられるのはシエナしかいないと思います。

イモージェンとアーセム。私のお気に入りのキャラクターたちです。WEB連載時も、二人に温かい声をいただき、とても励みになりました。そして、今回番外編で、拗《こじ》らせ爆発ライリー編と、ネイサン＝ブラックモアの話を少しだけ書かせていただきました！　ネイサンの番外編もいつか書きたいと思いながらなかなか果たせていないのですが……。また機会がありましたらＷＥＢで連載したいです。

イラストはm／g先生にご担当いただきました！　信じられないくらい美麗《びれい》な表紙に、挿絵《さしえ》。世界観をここまで完璧に再現してくださって感動に打ち震えております。シエナとライリーだけでなく、全員可愛くて……。私の宝物がまた一つ増えてしまいました。本当にありがとうございます！

また他社さんにはなりますが、コミカライズも連載していただいておりますので、よろしければそちらもご覧いただけると嬉《うれ》しいです。

最後になりましたが、今回こうしてeロマンスロイヤル様からご縁をいただき、書籍化していただける運びになりましたのも、いつも応援してくださる読者様のお陰です。本当に心から感謝しております。これからも書き続けていきたいと思っているので、優しく見守ってくださると嬉しいです。また丁寧にご指導してくださった編集さん、eロマンスロイヤル編集部の皆様、この本の出版にあたって関わってくださった全ての皆様にも感謝を申し上げます。

シエナとライリーの物語を、少しでも楽しんでいただけますように。

椎名さえら

eロマンス ロイヤル

本書は「ムーンライトノベルズ」(https://mnlt.syosetu.com/top/top/)に
掲載していたものを加筆・改稿したものです。
この作品はフィクションです。実在の人物・団体・事件などにはいっさい関係ありません。

●ファンレターの宛先
〒102-8177　東京都千代田区富士見 2-13-3　eロマンスロイヤル編集部

大《だい》好《す》きだった婚約者《こんやくしや》に魅了《みりよう》の魔法《まほう》のせいで婚約破棄《こんやくはき》されました。

著／椎名《しいな》さえら

イラスト／m/g

2024年9月30日　初刷発行

発行者　山下直久
発行　株式会社KADOKAWA
〒102-8177　東京都千代田区富士見2-13-3
(ナビダイヤル) 0570-002-301
デザイン　SAVA DESIGN
印刷・製本　TOPPANクロレ株式会社

ISBN978-4-04-738129-2　C0093　　Printed in Japan
定価はカバーに表示してあります。